AF235055

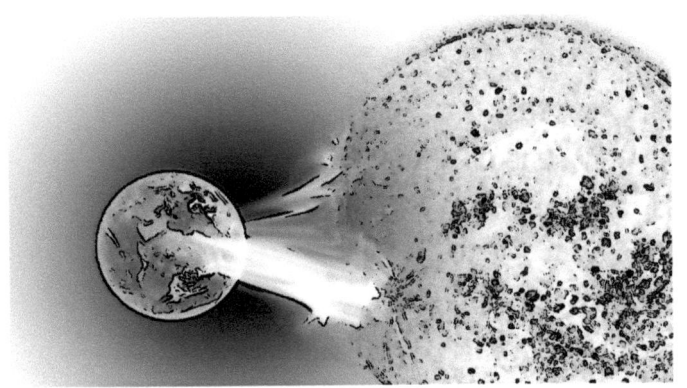

Eruption

Die Apokalypse für die Erde
Roman von Bert Esseln

Chronik aus der Zeit nach der Apokalypse

Mitten in Europa kämpfen Menschen um ihre Existenz. Für einige ist eine Brücke ihr neues Zuhause. Sie ist ihre Festung und Basis für die Suche nach Überlebenden. Sie nennen sich die Brückner.
Ihre neue Zeit beginnt im Jahr 2025.
Sie schaffen das Westland.

3. Juni 2025, 14.31 Uhr MEZ. Eruptionen der Sonne schleudern riesige Plasmawolken zur Erde. Elektromagnetische Wellen lösen tagelang geomagnetische Stürme über alle Kontinente aus. Die Apokalypse für den Planeten und alles Leben.
Globale Brände vernichten Landschaften und Städte. Die Pole beginnen zu schmelzen und der Meeresspiegel steigt. Flüsse fluten weite Landstriche. Für Wochen liegt die Erde im Dämmerlicht.
Elektronische Technik ist zerstört, Flugzeuge fallen vom Himmel, Kommunikationssysteme versagen, Kraftwerke explodieren. Die moderne Zivilisation hört auf zu existieren.

Bibliografische Information der Deutschen
Nationalbibliothek:
Die Deutsche Nationalbibliothek verzeichnet diese
Publikation in der Deutschen Nationalbibliografie;
detaillierte bibliografische Daten sind im Internet über
http://dnb.dnb.de abrufbar.

© 2023 Bert Esseln

Herstellung und Verlag: BoD – Books on Demand,
Norderstedt
ISBN: 978-3-7557-7805-9

© Bert Esseln

Kontakt: esseln2@web.de

Prolog

Chronik
Erzählung von *Erik*

Treibgut schlug heute seltener gegen die Pfeiler. Der reißende Fluss scheint sich etwas zu beruhigen. Noch gestern schrammte ein steuerloser Kohlefrachter mit Getöse vorbei. Es ist unbeschreiblich, was in den Fluten stromabwärts getragen wird. Das Inferno hat eine völlig veränderte Welt hinterlassen. Nur mit Mühe konnten wir uns vor vier Tagen in Sicherheit bringen. Die Flut stieg bis zu den Auffahrten der Brücke und das flache Land wurde überflutet. Die umliegende Welt stand in Flammen.

Meine Wache auf der Brücke dauert bis Mitternacht. Abgesehen von den Geräuschen des Flusses lag heute Abend eine sonderbare Stille über dem Land. Der rötliche Horizont und das bunte Polarlicht spiegeln sich im Wasser. In dieser trügerischen Ruhe sehe ich vor meinem inneren Auge immer wieder die Bilder von dem Tag, an dem mein bisheriges Leben im Chaos endete:

An diesem Nachmittag war ich mit dem Fahrrad auf einem asphaltierten Feldweg zu den Supermärkten am Rand des Nachbarortes unterwegs. Es ist ein warmer Sommertag. Auf der Landstraße vor mir ist wenig Verkehr. Ich fuhr in die Unterführung dieser Straße – und das Letzte, woran ich mich erinnere, war ein Stoß, wie von einer unsichtbaren Faust. Ich stürzte zu Boden und alles wurde blendend hell. An dieser Stelle setzte meine Erinnerung aus.

Explosionen rissen mich wieder in die Welt zurück. Wie lange lag ich hier auf dem Boden? Meine Erinnerung kehrte nur bruchstückhaft zurück. Die beiden Eingänge strahlten in einem glutroten Licht, ich schloss die Augen und versuchte, alles einzuordnen. Es roch nach Feuer und wie ein Kabelbrand. Blitze schlugen vor der Unterführung ein. Der Feuersturm zwang mich weiter in den Tunnel.

Es war heiß, meine Haut schien zu glühen. Ohne den Schutz der Unterführung wäre ich verbrannt. Vor den Eingängen war die Hölle ausgebrochen. Mein Zeitgefühl ging verloren. Ich saß auf dem Boden, den Rücken an die Betonwand gelehnt. Ist es Nacht oder Tag? Ich fand die Wasserflasche an meinem Rad und trank sie gierig leer. Ich muss von hier fort, war mein verzweifelter Gedanke. Draußen ist alles schemenhaft dunkelrot gefärbt. Oder sind es Sinnestäuschungen. Ich konnte nicht weit sehen, auch wurde es immer dunkler. Schwer atmend zwang mich der Staub zum Husten. Aber ich wollte hier raus und endlich sehen, was los ist. Nach dem letzten Blitzeinschlag rannte ich los. Vor der Unterführung schien ich von Bränden umzingelt. Zurück in die Unterführung wollte ich aber auch nicht. Ich schaute nach oben und begann den leichten Hang hinauf zu klettern.

Der Schock traf mich auf der Landstraße über der Unterführung. Fünf Fahrzeuge stehen kreuz und quer auf der Fahrbahn. Auf den ersten hastigen Blick sah ich keine Personen auf den Sitzen, die Türen stehen offen. Konnten die Insassen noch rechtzeitig vor der Feuerwalze fliehen? Weiter entfernt sehe ich zwei total ausgebrannte Fahrzeuge. Die Flammen lodern noch, obwohl nur das

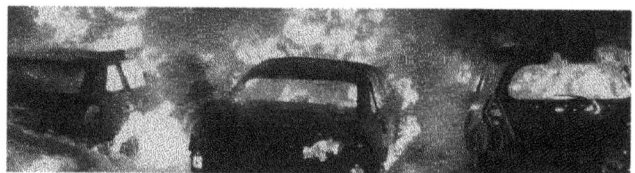

Stahlgerippe erkennbar ist. Überall Rauch und Brandgeruch.
Grelle Blitze schlugen nicht weit vor mir auf der Straße ein. Gras und Büsche der Straßenböschung sind bereits abgebrannt. Ich wundere mich, denn in meinem Schock-

zustand bin ich unbeeindruckt von den Bränden hier hochgekommen. Meine Schuhe und Hosenbeine sind angesengt. Schmerzen spüre ich nicht, was mich wunderte. Wieder unten, nahm ich mein Rad und ging wie benommen den Weg zurück. Bald konnte ich das Rad nicht mehr benutzen, es gab zu viele Hindernisse und ich war gezwungen, über Felder zu gehen. Zwischen den Rauchschwaden sah ich am Horizont meinen Wohnort brennen. Ich musste mich in dieser verrückten Situation zusammenreißen, meinen Verstand sortieren und die Panik unterdrücken. Ich verstehe immer noch nicht, was ich sehe. Mächtige Blitze schlugen weiterhin ein, der

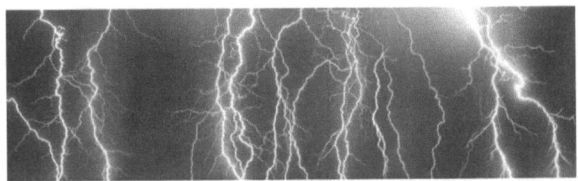

Wind wurde stärker, aber trotzdem spürte ich eine seltsame Stille. Ist das die bekannte Ruhe vor dem Sturm? Ich suchte mein Handy in der Innentasche, die Hülle fühlte sich warm an und es roch verbrannt. Das Display ist tot.

6. Juni 2025, Tag 4
Brückenwache und Erinnerungen
Erzählung von *Erik*

„Boot und Seile oben, *Erik*", fragte die Stimme hinter mir. Ich drehte mich um und zeigte mit dem Daumen nach oben.

„Seilrollen würden die Arbeit erleichtern", erwiderte ich.

„Ja, klar", seufzte *Romek*, werde es auf die lange Liste setzen. Vorerst haben wir keine Chance, das Boot zu nutzen." Er setzte seinen abendlichen Kontrollgang fort. Das Ruderboot wurde heute Nachmittag an einen Pfeiler gespült. Der Bautrupp kletterte an Seilen hinab und zog es unter die Brücke. Falls später die Strömung des Flusses es zuließ, konnten wir es zu Wasser lassen, soweit sich am Ufer keine einfachere Lösung ergibt.

Auf die Brücke sind 39 Überlebende geflüchtet. Den längsten Weg hatte *Elisa* mit geschätzten 25 Kilometer. Ihre geschilderten Erlebnisse von unterwegs waren erschütternd. Jedem, der sich in den letzten Tagen der Brücke friedlich näherte, wurde angeboten zu bleiben. Nur in einem Fall wurde ein übel gelaunter und aggressiver Geselle abgewiesen. Vier Wachen sind für die Fahrbahnen und den Fluss eingeteilt. Die wenigen Taschenlampen gehörten nachts zur Ausstattung. Seit heute liegen zwei ausgebaute Autoscheinwerfer, mit langen Kabel an 12 Volt Autobatterien angeschlossen, griffbereit. Wir wollten sie nur im äußersten Fall einsetzen, denn wir haben keine alten Benzinmotoren oder Generatoren zur Stromerzeugung gefunden. Neuere Motoren sind unbrauchbar, ebenso die Batterien der E-Autos. Die Brücke bietet mehr Sicherheit als ein Lager im offenen Gelände. Weitere Brände finden hier keine Nahrung und die Zugänge sind leicht zu überwachen. Außer dem Rauschen des Flusses ist alles seltsam still. In dieser Ruhe erinnerte ich mich wieder an die ersten Überlebenden, die ich vor vier Tagen auf dem Weg hierher traf. In Gedanken sehe ich die Szene wieder:

„Hallo, Hilfe - wer ist dort?" Der Ruf kam von einer kleinen Erhebung rechts von mir. Drei Menschen standen dort und winkten heftig. Wie ich näher komme, erkenne ich eine Frau, einen Mann und ein Kind. Sie sahen verschmutzt und mitgenommen aus. Der Mann ist sichtlich erleichtert:

„Hallo, endlich treffen wir Leute, was ist hier geschehen?". Die Frau und das kleine Mädchen klammern sich aneinander.

Ich schildere kurz meine letzten Erlebnisse, aber mehr als Vermutungen über die Ursache hatte ich nicht. Meine Nähe schien die Frau zu beruhigen. Sie sind von einem Rastplatz weiter nördlich bis hierher geflohen. Mitten in Ihrem Picknick, vor ihrem Wohnwagen, sahen sie eine Feuerwalze kommen und ergriffen die Flucht in das offene Gelände. Alles ging in Flammen auf, nur was sie am Leib trugen, konnten sie retten. Sie sahen Menschen wie lebende Fackeln auf der Straße und über die Felder laufen.

Daan, Lynn und ihre kleine Tochter *Sarah* sind die ersten Überlebenden, die ich traf. Gemeinsam gingen wir weiter. Sarah meldete sich kleinlaut, sie hat Durst. Aber wo ist jetzt Trinkwasser zu finden? Auch ein sicherer Unterstand für die weiteren Stunden scheint notwendig. In der näheren Umgebung schien alles verbrannt. Der

Himmel wurde immer dunkler und Gewitter kamen auf uns zu. Eine Wand von Blitzen über den gesamten Horizont. Hoffentlich fällt Regen, er würde auch die trockene Luft atembarer machen. Ich schlug vor, in Richtung der nahegelegenen Autobahn zu gehen und unterwegs in Häusern Trinkbares zu suchen.

Das Ausmaß der Zerstörung meines bisherigen Lebensraums wurde in der nächsten Stunde immer deutlicher. Wir gingen in dem rötlichen Dämmerlicht auf begehbaren Wegen und hielten Ausschau nach einem Haus oder sonstigen überdachten Gebäuden. Jetzt fing es stark an zu regnen, eine Erfrischung, die feuchte Kleidung wird bei dieser Temperatur schnell wieder trocknen, war mein Gedanke. Außer den lauten Windgeräuschen und den Donnerschlägen des Unwetters hörten wir nichts - keine Sirenen oder Martinshörner. Merkwürdig, sie sind doch über große Entfernungen wahrnehmbar?.

Nach der nächsten Biegung standen drei Männer, sie kamen aus einem Feldweg, wegen des hohen Bewuchses am Rand konnten wir sie erst jetzt sehen. Der eine trug einen Rucksack, die beiden anderen jeweils einen schwarzen Plastiksack. Die Begrüßung war freundlich, sie stellten sich als *Dirk*, *Romek* und *Christian* vor. Sie bemerkten unsere Blicke auf ihr Gepäck. Die Männer drängen uns, zu dem ein paar hundert Meter entfernten Haus zu laufen und uns ebenfalls notdürftig mit Wasser und Essen zu versorgen. Eile ist geboten, eine Feuerwand nähert sich dem Anwesen. Daan und ich liefen sofort los, seine Frau und das Kind blieben bei den Männern auf dem Weg.

Im Haus liegt eine Rolle Mülltüten auf dem Küchentisch. *Daan* fand im Keller Mineralwasser in Plastikflaschen.

Ein Regenmantel hing am Haken, eine grüne Plane in einem Regal, er stopfte alles in den Plastiksack und kam zu mir nach oben. Der Kühlschrank ist bereits geplündert. Aus den unteren Schränken wandert eine Flasche klarer Schnaps und eine Packung Schwarzbrot ohne langes Überlegen in den Beutel. Aus den Küchenschubladen nahm ich in aller Eile zwei große Messer. Daan packte ein paar Pappbecher ein. Durch das Küchenfenster ist die Feuerwand zu sehen. Es wird immer heißer, wir müssen schnellstens raus und zurück. Schwaden feiner Asche erschwerte uns den Rückweg und schwer atmend waren wir froh, die anderen wiederzufinden. Gierig trank das kleine Mädchen aus einem der Becher. *Romek* sagte etwas über eine Brücke und ging voran, wir folgten ohne weitere Fragen.

„*Erik*, Zeit für die Ablösung." Die Worte unterbrechen diesen Albtraum. Ich gebe meine Ausrüstung an Sven weiter und nach einem kurzen Gespräch mache ich mich auf den Weg zu den notdürftigen Unterkünften. In einem ausgebrannten Kombi legte ich mich auf einer Decke zum Schlafen. Das Blechdach vermittelte ein Gefühl von Schutz.

Chronik
7. Juni 2025, Tag 5
Auf der Brücke

Ihre erste Zusammenkunft fand am Abend des fünften Tages statt. Heute hängen wieder blaugraue Rauchschwaden über ihnen und der Schein lodernden Feuers erhellt den Horizont. Die Städte im Norden und Osten brannten weiterhin. Eine unwirkliche Aura umgab sie. 39 Männer, Frauen und Kinder standen unter Plastikplanen zwischen den Autowracks. Die Flucht vor dem Inferno führte sie auf verschiedenen Wegen zu dieser Brücke. Sie erschien ihnen als Rettung vor der Feuersbrunst und den steigenden Wassermassen. Jedem stand der Schrecken der Ereignisse im Gesicht. Sie suchen nach einer Erklärung. Welches Schicksal haben ihre Verwandten erfahren? Warum kommen keine Rettungskräfte? Sind nur wir betroffen und wie soll es weitergehen? In den letzten Stunden wurden aus ihren Reihen *Matt* und *Lucy* gedrängt, diese Zusammenkunft einzuberufen und zu moderieren. Als die beiden vortreten, verstummte das Stimmengewirr.

„Wir müssen davon ausgehen, dass wir einige Zeit hier bleiben werden", begann Matt. Er stellte sich als 44-jähriger Marketingleiter einer Supermarktkette vor. „Die Brücke ist ein sicherer Ort. Einige von euch hatten unterwegs unangenehme Begegnungen. Eben darum sollte sich keiner alleine auf Suche oder Erkundung begeben, auch wenn es schwer fällt, gehen wir das gemeinsam an. Das Land um uns ist weitgehend verwüstet und jederzeit können weitere schwere Unwetter niedergehen. Das Ausmaß der Katastrophe kennen wir nicht und schnelle

Hilfe sollten wir nicht erwarten." Er machte eine Pause und schaute in die Runde. „Uns zu schützen und zu versorgen hat jetzt Vorrang. Ich schlage vor, die anstehenden Aufgaben aufzuteilen und koordiniert anzupacken." Alle schauten erwartungsvoll auf die beiden Redner. Mittlerweile haben sich die Menschen gefangen. Die Gesichter sind sauber und die Kleidung ist geordnet. Man hat sich gegenseitig geholfen.

Matt lässt ein Blatt Papier mit Stift umhergehen und bittet, sich in die Liste mit Namen, Alter und besonderen Kenntnissen einzutragen. Mit einem Blick zu *Lucy* fährt er fort: „Wir schlagen eine Aufteilung in Arbeitsgruppen vor. Ihr bestimmt aus euren Reihen die Gruppenleiter. Wir dürfen uns nicht verzetteln. Auch dürfen wir nicht in Panik verfallen. Ihr müsst euch gegenseitig helfen und ermutigen.

Lucy schaute in die Runde und nachdem sie keinen Widerspruch sah, fuhr sie fort: „Nennen wir dieses Gremium kurzerhand den Rat". *Lucy* ist 35 Jahre alt und Sozialarbeiterin. In den ersten Stunden hat sie vielen hier geholfen, mit der dramatischen Situation fertig zu werden. *Lucy* wartete den Rücklauf der Liste ab und liest die Eintragungen vor. Nachdem sie endet, wird spontan und erleichtert von den Versammelten geklatscht. Sie fühlen, hier ist eine Gemeinschaft entstanden, einige weinten. Die Erlebnisse der letzten beiden Tage lasteten auf den Menschen und das hier gab ihnen Hoffnung. Die Versammlung wählte *Matt* zum Sprecher und es wurden Gruppen zusammengestellt und deren Leiter benannt.

An den Holzfeuern auf der Brücke diskutierten die Menschen an diesem Abend lange über ihre Situation. Das Licht und die Wärme der Feuer passen nicht recht zum

Hintergrund und der hohen Temperatur. Infolge von Veränderungen im Erdmagnetfeld sind jede Nacht Polarlichter in allen Farben zu sehen. Tagsüber liegt ein Dämmerlicht über der Landschaft, nur unterbrochen von gewaltigen Unwetter mit Kaskaden von Blitzen, die alles unwirklich erhellen. Viele befürchten ein weiteres Ansteigen des Flusses. Noch immer stehen einige von ihnen unter Schock und werden von der Gruppe besonders beobachtet und behandelt. Die Ungewissheit über den Verbleib von Verwandten quält jeden und trotzdem ist eine Aufbruchstimmung zu spüren.

8. Juni 2025, Tag 6
Der *Rat* trifft erste Entscheidungen
Erzählung von *Matt*

Gestern wurden die Gruppen und Leiter festgelegt. *Romek* ist für die Sicherheit der Brücke zuständig, er war Soldat einer Spezialeinheit, *Lucy* für die allgemeine Versorgung mit Lebensmittel und Medizin, *Maik*, ein Afghanistanveteran, für Erkundungen im Umland und *Aaron*, Architekt, für Bauarbeiten und Fahrzeuge. Die Aufgaben werden sich überschneiden. Wenn gefordert, können Personen in anderen Bereichen arbeiten. Wir werden hier flexibel sein. Die Brücke nur in Absprache mit einem Ratsmitglied verlassen. Wenn möglich, nicht alleine und nicht unbewaffnet. Vorrangig sollte zunächst nach Lebensmittel und Waffen gesucht werden.

„Was wissen wir über unsere Situation?", fragte ich in die Runde.

„Leider hat bisher kein Physiker zu uns gefunden", sagte *Aaron*. „Der Ausfall jeglicher Kommunikation deutet auf einen enormen Ausbruch auf der Sonne hin. Fahrzeuge, technische Anlagen und computerbasierte Systeme wurden durch Feuer zerstört oder funktionsunfähig. Es kann sich um einen globalen EMP, also einen geomagnetischen Sturm, von nie dagewesenen Ausmaßen handeln. Wir haben keine Informationen, welche Teile unseres Landes und der Welt hiervon betroffen sind. Das Wetter ist aus allen Fugen und unberechenbar. Ich mag mir die Folgen von all dem nicht ausmalen - hoffentlich bleibt die Luft einigermaßen atembar."

„Aus Berichten der Leute hier können wir ein Umfeld von bis zu 25 Kilometer überschauen und das nicht mal in alle Richtungen", bemerkte *Maik*. „Wir empfangen keine Radio- oder TV-Sender, kein GPS und Internet. Absolute Stille - es ist die Apokalypse".

Lucy sagte mit Tränen in den Augen: „Und wir müssen von hunderttausenden Toten allein in der näheren Umgebung ausgehen - weiter will ich gar nicht denken."

„Wir sollten uns auf Gefahren, die von umherziehenden Menschen ausgehen, die in einem völlig desolaten Zustand und zu allem bereit sind, vorbereiten. Nicht alle werden friedlich bei uns eintreffen. Größere Gruppen könnten sich bilden", warnte *Romek*.

Aaron bemerkte: „Die Fahrzeuge auf der Brücke werden wir notdürftig für Unterkünfte herrichten, den Rest zur Barrikade auf beiden Seiten an den Zufahrten aufbauen und zusätzlich Leitplanken quer zu den Fahrbahnen montieren. Das werde ich mit Hilfe der Gruppe *Romek* als erstes angehen. Die Expeditionen sollten auf Werkzeuge und Materialien wie Bleche, Draht und Seile achten".

„Welche Waffen haben wir?", fragte ich *Romek*.

"Ich habe eine Pistole und eine Schachtel Munition gefunden. *Alain* brachte eine Schrotflinte mit 12 Patronen mit. Ansonsten werden wir zunächst stabile Messer an Stöcke binden. Ich setze hier aber eher auf Abschreckung und das Gefühl, nicht gänzlich wehrlos zu sein."

„Die Nahrungsmittel und Wasser reichen nur bis morgen. In meiner Gruppe ist *Georg,* ein Chemielaborant, tätig. Er wird einen Filter bauen, um Wasser aufzubereiten", sagte *Lucy* mit Seitenblick auf *Maik*. Worauf *Maik* versicherte: „Die erste Truppe geht in Kürze los. Die nächsten halbwegs erhaltenen Häuser vermuten wir in 15 km Entfernung". Er schaute bereits ungeduldig zu seinen Leuten.

8. Juni 2025, Tag 6
Suche nach Lebensmittel
Erzählung von *Maik*

Wir gingen westlich über die Autobahn. Unser Ziel ist eine größere Ansiedlung, die laut Karte 18 Kilometer entfernt ist. Die Landkarte haben wir unter einem Autositz gefunden, ein Wunder in Zeiten von Navigationsgeräten und Google. Der 'Suchtrupp' zieht mit 8 Leuten los. Neben mir sind dabei: *Jade*, eine junge sportliche Frau, Verkäuferin in einem Drogeriemarkt. *Christian*, der Kumpel von *Romek*, war vor 6 Tagen noch Fernfahrer. *Alain*, gelernter Schlosser und zu Hause gerne freiwilliger Feuerwehrmann. *Dirk*, der älteste mit 48 Jahren, ist Verkaufsfahrer. Mit dabei ist: *Ingo*, Heizungsbauer, *Geert*, Werkzeugmacher und Waffennarr und *Anouk*, unsere jüngste mit 20, Studentin im zweiten Semester Medizin.

Weil *Geert* sich mit Schusswaffen auskennt, hat er die Pistole mit 20 Schuss Munition von *Romek* bekommen. Aber auch *Christian* und *Alain* hatten beim Militär schon mal eine Waffe in der Hand. Die Schrotflinte blieb zur Sicherheit auf der Brücke. Jeder hat eine Stichwaffe mit. Weiter haben wir ein Beil und ein Brecheisen mit.

Zwischen den Autowracks kamen wir anfangs gut voran, aber bald versperrten ineinander geschobene Pkw und LKW beide Fahrspuren. Alle massiv beschädigt, in einigen Wracks sind menschliche Knochen zu sehen, hier war eine Suche zwecklos und wir umgingen den Ort über eine verbrannte Wiese. Ab hier hatten wir keine Hinweise mehr aus den Erzählungen von Flüchtlingen. Vor uns lag ein unbekanntes Gebiet. Der Himmel ist durchgehend rötlich grau, die Sonne ist verdeckt, die Luft roch nach Asche. Schweigend gingen wir weiter.

Das erste interessante Objekt war ein weißer Kühlanhänger. Er ist unbeschädigt, nur die Zugmaschine und das Kühlaggregat sind verbrannt. Unser Schlosser *Alain* hatte keine Probleme, den Verschluss zu knacken und die Ladetüren zu öffnen. Ein leicht muffiger Geruch strömte aus. Es ist ein Volltreffer, die Ladung ist verschiedenes Gemüse. Der Salat sieht nicht gut aus. Kisten mit Kohlgemüse und Möhren haben die Hitze besser überstanden. Wir schließen die Türen, vermerken den Fund in der Karte und marschieren einstweilen mal weiter. Morgen werden wir mit mehr Leuten den Anhänger leer räumen.

Der nächste Fund war ein Werkzeugwagen einer Montagefirma. Im Grunde können wir hier alles für den Bautrupp der Brücke gebrauchen. Werkzeug, Schrauben, Nägel, Draht, Klebstoffe und vieles mehr. In unsere Rucksäcke und Beutel könnten wir etwa 20 kg je Person packen, aber ich beschloss, die wichtigsten Teile in Plastikbeutel zu stecken und an der Böschung im Gestrüpp für später abzulegen. Den Fundort zeichnete ich in die Karte.

Nach Stunden trafen wir am Ortsrand ein. Der linke Teil und die Mitte des Ortes sind total zerstört. Der Brandgeruch ist noch stark. Rechts, am Rande eines Neubaugebietes, teilten wir uns in vier Zweiergruppen auf. Die Häuser wurden hier fluchtartig verlassen, teilweise stehen Haustüren und Garagentore offen. In welches Inferno sind die Bewohner vor drei Tagen schnell geflüchtet?

„Anouk, du gehst mit mir", legte ich die erste Einteilung fest. „Und schaut, dass jede Gruppe eine Waffe dabei hat und gibt Alarm, wenn euch was komisch vorkommt. Konservendosen und andere schwere Sachen vorerst liegen lassen. Haltbare Produkte wie zum Beispiel verpackter Reis oder Teigwaren holen wir auch später. Verderbliche Lebensmittel wie Mehl, Zucker, Salz, auch Hefe und Backpulver packen wir für unsere Köche ein. Alles mitnehmen, was ihr an Arzneimitteln, Verbandsmaterial, Große Messer, Äxte, Batterien, Taschenlampen findet."

„Wie lange haben wir Zeit?", fragte *Ingo*.

„In einer Stunde treffen wir uns hier wieder. Entfernt euch nur 20-30 Meter voneinander, was wir nicht schaffen, holen wir später."

Im zweiten Haus stand in der Küche ein batteriebetriebenes Radio. Ich schaltete ein und suche Sender, aber nur Störgeräusche sind zu hören. Hatte ich was anderes erwartet? In einem der Schlafzimmer fand ich eine Schreckschusswaffe mit einer Schachtel Gaspatronen und eine Schachtel mit Leuchtpatronen. Immerhin. *Anouk* kam aus dem Bad hinzu. Mit einem Seitenblick zu mir, packte sie ein paar Stücke Damenwäsche ein. Der Inhalt des Medizinschranks wanderte dazu. Wieder auf der Straße, kommt *Dirk* auf uns zugelaufen, heftig mit den Armen winkend. „Habt ihr das auch gehört?"

„Was gehört", fragte ich.

„Die Schüsse auf der anderen Seite der Autobahn."

„Nee, im Haus haben wir nichts wahrgenommen."

Jetzt vernahmen alle Motorengeräusche.

„Geh die anderen holen, *Dirk*, runter von der Straße, wir treffen uns hinter dem Haus." Nach ein paar Minuten trafen alle ein. Gut, dass wir nahe zusammen geblieben sind.

„Wenn wir wegmüssen", warf *Christian* hastig ein, „am besten in die verbrannten Ruinen, da geht keiner mehr hin". Ich nickte zur Bestätigung allen zu.

Die Motorengeräusche kamen näher. Zwei Oldtimer bogen um die Ecke und fuhren mit hoher Geschwindigkeit am Haus vorbei. Es ist ein alter *Ford Granada* und ein *5er BMW*, in beiden sitzen jeweils 3 Personen. Sie fahren Norden, nicht Richtung Brücke, stellte ich erleichtert fest.

Kamen die Schüsse von den Wagen und auf was waren sie gerichtet? Wer lebt noch in den Ruinen?

„Das ist nicht gut für uns", meinte Ingo, ein sonst eher wortloser junger Mann.

Schnellstens zur *Brücke* zurück, war jetzt mein erster Gedanke. Aber wollen wir hier alles stehen und liegen lassen? Was wir hier fanden, ist lebenswichtig für uns und vielleicht später nicht mehr hier. Ich fasste einen Entschluss.

„Neben dem nächsten Haus sehe ich einen frischen Bauaushub. Wir bringen so viele Konserven und brauchbare Dinge wie möglich aus den umliegenden Häusern hier zur Baugrube und verdecken alles mit Aushub der Grube. Bringt Schaufel und Planen mit."

„Und wenn sie zurückkommen ?", fragte Geert.

„Jeder bleibt in Deckung, notfalls treffen wir uns wieder hier oder in der nächsten erreichbaren Hausruine. Gebt euch mit dem Wort 'Grube' zu erkennen. In einer Stunde treten wir den Rückweg an."

Es war erstaunlich, was wir so alles ungestört in der Baugrube verbracht haben. Auf den ersten Blick ist unser Versteck nicht zu entdecken. Ein Unwetter war nicht in Sicht. Der Rückmarsch verlief problemlos. Spät abends trafen wir auf der Brücke ein. Alle drängten sich um uns und die Erleichterung war ihnen anzumerken. Die geschilderten Ereignisse sorgten für ängstliche Fragen.

Romek rief zu erhöhter Wachsamkeit auf, beruhigte aber gleichzeitig mit dem Hinweis auf unsere Bewaffnung und den Barrikaden auf der Brücke.

9. Juni 2018, Tag 7
Die Ratsmitglieder zur aktuellen Lage
Erzählung von *Matt*

„Wie ist unsere Lage?", begann ich und schaute in die Runde. „Das Wetter hat sich etwas stabilisiert, die Temperatur leider auch, die liegt immer noch bei 42 Grad am Tag und 28 Grad in der Nacht. Die wolkenbruchartigen Regengüsse sind zwar unangenehm, helfen aber bei der Wasserversorgung. Der Pegelstand des Flusses ist gleichbleibend hoch und steigt hoffentlich nicht mehr an. Wenn die Atemluft so bleibt, können wir fürs Erste zufrieden sein und hoffen, dass sich das alles der Normalität nähert."

Ich schaute in die Runde fuhr fort: „Die gewaltigen Explosionen in der Nacht scheinen von einem Chemiekomplex in 80 Kilometer Entfernung im Norden zu rühren. Bei der jetzigen Windrichtung bleiben wir von Auswirkungen verschont. Das nächste Atomkraftwerk steht nur 200 km westlich von uns. Eine große Gefahr, falls die Brennstäbe wegen fehlender Kühlung durchbrennen und der Komplex in die Luft fliegt. Auf der anderen Flussseite sind immer noch riesige Feuer zu sehen. In diese Richtung liegt eine Kleinstadt und weiter dahinter scheint es nicht besser auszusehen. Wir wissen nicht, wo dieses Inferno endet."

„*Lucy*, was gibt es aus deinem Bereich zu berichten?"

„Ich habe eine gute Nachricht: Unter den letzten vier Ankommenden ist eine gelernte Krankenschwester dabei. *Britta* ist eine junge Frau, die es mit ihrem Freund *Ron*, Student der Informatik, zu uns geschafft hat. Sie hatten zunächst tagelang ihre Eltern gesucht. Beide wollen eine medizinische Versorgung organisieren."

„Die Lebensmittelvorräte lagern wir einigermaßen geschützt in den Wartungsgängen unter der Brücke. Der Kühlanhänger auf der Autobahn ist geräumt. Wir müssen aber dringend mehr Lebensmittel finden ", sagte sie mit einem Seitenblick auf Maik.

„Und für die Zukunft sollten wir an die Anpflanzung von Kartoffel, Mais und Gemüse denken, also steht auch Saatgut und Düngemittel auf meiner Wunschliste. *Lynn* aus Holland ist Hobbygärtnerin und bringt einiges an Erfahrung mit und ihr Mann will sie unterstützen.

„In den Häusern und Keller werden wir auch noch einiges finden können", warf *Maik* ein.

Ich fuhr fort: „Es müssten längst Hilfskräfte hier auftauchen, aber weder Landfahrzeuge noch Hubschrauber haben wir gesehen oder gehört. Ich befürchte, die Katastrophe hat riesige Ausmaße und wir sind lange Zeit auf uns allein gestellt."

Alle schwiegen, die Gesichter verschlossen, *Lucy* standen die Tränen in den Augen. Jeder dachte in diesem Moment wieder an Familie und Freunde.

Romek brach das Schweigen: „Die Fahrbahnen der Brücke sind jetzt beidseitig versperrt. Tagsüber reicht eine Wache auf jeder Seite. Von einem erhöhten Podest ist das Vorfeld gut zu überschauen und keiner kommt ohne Kontrolle auf die Brücke. Die Barrikaden sind ein starkes Hindernis, falls es mit Fahrzeugen versucht wird. Leider haben wir keine weiteren Schusswaffen gefunden. Stichwaffen und Schlagstöcke liegen überall griffbereit. Maik hat uns zur Herstellung von *Molotowcocktails* angeregt, er hatte das im Militärdienst schon mal gebaut. Auf dem harten Straßenbelag zersplittert die geworfenen Glasflaschen sofort und das Benzingemisch fängt gut Feuer. Kann zur Abschreckung eine gute Wirkung haben. Falls wir keine besseren Waffen finden, beginnen wir notgedrungen mit dem Bau von Armbrüsten.

„Aber ohne gute Bewaffnung bleibt die Lage für uns gefährlich", sagte *Maik*. "Die Ressourcen werden knapp werden und was andere Überlebende dann unternehmen, kann sich jeder vorstellen. Die Begegnung vorgestern mit den beiden Autos sollte uns warnen und warum in der Gegend dort geschossen wurde, wissen wir nicht."

„*Aaron*, wie geht es mit dem Bau von wetterfesten Hütten voran?", schnitt ich das nächste Thema an.

Sehr mühsam, es wird noch einige Zeit brauchen, bevor wir die jetzigen Unterkünfte in den Kastenwagen und dem erhaltenen Lkw-Anhänger ersetzen können. Wir konzentrieren uns auf die Mitte der Brücke, um den sicheren Lebensraum möglichst überschaubar zu halten. Falls erforderlich, können die Barrikaden weiter in Richtung Brückenauffahrten verschoben werden. Wir sollten uns vorerst nicht auf die gesamte Länge der Brücke von 380 Meter verteilen. Jetzt befinden sich 42 Personen auf der Brücke. Sollte die Zuwanderung weiter so anhalten, ist weiteres Baumaterial aller Art erforderlich."

„Womit wir bei meinen Problemen angelangt wären", mischte sich *Maik* ein. „Schweres Material kann mangels Fahrzeugen nicht transportiert werden. Wir sollten leichte Wagen bauen, es ist immer noch schwierig auf den Straßen durchzukommen und vieles, was wir finden, können wir nicht transportieren. So eine Art schmale 'Handwagen' würde fürs Erste helfen. Schätze, so ein Gefährt könnte an die 100 Kilo schaffen. Ein geländegängiges Motorfahrzeug wäre die beste Lösung, aber der Umbau neuerer Fahrzeuge ist wegen der zerstörten Elektronik schwierig. Wir sollten nach alten 'Kisten' in den Garagen suchen. Einige haben den Feuersturm hoffentlich überstanden".

10. Juni 2025, Tag 8
Abendlicher Angriff auf die Brücke
Erzählung von *Romek*

Motorgeräusche, die Wache an der westlichen Barriere gibt Alarm, aber längst hören es alle und sind auf den Beinen. Ich traf mit *Alain* und *Maik* bei *Geert* und *Ingo* ein. Kurz darauf kommen *Ron* und *Matt* angelaufen. *Alain* hatte die Schrotflinte, ich die Pistole und *Maik* hat die Signalpistole dabei. Aus der Dämmerung sahen wir Scheinwerfer auf die Brücke zukommen. Gestern hatten wir die ersten Meter der Zufahrt freigeräumt. Die Fahrzeuge haben freie Bahn. Wir sorgten für ein freies Sichtfeld und rechneten eher mit einer Annäherung zu Fuß wie mit einem Fahrzeug.

„*Alain* und *Maik* zur rechten Fahrbahn, *Geert* und ich bleiben hier, die anderen gleichmäßig aufteilen und Scheinwerfer an." *Ingo* klemmte das Kabel an die Autobatterie.

„Wir schauen auf der anderen Seite nach", ruft *Matt* und läuft mit *Erik* los. Es war vereinbart, dass alle anderen bei Alarm zunächst im Lager auf der Brücke bleiben.

In unserem Scheinwerferlicht standen zwei Wagen nur 20 Meter entfernt auf der rechten Fahrbahn.

„Das sind die Wagen, die wir gesehen haben", rief *Maik*. Jetzt erloschen die Scheinwerfer. Lange Sekunden passiert nichts. Eine Beifahrertür ging auf und ich sah einen Mann in Jeans, Poloshirt und Kappe aussteigen.

„Was wollt ihr hier?", rief ich ihm zu.

Er beugte sich in den Wagen, ich sah ein Gewehr, er legte an und mit dem Knall des Schusses zersplitterte unser einziger Scheinwerfer.

„Taschenlampen aus", warnte ich laut. Die Fahrbahn und die Barriere lagen jetzt weitgehend im Dunkeln. Wir hörten weitere Wagentüren aufgehen, erkennen aber nicht die Angreifer. Ihre Absicht schien jetzt klar zu sein. Mir rasten viele Gedanken durch den Kopf. Wie sind sie bewaffnet, kennen sie unsere Stärke, was planen sie?

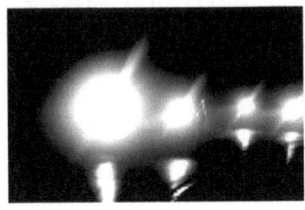

„Verschwindet, hier gibt es nichts zu holen", rief Maik hinüber.

Keine Reaktion.

„Feuer frei, wenn sie sich auf uns zu bewegen", rief ich laut und war mehr als Warnung für die andere Seite gedacht.

Stille - die Angreifer schienen sich zu beraten. Wir brauchten da vorne Licht. *Geert* und *Ingo* standen mit Molotowcocktails bereit. Ich gab das Zeichen und beide entzünden das getränkte Tuch in der Flasche und schauten zu mir herüber.

„Beide rüber bei drei", sagte ich mit gedämpfter Stimme. Die Flaschen fliegen auf die Autos zu. Die erste trifft die Motorhaube des linken Fahrzeugs, rollt runter und das Benzingemisch entflammt sich neben dem rechten Vorderreifen. Die zweite Flasche landet zwischen den Autos und zündet auch. Volltreffer. „Es sind sechs Männer", rief *Alain*.

Zwei Schüsse kurz hintereinander prallten gegen unsere Barrikade. Ein unterdrückter Schrei hinter mir. Sven hält sich den Unterarm und verzieht schmerzhaft sein Gesicht. *„Ron*, bring *Sven* zu *Britta*, er hat scheinbar einen Abpraller abbekommen". Hastige Schritte hinter uns, *Matt* kommt mit Verstärkung und einem Korb mit faustgroßen Steinen dabei. Alles ging jetzt rasend schnell. Die Flammen hatten einen Reifen des linken Fahrzeugs in Brand gesetzt. Ein Mann versuchte, den Brand durch Austreten zu löschen. Er fing an den Hosenbeinen Feuer und schrie bald laut nach seinen Kumpanen. „Danil - *Gleb*", konnte ich hören. In Sekunden stand er bis zur Hüfte in Flammen, rannte bis zum Brückengeländer und war nicht mehr zu sehen. Ein deutliches Aufklatschen von unten war zu hören.

Es ging alles sehr schnell, wir schauten uns ungläubig an, ist er tatsächlich in den Fluss gestürzt?

„Sie steigen in den anderen Wagen", rief Alain.

Der Motor startete, die Scheinwerfer blenden uns. Der Wagen setzte sich mit heulendem Motor rückwärts, drehte nach einigen Metern und fuhr davon. Die Rücklichter waren rechts neben der Autobahn auf einem Nebenweg noch Minuten zu sehen. Geistesgegenwärtig schüttete *Maik* einen Eimer Wasser über Blech und Rad des Autos. *Geert* warf eine Plane auf das Feuer. Alle schauten verblüfft - hatten wir ein Fahrzeug?

„Das ist ein uralter *Ford Granada*. In welcher Garage wurde der gefunden?" Schnell wurde die Barrikade verschoben und alle Männer schieben den Wagen in Sicherheit. Im Kofferraum fanden wir neben dem Ersatzrad eine *Kalaschnikow* und eine Pistole Marke *CZ 75*, beide mit einem vollen Magazin. Der Jubel war groß. *Ron* kam zurück und berichtete von einer leichten Wunde bei *Sven*. Unsere Krankenschwester *Britta* und Assistentin

Anouk gaben Entwarnung. Glück, dass wir sie haben. Erleichterung auf allen Gesichtern. *Lucy* bringt *Eriks*, vor Tagen gefundene, Schnapsflasche aus ihrem Lager zu den Männern. Ohne Gläser machte die Flasche die Runde. *Lucy* umarmte einen nach dem anderen. Das tat allen sichtbar gut und die Anspannung fiel von uns ab.

11. Juni 2025, Tag 9
Überraschender Besucher am frühen Morgen
Erzählung von *Anton*

Ich hatte soeben meine Wache an der westlichen Zufahrt begonnen, als ein Mann auf die Sperre zu wankte. Völlig durchnässt, die Kleider wie vom Leib gerissen, die linke Gesichtshälfte und ein Bein sieht übel verschrammt und blutig aus. Die Ereignisse vor ein paar Stunden mahnten mich zur Vorsicht. Ich gab der zweiten Wache ein Zeichen. *Julien* hat den Mann auch bereits gesehen und gab einen kurzen Pfiff aus der Pfeife ab, der nur *Romek* oder einen anderen Rat warnen soll, ohne gleich das ganze Lager zu alarmieren.

Romek kommt verschlafen angelaufen. Der Mann stand jetzt direkt vor der Barrikade.

„Lass ihn durch, *Anton*, der ist total kaputt und in diesem Zustand keine Gefahr".

Der Mann brach vor uns zusammen. "Was ist mit dir passiert?". Romek beugte sich über den Verletzten, während *Julien* zum Sanitätsteam läuft.

„Aus dem Wasser - von der Brücke gesprungen", stieß dieser mühsam aus."

Romek schüttelte den Kopf und begann zu verstehen.

„Du bist ein Glückspilz. Aus der Höhe und bei der Strömung. Erzähl deine Geschichte später, zunächst müssen wir dich versorgen."

Vorsichtshalber tastete er ihn nach Waffen ab. *Ron* und *Britta* bringen eine Liege mit und wir tragen den Verletzten in ein Zelt.

11. Juni 2025, Tag 9
Versammlung
Erzählung von *Matt*

Matt rief morgens alle auf die Brücke und berichtete über die Nacht und Neuigkeiten.

„Gestern Abend hat eine kleine Bande den Widerstand der Brücke falsch eingeschätzt. Unsere Barrikade hat sich bewährt. Ein fahrbereites Auto und zwei weitere Schusswaffen mit Munition wechselten den Besitzer."

Jubel und Beifall hinderten ihn am Weiterreden. „Wir sind die *Brückner*", ruft einer stolz. Die Namensfindung hatte sich wohl seit gestern Abend rumgesprochen. Alle sind begeistert.

„Hallo *Brückner*", rufe ich zurück. Jede Aufmunterung nahmen die Leute dankbar an.

„*Sven* wurde leicht verletzt, aber unsere medizinische Abteilung mit *Britta*, *Anouk* und *Ron* hat sich bewährt". Wieder großer Applaus.

„Nun eine wundersame Geschichte, die ein halbwegs gutes Ende nahm: Einer der Angreifer kam unseren feurigen Cocktails zu nahe und stand in Flammen. Er sah nur einen verzweifelten Ausweg und sprang über das Brückengeländer in den Fluss." Erstauntes Gemurmel der Zuhörer. „Am frühen Morgen stand der Mann erstaunlicherweise vor unseren Wachen an der Westseite. Er hatte großes Glück, die Strömung trieb ihn bald ans Ufer. Dort konnte er sich an einen Baumstamm klammern und festen Boden erreichen. Er war in einem schlimmen Zustand, ist aber mittlerweile wieder zusammengeflickt. Der junge Mann hat bereits alles über diese Bande berichtet. Sie kamen von weiter südlich, ein Gebiet, das wir noch nicht kennen. Sie hatten in einer Tiefgarage gearbeitet und dort das Inferno überstanden. So kamen sie auch zu den beiden alten Autos. Der junge Mann heißt *Ivo*, er will hierbleiben und ich meine, er hat es verdient."

Durchgehend zustimmendes Nicken bei den *Brückner*. Die Welt ist aus den Fugen geraten und die Menschen handeln nicht immer rational.

„*Maik* und *Lucy* wollen noch heute die vor Tagen vergrabenen Lebensmittel und weiteres Material bergen. Auch ein paar Häuser sind noch zu durchsuchen. Wir glauben, hunderte Kilo Material transportieren zu können. Zwanzig Leute sollten mitgehen, die anderen bleiben mit Romek und mir hinter den Barrikaden. Die Schusswaffen teilen wir auf. Nehmt Taschenlampen mit, bis ihr zurück seid, ist es Nacht."

13. Juni 2025, Tag 11
Neue Pläne für Expeditionen
Erzählung von *Matt*

„Einige Leute sind unruhig, sie wollen Gewissheit über das Schicksal ihrer Angehörigen und Freunde. Gerade jetzt, wo für sie ein halbwegs geordnetes Leben in Gang kommt."

„OK", brummte *Maik*. „In 3er-Gruppen und mit einem klar vereinbarten Ziel wäre mein Vorschlag. Es kann nicht jeder, wie er möchte, auf Suche gehen. Zunächst aber nur zwei Teams und nicht länger als 5 Tage. Sie können in dieser Zeit 40 Kilometer weit kommen, einen anderen Rückweg nehmen und so 80 Kilometer abgehen. Jeden Tag sind 15 km zu schaffen."

„Schusswaffen bleiben hier auf der Brücke, die werden wir nicht riskieren", warf *Romek* ein.

„Die Gefahr ist groß, dass wir die Leute verlieren. Sollten wir nicht größere Gruppen bilden?", warnte *Lucy*. Den Vorschlag lehnten *Maik* und *Romek* ab.

„*Maik*, wer soll auf die Reise gehen? Übernimm bitte die Einteilung und Ausrüstung, morgen kann es losgehen. Ich zeichne für jede Gruppe eine grobe Karte zur Übersicht und gebe jeder Gruppe einen Kompass mit. Welche Route schlagt ihr vor?"

„Darüber haben wir uns bereits Gedanken gemacht. Eine Gruppe geht über die Brücke in Richtung der nächsten Stadt, nennen wir sie Team Ost und das andere Team in das offene Land im Westen", antwortete *Maik*.

"Beide Gruppen sind ein zusammengewürfelter Haufen", grinste *Romek*. "Bin gespannt, wie sie miteinander klarkommen."

"Gleichzeitig unternehmen ich, *Ingo* und *Ron* einen Tagesausflug den Fluss entlang nach Norden, um so die Gegend auf dieser Seite zu erkunden und auch hier vor Überraschungen sicher zu sein ", sagte *Maik*.

14. Juni 2025, Tag 12
Der Bautrupp der Brücke
Erzählung von *Aaron*

Heute Morgen kamen die ersten Brotteige in den neuen Ofen. Wieder eine Aufmunterung für die Gemeinschaft, bisher gab es nur Fladenbrot aus der Pfanne. Aus den Blechen der großen Autobahnschilder bauen wir Hütten und Unterstände auf der Brücke. Die Orte auf den Schildern existieren nicht mehr. Im Grunde können wir so gut wie alles gebrauchen. Meine Truppe ist voll beschäftigt, so bleibt wenig Zeit über das Chaos um uns herum nachzudenken. Jeder hat Ideen und will sich einbringen. Die Stimmung wird jeden Tag besser.

Alain, unser Schlosser *Geert,* gelernter Werkzeugmacher und *Christian* der LKW-Fahrer machen den *Ford Granada* seit gestern wieder flott. Das Ersatzrad war schnell montiert. Der 2,3 Liter Motor und die Batterie hatten keinen Schaden genommen. Der Tank ist so gut wie voll. Nur die Geländegängigkeit machte uns Sorgen. Auf den Wegen kann es holprig werden. Wir stellen Stoßdämpfer und Federn entsprechend anders ein. Die Räder haben jetzt in den Radkästen mehr Platz nach oben und eine Art Schienenräumer aus Metallstreben ziert den Kühlergrill.

Ein Dachträger aus Metallrohren ist auf das Dach geschraubt worden. Später wird eine Anhängerkupplung folgen. Ein Schweißgerät fehlt uns überall. Christian machte eine erste Probefahrt im Gelände und kehrte zufrieden zurück. Ein Geländewagen ist es nicht, aber er wird uns eine große Hilfe beim Transport von schweren Gegenständen sein.

14. Juni 2025, Tag 12
Team OST startet
Erzählung von *Jade*

Mit dem leichten Gepäck kamen wir die ersten Kilometer gut voran. Es stehen keine Gebäude mehr in der extrem verbrannten Gegend. Ein Waldstück besteht nur noch aus verkohlten Baumstümpfen. Der Himmel ist bedeckt, die verschleierte Sonne kaum zu erkennen, es ist sehr warm und alles fühlt sich unwirklich an. Außer unseren Geräuschen ist es bedrückend still.

Für fünf Tage haben wir Verpflegung eingepackt. Suppen und Nudelgerichte in Dosen, frisch gebackene Brote aus dem neuen Steinbackofen der 'Brückenküche'. Dazu Wasser in Plastikflaschen. Ein Kochtopf und Geschirr. Zum übernachten ein Zelt mit Vordach, Isomatten und Decken. Jeder hatte ein Messer am Gürtel und eine lange Stichwaffe in den Rucksack gesteckt. Ein Beil, zehn Meter Seil, Taschenlampen und ein wenig Verbandszeug. Eine Regenjacke mit Kapuze, ein paar Ersatzstrümpfe und Tücher. Für jeden etwa 15 Kilo Gewicht. Die Jungs, *David* und *Julian*, tragen mehr als ich. Wir passen gut zusammen. Ich bin 23 Jahre alt, Verkäuferin, *David* 27, Elektrotechniker, *Julien* 29 Jahre, ein Hotelangestellter. Beide freundlich und gut aussehend - ich merkte, das Leben kommt zu mir zurück.

14. Juni 2025, Tag 12 und 13
Team WEST ist unterwegs
Erzählung von *Erik*

Mit *Anton,* unserem Dachdecker und mit 22 Jahren der jüngste Erwachsene auf der Brücke, und *Lola*, 35, Kosmetikerin, ging ich zunächst Richtung Süden dem Fluss entlang, um dann Richtung Landesinnere zu marschieren. *Lola* wollte unbedingt mit in das Team, sie glaubt, ihr Freund hat auf einer Baustelle überlebt. Er installierte am Tag der Katastrophe im Keller einer Villa Leitungen und Armaturen für ein Schwimmbad. Am Morgen des Unglückstag hatte sie mit ihm darüber gesprochen.

Die Baustelle liegt in der Nähe meines Wohnorts, so war mir diese Entscheidung recht. Nach fast zwei Stunden standen wir vor verbrannten Ruinen. Ich wendete mich ab, mir standen die Tränen in den Augen. *Lola* nahm mich in ihre Arme. Auch bei ihr spüre ich Resignation. Am Abend schlugen wir erschöpft das Lager in einer Senke auf. Ein kleines Feuer wärmte einen Nudeleintopf auf. Heute sind wir geschätzte 20 Kilometer vorangekommen. In einem zerstörten Wohnhaus fanden wir im Keller zwei Kisten Mineralwasser, viele Konserven und einen großen Sack Kartoffeln. Wir verbarrikadierten den Eingang mit verkohlten Holzbalken und zeichnen die Fundstelle in die Karte ein. Unterwegs hat Anton immer wieder Wegzeichen gesetzt und ebenfalls eingetragen, denn niemand weiß, wie lange die 'Brückner' dieser Art Expeditionen zum Überleben brauchen.

Der nächste Tag bringt Regen und Gewitter. Geschlafen haben wir abwechselnd, so kam jeder zu fünf Stunden

Schlaf. Wir gingen auf einem Feldweg weiter nach Westen, genau wissen wir es nicht. Das fahle Licht der Sonne ist nicht mehr zu sehen, die Orientierung fällt schwer. Gut, dass Anton den Weg markiert hat und wir notfalls sicher zurückfinden. Die Gegend rundum ist verbrannt. Gegen Nachmittag sahen wir grüne Felder in der Ferne. „Das ist Mais", stellte *Lola* erstaunt fest. „Falls die Sonne weiterhin verdeckt ist, wird im September nichts zu ernten sein. Die Frucht ist da, braucht aber mehr Licht. Wasser erhalten die Pflanzen genug", erklärte sie bedrückt. „Wir sagen *Lucy* Bescheid und falls das Wetter besser wird, lohnt sich später der Weg hierhin".

„Auf jeden Fall einen Eintrag in die Karte wert", meinte ich.

Das Feld ist groß. In der Ferne wurde ein Dach über dem Grün sichtbar. Der Weg führte zu einem Anwesen mit Scheune und Wohngebäude. Wir schritten schnell voran und alle hatten eine Erregung erfasst.

In der Stille hörten wir einen Hund bellen.

„Neben dem Haus steht ein Zwinger, da ist er drin", rief *Lola* freudig.

Und zu aller Verblüffung ging die Haustür auf und eine Frau mit einem Gewehr trat heraus. Sie rief: „Was wollt ihr hier?"

„Wir suchen Überlebende. Wir kommen von einer Gruppe, die auf einer Brücke Zuflucht gesucht hat", rief ich.

"Wer wohnt denn noch hier?", fragte *Lola*.

„Ich und meine zwei Kinder. Mein Mann ist nach Beginn der Brände wegfahren, wollte nach den Feldern sehen", sie stockte - „er ist nicht zurückgekommen", sie senkte den Blick und konnte scheinbar nicht weiter reden. *Lola* ging auf sie zu. „Komm, ich bin *Lola*, wir schauen nach deinen Kindern".Der Schäferhund bellte nicht mehr, das Verhalten der Frau hatte ihn scheinbar beruhigt.

14. Juni 2025, Tag 12 und 13
Team OST
Erzählung von *Jade*

Gegen Mittag durchquerten wir eine Ansiedlung an der Hauptstraße. Einige Häuser sind hier nicht total runtergebrannt. Dort, wo der Kellerzugang offen ist, stiegen wir ein. Zur Sicherheit blieb einer oben am Eingang zurück. Die Kellerdecken haben viele Lebensmittelvorräte vor dem Feuer geschützt. Wir lassen alles liegen und verschließen die Zugänge mit Schutt. Aber *David* als Handwerker konnte nicht widerstehen und steckte eine Eisensäge, kleine Handbohrer und ein stabiles Messer in den Rucksack. *Julien* nimmt Feuerzeuge und Taschenlampen mit. Der Eintrag der Fundstelle in die Landkarte lohnt sich. Zu Hause, auf der Brücke, wird Matt in seine Generalkarte ein weiteres Kreuz eintragen.

Am Abend erreichten wir den Rand der Stadt. Über zwanzig Kilometer haben wir am ersten Tag geschafft. In Deckung einer Brandruine schlugen wir unser Zelt auf. Unser kleines Feuer war gegen die Sicht von außen gut verdeckt.

„Wir müssen vorsichtig bleiben und ständig die Straße im Auge behalten", warnte *David*.

„O.K., ich übernehme die erste Wache, bereitet ihr schon mal ein leckeres Abendessen vor", meinte *Julien* und zwinkert mir zu. Irgendwie machte er damit eine Anspielung auf David und mich. Etwas verlegen öffnete ich die Dose mit Nudeln und stellte sie auf das Feuer. *David* schnitt Brot mit seinem neu erworbenen Messer. „Marke *Rambo?*", fragte ich. Der Scherz brachte ihn zum Lachen. "Mir fehlen nur noch die langen Haare und das Stirnband".

„Das mit den Haaren macht langsam Fortschritte" und ich zog an dem Haarschwanz in seinem Nacken. Er lächelte. Ich fühlte mich in seiner Nähe geborgen. Ich schaute zu *Julien* rüber und sah dort ein Grinsen im Gesicht. Na, das kann noch heiter mit den Jungs werden. Die nächste Wache übernahm ich. *Julien* hat aus einem der Keller ein paar Kartoffeln eingesteckt, die er jetzt in die Glut des herunter gebrannten Feuer wirft. Eine willkommene Abwechslung auf der Speisekarte. Danach übernahm *David* die Wache. *Julien* und ich legten uns hin. Es war warm, Decken brauchten wir keine, also ließen wir den Zelteingang offen.

Ich wurde wach gerüttelt, verschlafen, sah ich *David* aus dem Zelt springen. „Herkommen, schnell", rief *Julien* von der Fensteröffnung der Ruine.

Jetzt hörte ich so was wie Schüsse. Aber unterschiedlich laut. Könnten auch weit entfernte Explosionen sein.

„Wie weit ist das weg?", fragte ich.

„Schwer zu schätzen, vielleicht so um die 1000 Meter ", meinte *Julien*.

„Wir bleiben hier, Taschenlampen aus, es wird hell, wir sehen genug". *David* wurde durch eine laute Explosion unterbrochen. Danach hörten wir heftiges Gewehrfeuer.

„Das hört sich nach Schnellfeuerwaffen an, so was könnten wir auch gebrauchen", brummte er.

Nach ein paar Minuten wurde ein Motorgeräusch lauter und näherte sich auf der Straße zu unserem Unterschlupf. Weiter oben wird mit dumpfem Knall ein Hindernis aus dem Weg gerammt.

„Das ist ein Lkw", vermutete David. Ich hatte mich in den letzten Minuten unbewusst an ihn gelehnt. Nun sahen wir ihn. Ein alter Lkw-Kipper fuhr vorbei, auf der Seite las ich die Aufschrift: 'Martin Bonder - Hoch- und Tiefbau'. Auf der Ladefläche sah ich Köpfe, teilweise mit Mützen. Einer stand und hielt sich mit einer Hand fest, in der anderen eine kurze Maschinenpistole. Auf der Ladefläche stand eine große Kiste, wie sie auf Baustellen für Werkzeug genutzt wird.

„Ich habe sieben gesehen", sagte Julien.

„Geht hin, im Fahrerhaus mit Fahrer wahrscheinlich weitere drei", meinte David.

„Eine erschreckende Truppe, schwer bewaffnet und Sprengstoffe haben sie auch. Wen haben sie angegriffen?", fragte ich.

„Oder sie flüchten vor Angreifer", sagte David.

An Schlaf war nicht mehr zu denken. Ein heller Streifen am Horizont kündigt den neuen Tag an. Wir packten unsere Sachen und tarnen die Rucksäcke mit Bauschutt, ohne Ballast wollten wir weiter Richtung Innenstadt erkunden.

„Bei Gefahr flüchten wir durch die Ruinen entlang der Straße zu unserem Lager. Schnelligkeit ist unser Vorteil" , stellte Julien klar.

„Und wir bleiben zusammen", meinte David und schaute mich an. Wir gingen am Rand der Straße, sie führte leicht bergan.

Alles ist verwüstet. Ausgestorbene Straßen, viele verbrannte Autowracks, zersplitterte Fensterscheiben und einige verkohlte Leichen zeigen den Schrecken der Katastrophe. Die Stadt lag in Schutt und Asche.

„Ich rieche Benzin", rümpfte *David* die Nase.

Vor uns lag ein BMW auf der Seite, der Tank war beschädigt. „Den hat der Lkw beiseite geschoben", stellte *Julien* fest.

An der nächsten Kreuzung fanden wir auf dem Gehweg ein abgerissenes Hinweisschild. *Julius* liest laut: "*Notaufnahme Klinik 800 Meter.*" Der Pfeil zeigt nach rechts. Das ist ein lohnendes Ziel für uns", sagte ich.

15. Juni 2025, Tag 13
Nach Norden dem Fluss entlang
Erzählung von *Maik*

Es war nur ein kurzer Tagesausflug am Flussufer entlang Richtung Norden geplant. Am frühen Abend wollen wir zurück sein. Dabei sind *Ingo* und unser Student *Ron*, der mal runter von der Bücke wollte. Wir hofften, interessantes Strandgut zu finden. *Romek* hatte uns eine Pistole gegeben, er verwaltet jetzt das Waffenlager.

Nach ein paar Kilometer hat der Fluss eine neue Bucht gebildet. Das Wasser war hier sichtbar ruhiger.

„Hier sind garantiert Fische", stellte *Ingo* fest. Wir könnten es mit Angeln versuchen, das bringe ich euch auf die Schnelle bei und Spaß macht das auch noch", strahlte er. Ich blickte Ingo skeptisch an. „Wie wäre es, mit einem Netz zu fischen?"

„Ginge auch - wenn wir ein engmaschiges Netz hätten. Ich baue morgen ein paar Angelgeräte und wir fangen garantiert einige Kilo Fisch," *Ingo* war Feuer und Flamme.

Wir gingen weiter, fanden aber nichts Nützliches. Das Hochwasser und die starke Strömung haben alles mitgerissen. In den Büschen und Bäumen am neuen Flussufer ist einiges hängen geblieben, manches nicht ansehnlich. Die aus dem Wasser ragenden Schilder weisen auf eine überflutete Landstraße hin. Auch zwei Autodächer sind noch zu erkennen.

Nach der nächsten Biegung sahen wir ein vom Hochwasser eingeschlossenes Industriegebäude. Alles schien dort vom Feuer verschont zu sein. Ein Schwimmbagger liegt halb versenkt im Wasser. In der Anlage ist sicher einiges zu holen, aber nur mit einem Boot kämen wir rüber. Eine Aufgabe für später. Die Entdeckungen habe ich in die Landkarte eingezeichnet.

Wir kehrten um und nach einem Tagesmarsch von 18 Kilometer trafen wir auf der Brücke ein. Auf den letzten Metern wurde Feuerholz eingepackt, so ganz ohne 'Beute' wollten wir nicht zurückkommen. Bereits vorher hat *Ron* vier Glasflaschen für die Küche oder zum Bau weiterer *'Feuercocktails'* gefunden, wie wir die Brandbomben nennen. Auf der Brücke können wir zur Zeit alles gebrauchen.

15. Juni 2015, Tag 13
Team WEST
Erzählung von *Erik*

Die Frau auf dem Hof heißt *Ruth*, ist 38 Jahre, ihre zwei Mädchen sind acht und zehn Jahre alt. Sie glaubt, ihr Mann ist in dem Feuer umgekommen. Wir verstummen und machen ihr, nach ein paar Minuten, den Vorschlag, mit uns zukommen. Auf der Brücke wären sie und ihre Kinder sicherer. Sie kochte uns Kaffee und es gab Nusskuchen dazu. Ein Genuss für uns. Ich erzählte unsere Geschichte seit dem Inferno, sie und die Kinder hörten aufmerksam zu.

„Ja, wir wollen mit euch gehen", sagte sie und schaute dabei die Kinder an. „Aber was wird aus unseren Tieren?", fügte sie an.

„Den Hund nehmen wir natürlich mit", sagte *Lola*. Zu unserer Überraschung zählte Ruth noch zwei Ziegen und 8 Hühner auf.

„Und Moritz?" rief die Älteste aus.

„Na klar, eure Katze ist auch dabei" *Anton* nickte und tätschelte ihre Hand, er hat das schwarze Fell bereits auf dem Fensterbrett gesehen.

Ruth wollte, dass wir hier übernachten und um somit genügend Zeit für alle Vorbereitungen zu haben.

„Kann einer von euch einen alten Traktor fahren?" fragte sie in die Runde.

„Was - ein Traktor funktioniert noch?", fragte ich ungläubig.

„Es ist ein altes Stück von über vierzig Jahren, ein Erinnerungsstück an die Kindheit meines Mannes. Mit den Kindern hat er noch Ostern einen Ausflug gemacht. Sie fängt an zu weinen.

Mit Zündschlüssel gingen alle in die große Scheune. Jetzt machten sich auch die Ziegen in einer abgeteilten Ecke bemerkbar. *Anton* startet den Motor und ich und *Lola* jubeln.

„Was für ein Glück, dass wir hier hergefunden haben", rief *Lola*. "Und ein Anhänger ist auch da!". Der zweiachsige Anhänger hatte hohe Bordwände, da wird einiges Platz finden.

Den Rest des Tages waren wir beschäftigt. *Anton* baute einen flachen Hühnerstall, auch die Hühner müssen auf der Fahrt eng zusammenrücken. Auf dem Hof sind alle möglichen Materialien und Werkzeuge vorhanden. Die beiden kleinen Ziegen und die Hühner sollen mit auf den Hänger und dort sicher unterkommen. Eine Matratze wird für *Ruth,* die Kinder *Gerti* und *Elli* und *Lola* auf den Boden des Anhängers gelegt. Alle verderblichen Lebensmittel wurden eingepackt. Die Hausapotheke, allerlei wichtiger Kleinkram wie ein Nähkasten, Kleidung, Werkzeug und weiteres Unentbehrliches wie ein alter Stromgenerator mit Benzinmotor. Im Geräteschuppen stand ein kleines Schweißgerät. *Aaron* und seine Truppe werden begeistert sein.

Futter für die Tiere, zwei gefüllte Benzinkanister mit Dieselkraftstoff und zwei mit Benzin, Feldgeräte und ein wenig Saatgut für unsere Gärtner wurden aufgeladen.

„Wir fahren umgehend wieder hierher zurück. Das muss alles für die Brücke gesichert werden", sagte ich.

„Der Rat wird das auch so sehen, es muss alles zur Brücke", bemerkte *Anton*.

Was wir nicht auf die erste Fuhre bekommen, wie Konserven, Eingemachtes, Kleidung, Geschirr und Werkzeug, trugen wir in die Scheune und legten Heu darauf. Wer weis, wer noch alles hier herum streunt.

Aus dem Schlafzimmer bringt uns *Ruth* eine weitere Überraschung. Im Nachttisch hat ihr Mann eine moderne *9 mm Pistole* und eine Schachtel Munition liegen. So sind wir für die Fahrt mit zwei Schusswaffen nicht ganz wehrlos.

Über Stunden sind wir beschäftigt. Alle waren in guter Stimmung und auch *Ruth* sah man die Erleichterung an. Die Kinder und sie sind in Sicherheit.

Die Nacht verlief ruhig, nur einmal bellte kurz der Hund, aber bei Gefahr hätte er keine Ruhe gegeben. Früh am Morgen brachten wir die Hühner und Ziegen auf den Wagen. Die Kinder knien schon mit der Katze auf dem Arm auf der Matratze. *Ruth* stieg auf und *Anton* stellte den Schäferhund *Bob* mit einer Leine auf die Ladefläche, die beiden hatten sich bereits angefreundet. Es ging los, *Anton* fährt, beruflich lenkt er den Lkw seiner Firma, da mache ich mir keine Sorgen. Ich entere den Sitz über dem Rad, die Pistole im Gürtel. *Lola* machte es sich auf der Matratze bequem, das Gewehr hatte *Ruth* in ihrer Nähe liegen. Der Traktor schaffte immerhin einen Schnitt von 8 km in der Stunde, trotz teilweise schwierigem Gelände. Wir wurden ordentlich durchgerüttelt. *Ruth* kennt die Wege Richtung Brücke und so geht es recht geradlinig voran. Am Nachmittag sollten wir ankommen. Bereits hunderte Meter vor der Brücke wurden wir unter lautem Rufen empfangen. Unser Gefährt war über einen Kilometer weit zu hören. Auf der Brücke wurde das Spektakel noch lauter. Alle sprangen begeistert um uns herum. Es ist ein Festtag für die *"Brückner"*. Die Expedition 'West' ist zwar keine geplante 50 Kilometer weit gekommen, aber dieser Erfolg war wichtiger.

15. Juni 2025, Tag 13
Team OST
Erzählung von *Jade*

Wir folgen dem Hinweisschild zur Notaufnahme der Klinik. Links vorne ragte ein großer Gebäudekomplex über die anderen Bauten. Scheinbar die Klinik oder was davon übrig ist. In der Front sahen wir schwarze Löcher. Das Gebäude ist eine ausgebrannte Ruine.

„Was wollen wir hier noch finden?", fragte *Julien*.

Nach der nächsten Biegung sahen wir in hundert Meter Entfernung eine Barrikade aus Mauersteinen und Eisenträger quer auf der Straße. Es ist eher ein Hindernis für Fahrzeuge. Wir klettern darüber weg und gehen an der Seite an Hausruinen weiter. Die Stille ist erdrückend, ich bekam ein mulmiges Gefühl.

Ein lauter Knall und vor uns spritzt der Teerbelag auf. Zunächst waren wir wie erstarrt.

„Weg hier - in die Häuser" schrie *David* und rannte nach rechts zwischen zwei Mauerresten durch. *Julius* lief ein Stück zurück, sprang über eine kleine Mauer und verschwand auch in einer Ruine. Da schlägt der zweite Schuss neben mir ein. Ich rannte in die gleiche Richtung wie David und stolpere nach wenigen Metern über ein Hindernis, fiel nach vorne und es wurde dunkel um mich.

David hörte Schritte hinter sich und rannte durch Hinterhöfe mehrere hundert Meter weiter. An eine Mauer gelehnt, blieb er einige Minuten stehen. Auch Julius kommt keuchend neben ihm an.

„He, wo ist *Jade*?", schaut *Julius* sich um.

„Ich dachte, sie läuft hinter mir, ich hörte doch Schritte", sagte *David* mit Panik in der Stimme.

„Das hinter dir war ich", erwiderte Julius.

Sie sahen sich um und lauschten, hörten aber keine Schritte.

„Los wir müssen zurück," rief *David* und war schon ein paar Meter unterwegs. „Vorsicht, Abstand halten" rief *Julius* und nahm einen anderen Weg zurück.

Mein Bewusstsein kehrte nur langsam zurück. Ein starker Kopfschmerz meldete sich zuerst. Ich versuchte, die Augen zu öffnen. Zentimeterweise tauchte die Welt im Dämmerlicht auf, ich sehe die Umgebung aber nur verschwommen. Wo bin ich? Ein Sturz? Ich erinnerte mich. Ein harter Schlag - die Flucht - wo ist *David*?

Ich hob den Kopf und sah mühsam an mir herunter. Ich liege flach auf einer schmalen Bahre, meine Beine sind unten mit einem Kabelbinder zusammengebunden. Bin ich eine Gefangene? Von wem?

Die Tür ging auf, eine Frau in einem blauen Kittel schaute mich freundlich an.

„Das ging jetzt aber schnell, ich rufe Dr. Peter".

David kam als erster wieder auf der Straße an. Nichts rührte sich. Das Geräusch weiter unten wird wohl *Julius* sein, dachte er und kurz darauf sah er ihn winken. Über eine Kuppe führt die Straße abwärts und endet vor zwei verbeulten Toren unterhalb des Klinikgebäudes. In großer Schrift steht *Notaufnahme* darüber. Ein paar Meter davor ist die Straße mit Glassplitter, Brandflecken, kleinen Krater und Patronenhülsen übersät.

Zentrale Notaufnahme

Um die Aufmerksamkeit auf sich zu lenken, hob er beide Arme hoch, blickte zu *Julius* und ging auf die Tore zu. Eines der Rolltore fuhr lautstark nach oben, die Führung schien demoliert. Dahinter stand in Schulterhöhe eine Mauer aus Steinen der Umgebung. Ein Kopf erschien und rief:

„Komm näher, eure Freundin erwartet euch"
Kurz danach fuhr das zweite Tor hoch. Diese Einfahrt ist frei, ein paar Meter dahinter steht ein Unfallwagen. Zwei Männer und eine Frau in blauen Kittel winkten uns rein. Das Tor rollte hinter uns herunter.

Die Halle ist weiträumig, am Ende sind mehrere Räume in diffusem Licht erkennbar.

„Wir sind *Leo, Albert* und *Tina* und wer seid ihr?" fragte die junge Frau freundlich.

Julius stellte die beiden vor und betonte ihre friedliche Absicht.

„Ok, wir bringen euch zum Chef, nennt unseren Doktor einfach *Peter*".
Hinten links führt eine Treppe nach oben in einen Raum mit einem großen Tisch.

„Hallo, ihr zwei Wandergesellen", begrüßte sie ein großer Mann und stellte sich als *Peter* vor. Er bietet Kaffee, Tee und Gebäck an, sie nehmen verblüfft an.

54

Durch eine zweite Tür trat ich in den Raum - und *David* stürmte auf mich zu, drückte mich und gab mir einen Kuss auf die Wange. *Julius* stand grinsend dahinter. Für einen kurzen Moment waren meine Kopfschmerzen weg. Erst jetzt bemerkte *David* das Pflaster auf meiner Stirn. „Halb so schlimm, ich wurde gleich gefunden und Dr. *Peter* hat mich schnell verarztet. Die Geschichte, von unserer Brücke habe ich bereits kurz erzählt."

„Es scheint also mehrere unangenehme Banden zu geben", sagte der Notarzt. In Gedanken gebe ich ihm den Namen *Dok Peter.*

Ihre Geschichte erzählte **Doc Peter:**
Die Klinik traf es ohne Vorwarnung. Stromausfall und Feuer. Die Sprinkleranlagen fielen aus. Die Pumpen blieben stehen. Die elektronische Steuerung der Notstromaggregate verbrennt. Das Haus wird in Minuten zum Tollhaus. Nur wenige gelangten in diesen tiefer gelegenen Bereich. Wer es nach draußen schaffte, verbrannte im Feuersturm, der die Stadt verwüstete.

Zu Anfang waren wir dreizehn Leute. Darunter nur zwei Patienten, alle anderen Klinikpersonal aus der Nähe der Unfallaufnahme. Heute zählen wir 15, zwei kamen ein paar Tage später dazu. Unsere Suche in den Trümmern nach Wasser und Lebensmittel traf sie in einem gut geschützten Keller an. Alles verlief ruhig, wir waren mit dem Überleben beschäftigt, als vor vier Tagen diese Bande das erste Mal versuchte, die Tore zu öffnen. Unser Hausmeister hat sie mit Schüssen verjagt. Diese Pistole hat unser Suchtrupp gleich zu Anfang gefunden und Karl kann damit dank seiner Militärzeit umgehen. Mit Peter zusammen hat unser Laborant Boris daraufhin einfache Sprengkörper hergestellt. Diese haben heute Nacht ihre Wirkung gezeigt und die Bande in die Flucht geschlagen.

„Wir sind hier aber nicht mehr sicher", sagte Peter zum Schluss. „Und ich sehe schwarz, falls sie mit besseren. Waffen angreifen".

„Kommt zu uns auf die Brücke, wir können Verstärkung gebrauchen", antwortete Julius.

„Die Brücke ist einfacher zu verteidigen, zumal wir jetzt einige Schusswaffen haben und eure Flaschen-Cocktails wirksam sind", meinte David.

„Und außerdem gibt es dann Kaffee", sagte ich gut gelaunt.

„Wir werden das in wenigen Stunden entscheiden", sagte Peter. „Ein Suchtrupp kehrt mit 8 Leuten bald zurück - dann stimmen wir ab".

Die Entscheidung fiel einstimmig aus. Noch am Nachmittag wurde der Marsch zur Brücke geplant. Die Elektronik des Rettungswagens war zerstört. Ein alter Leichenwagen im hinteren Bereich ohne Batterie und mit Zündproblemen. In dieser Situation hätten wir alles zum Transport genommen. Wir können das wertvolle Material der Notstation nicht zu Fuß transportieren.

Ein Sauerstoffgerät mit Flaschen und weitere schwere Geräte bringen wir in einer Ruine hinter dem Haus unter und tarnen mit Schutt. Auch ein Großteil der wertvollen

Medikamente und haltbaren Lebensmittel kommt so in ein Versteck außerhalb der Station. Nur eine Notversorgung wanderte in den Rucksack von *Dok Peter.*

Abends brachen wir auf und holen zuerst unsere Rucksäcke im Versteck ab. Am Stadtrand, in einer Nebenstraße, suchten wir uns eine Unterkunft für die Nacht. Wir machten kein Feuer und verständigten uns nur leise oder durch Handzeichen. Zu dritt wurde abwechselnd Wache gehalten.

Früh marschierten wir los und nahmen den uns bekannten Weg zur Brücke. Am Abend haben wir es geschafft. Die Wache an der östlichen Barriere hörte uns kommen. Wir gaben uns früh zu erkennen. Die Verblüffung und die Freude über unsere erfolgreiche Rückkehr war groß. Mehr als fünfzig *Brückner* leben nun auf der Brücke.

24. Juni 2025, Tag 22
Der Stand der Dinge
Erzählung in der *Chronik*

Der Rat ist mit *DokPeter* auf sechs Mitglieder erweitert worden. Alle *Räte* sind akzeptiert und legen die Richtlinien fest und planen die gemeinsamen Vorhaben. Die Bewohner der Brücke fühlen sich als Gemeinschaft und die Stimmung ist euphorisch.

Das Radio und Funkgeräte schwiegen, am Himmel keine Fluggeräte, auf dem Fluss keine Schiffe und in der Umgebung keine weiteren Lebenszeichen. Was bei den Verwüstungen auf dem Land und in den Städten, keine Überraschung ist.

Das Wetter hat sich gebessert. Die Tage werden wieder heller und die Tagestemperatur ist um 2 Grad auf 40 Grad heruntergegangen. Der Wasserstand des Flusses sinkt jeden Tag um ein paar Zentimeter und die Strömung wird langsamer. Allerdings regnet es seltener und nicht sehr ergiebig. In in den letzten Tagen wurden die bisher erkundeten.

Fundorte von Ressourcen sind weitgehend geräumt und in die Lager der Brücke geschafft. Somit ist das Land im Umkreis von etwa 25 Kilometer links und rechts des Flusses durchsucht.

Die Beschaffung von Nahrungsmittel steht noch immer im Vordergrund. Wir rechnen im Schnitt mit 400 Gramm Nahrung je Person und Tag, also gegenwärtig gegen 25 Kilo täglich. Die Wasseraufbereitungsanlage schafft am Tag 120 Liter zu filtern. Zum Test wurde ein großer Garten neben der Auffahrt angelegt. Kartoffeln wurden gesetzt, bis zum Herbst hofft man auf Erfolg. Auch das entdeckte Maisfeld könnte die Ernährung sichern. Alles ist vom Wetter abhängig.

Der Bautrupp hatte viel geleistet. Die Unterkünfte wurden besser gegen die Witterung geschützt. Die Toiletten und Waschräume erhalten Wasser über Leitungen aus einem Wassertank. Mobiliar wie Betten, Tische und Stühle sind ausreichend.

Der *Ford Pkw* und der Traktor wurden mit angeschraubten Blechen besser geschützt. Die Seitenwände des Anhängers rundum mit Holzplatten und Blech um einen Meter erhöht. Einige erinnern den Umbau an frühere ‚*Mad Max*‘ Filme.

Mittlerweile sind am Ufer neben der Brücke alle Bäume und Sträucher entfernt. Das Sichtfeld wurde um 30 Meter auf jeder Seite erweitert, eine Annäherung würde frühzeitig erkannt.

Fieberhaft arbeitet die Waffenwerkstatt an der Herstellung von Sprengstoff und Zündschnüren. Kleine Armbrüste und Bogen mit durchschlagenden Bolzen und Pfeilen stehen an den Barrikaden bereit, ein Ersatz für fehlende Schusswaffen. Aus kurzer Entfernung durchaus gefährlich. Verschraubt aus mehreren Lagen Blech gehören kleine tragbare Schilde zum Körperschutz.

Die medizinische Abteilung hat enormen Zuwachs an Personal und Medikamenten erhalten. Das alles gab uns Zuversicht für die nächsten Monate.

26. Juni 2025, Tag 24
Bootsausflug
Erzählung von *Maik*

Wir hatten zwei Gründe, das Gebäude in der Bucht zu untersuchen. Zum einen konnte die Fabrik uns einige Schätze bieten und zum anderen will *Ingo*, unser Hobbyfischer, mit Angeln und einem kleinen Netz die Speisekarte um Fisch erweitern. Zuvor hatten wir ein zweites Ruderboot am Ufer im Gestrüpp gefunden. Vier einfache Paddel waren schnell hergestellt. Ein großer Stein, mit Seil umwickelt, stellte notdürftig den Anker. Wir wussten aber nicht, wie hoch das Wasser in der Bucht steht. Das Boot trägt gut 6 Personen. Neben mir geht *Britta*, unsere erste Krankenschwester, ihr Freund *Ron*, *Albert*, der Fahrer des Notarztes, *Ingo* und *Karl*, mit 52 Jahren der älteste *Brückner*, mit. Mit dem Traktor brachten wir das Boot mit Gepäck auf dem Hänger zur Bucht. *Albert* fuhr, *Britta* saß auf dem hohen Beifahrersitz, die anderen zu Fuß. Ich bekam von *Romek* eine Pistole, *Albert* hat seine Armbrust dabei, er ist ein guter Schütze geworden, den Eisenbolzen jagt er auf 10 Meter immer ins Ziel.

Nach zwei Stunden sind wir da. Der Wasserspiegel war etwas gesunken, der Flussbagger ragt höher aus dem

Wasser als vor zwölf Tagen. Wir zogen Gummistiefel an und ließen das Boot auf einer Rutsche zu Wasser.

„Albert und Ingo, ihr bleibt bitte hier, bei Gefahr einen Warnschuss abgeben". Ingo steckte meine Pistole in den Gürtel und schaute schon ungeduldig auf seine Angelgeräte.

Zu viert stiegen wir in das Boot und paddelten in Richtung des Gebäudes, das wie eine kleine Burg im Wasser steht. Es sind nur etwa 200 Meter. Wir fanden auf dieser Seite keinen Zugang und ruderten um das Gebäude links herum, wir wollten dem Fluss fern bleiben, die Strömung ist immer noch gefährlich stark. Jetzt sahen wir eine hohes Tor und fuhren hinein. Karl machte das Boot mit der Leine an einer Metallstrebe fest. Im Innern wurde uns sofort klar, was der Zweck des Gebäudes ist - eine Werft.

Am Ende der Halle stand, aufgebockt auf Untergestellen, eine kleine Motoryacht von etwa 8 Meter Länge. Das Hochwasser stand einen Meter hoch im unteren Geschoss. Weiter vorne in der Halle, zum Fluss hin, schaute das Dach eines versunkenen Schiffes aus dem Wasser. Ich nahm an, das Schiff sollte, über eine Slipanlage, zu Wasser gelassen werden. An der Decke verläuft durch die gesamte Halle ein Kransystem. Einige Türen führen in weitere Räume. Eine stand offen, dahinter ein Lager mit Regalen. Den Mitarbeitern gelang wohl noch rechtzeitig die Flucht über die Ausgänge landwärts. Sehr gespenstisch hier, nur das Plätschern des Wassers war zu hören.

„Donnerwetter" brach *Karl* den Bann. Alle starrten verblüfft auf das Szenario. Mit sowas hatte keiner gerechnet. Eine Treppe führt nach oben. *Ron* sprang vom Boot aus rüber und stieg die Stufen bis zu den oberen Räumen hoch. Kurze Zeit später schaut er nach unten: „Hier sind Büroräume und abgerauchte Computersysteme". Mit einer Heftmaschine und einem Pack Kopierpapier kam er wieder runter. „Fehlt uns noch", grinste er. „Vorerst gibt es hier nicht viel für uns zu holen, aber wenn der Pegel sinkt"... lässt *Ron* das Weitere offen.

„Ja, ein paar Ideen für später habe ich auch - nur, wo nehmen wir den Kapitän her?" Alle lachen.

„Für unseren Bautrupp ist hier später wichtiges Werkzeug und Material zu finden", meldete sich jetzt auch *Britta*. „Den Verbandskasten habe ich eben ausgeräumt."

Wir ruderten zurück. Unterwegs fragte *Ron*: „Seht ihr auch drei Leute am Ufer neben dem Traktor?". Die nächste Überraschung: Am Ufer brannte ein Feuer und drei Männer standen daneben. Wer ist der Dritte?

„Was habt ihr gefangen?", empfing uns *Ingo*. Am Feuer standen Albert und ein älterer Mann. Graue Haare schauen unter seiner Mütze hervor. Bekleidet ist er mit einem blauen Overall, auf der Brust einen Aufnäher mit der Aufschrift: *Taifun Werft*.

Albert erklärt: „Das ist *Manfred*, ehemaliger Elektriker auf der Werft." Er kam einfach auf uns zu, er lebte seit der Flucht aus der Werft einen Kilometer von hier. Als er den Traktor hörte, ist er aufgebrochen. Er hatte vor Tagen nördlich von hier Schüsse gehört und nachgeschaut. Vor einem Haus hatte er eine Gruppe von 4 Männern und einer Frau beobachtet, die sich betrunken hatten und mit einem Revolver in die Luft schossen. Jetzt will er die Gegend verlassen".

„Hallo", sagte *Manfred* und hob leicht den Arm.

„Herzlich willkommen in unserem Club", grüßte ich zurück.

„Wie sieht es auf der Werft aus?", fragte er.

Karl antwortete: „Das Untergeschoß ist einen Meter hoch überschwemmt". Den Titel 'Ältester' ist er sichtbar losgeworden.

Über dem Feuer brät aufgespießt ein großer Fisch. *Ingo* drehte ihn ständig und schien mächtig stolz zu sein.

„Ein *Zander*, in zwanzig Minuten ist er gut", erklärte er.

„Das war ein schneller Fang und als ich ihn fragte, wie er bei der Hitze die Beute nach Hause bringen will, hat er aufgegeben und Feuer gemacht", erklärte grinsend *Albert*.

„Ich freue mich auf den Fisch, *Ingo*, gut gemacht", lobte ihn *Britta*. „Die nächsten Fische räuchern wir, das macht sie über Tage haltbar". Sie klopfte ihm auf die Schulter.

Das Boot nahmen wir nicht wieder mit zurück, es wurde im Gebüsch versteckt. Nach knapp zwei Stunden fahren wir zu siebt auf die Brücke. *Aaron* ist hocherfreut, einen Handwerker mehr kann er im Bautrupp gut verwenden. Auch *Manfred* war nach Wochen der Einsamkeit dankbar für die freundliche Aufnahme.

4. Juli 2025, Tag 32
Die neue Waffe
Erzählung von *DokPeter*

Die beiden Chemielaboranten *Boris* und *Georg* wollen eine wirksamere Waffe für weite Entfernungen entwickeln, die ein gutes Stück weiter reicht, als es mit den handgeworfenen *Molotowcoktails* derzeit möglich ist. Sie haben gutes Basiswissen, um mit einfachen Mitteln zu experimentieren. Die Idee ist, einen Werfer zu bauen, der bis zu 50 Meter weit ein Geschoss schleudert, das bei Aufprall explodiert und so Angreifer auf Distanz hält.

Der Bautrupp schweißte nach einer Zeichnung ein Rohr von 80 cm Länge und 8 cm Durchmesser auf eine stabile Platte. Unten wurde eine verschließbare Klappe seitlich angebracht, ein Zwischenboden mit Löchern schloss die Kammer nach oben ab. Das Prinzip ist, in der Kammer Pulver zu zünden, wodurch Explosionsgase entstehen, die durch Löcher nach oben drücken und ein Geschoss aus dem Rohr schießen. Unter Militärs als *Granatwerfer* bekannt.

Soweit die Theorie. *Romek* und *Maik* halten unseren Plan für machbar, ähnlich funktionierten früher die ersten *Werfer* in den Streitkräften.

Boris brachte Erfahrung mit den ersten Versuchen vor der Klinik mit. Sie experimentieren mit verschiedenen Stoffen wie zum Beispiel Haushaltsreiniger, Düngemittel und Kosmetikartikel enthalten Wasserstoffperoxid, Ammoniumnitrat und Acetonperoxid. Selbst die Herstellung von einfachem Plastiksprengstoff scheint möglich.

Aus Sicherheitsgründen wird am Ufer getestet. Die beiden finden Schutz hinter einer doppelten Blechwand.

Trotzdem eine gefährliche Angelegenheit und mehrfach bin ich eingeschritten, als sie in ihrem Eifer alle Vorsicht über Bord werfen wollten.

Zunächst wird mit dickeren Kieselsteinen geschossen. Das funktioniert mit einem Pfropfen unter dem Stein recht gut. Das Eisenrohr hält die Abschüsse aus. Auch die Schussweite ist mit diesen Gewichten wie erhofft. Mit der Höhenverstellung können verschiedene Abschusswinkel eingestellt werden. Der kleinste Winkel bringt eine Reichweite nahe an 80 Meter, bei 80° Grad nur etwa 20 Meter, wobei hier das Risiko für die Bedienung groß ist. Unter dieser Entfernung sollten weiterhin die 'Feuercocktails' geworfen werden. *Romek* kommt nachschauen und ist hoch begeistert.

„So weit kommen wir mit den 'Cocktails' in Glasflaschen nicht. Nur, wie sehen hier die Geschosse aus und fliegt uns das nicht schon am Start um die Ohren?"

„Heutige Granaten haben einen Aufschlagzünder, davon sind wir weit entfernt, das heißt, wir müssen das Geschoss bereits scharf gemacht in das Rohr schieben", sagt *Boris*. *Romek* verzieht das Gesicht und schaut mich an.

"Die Lösung kann vorerst nur eine Zündschnur sein. Die Brenndauer dieser Schnüre können wir durch ihre Länge festlegen", erklärt *Georg* selbstsicher.

Nach einem weiteren Tag ist der erste Abschuss einer mit Pulver gefüllten Blechdose und die Explosion am Ziel gelungen. Die ehemalige kleine Suppendose verschleuderte vor Ort die Ladung Kiesel wie Geschosse über den Boden. Der Schreck wird den Angreifern hoffentlich ordentlich in die Glieder fahren und Verletzungen sind mit *schärferer* Ladung wahrscheinlich. Einzig die Schussfolge ist unbefriedigend, aber bei mehreren Werfern sieht das anders aus. Die beiden arbeiten weiter an Verbesserungen und werden es auch mit Gläsern versuchen. Drei weitere Rohre wurden für unsere kleine *Artillerie* in Auftrag gegeben. Weiterhin experimentieren sie auch mit Spraydosen die durch eine Zündschnur zeitversetzt in Brand geraten und explodieren. Das sollte zumindest Verwirrung stiften und zur Ablenkung beitragen.

Solange wir nicht wissen, über welche Mittel ein möglicher Gegner verfügt, müssen wir nach jedem Strohhalm greifen.

7. Juli 2025, Tag 35
Besucher am Zaun
Erzählung von *Romek*

Ich wurde an den neuen Zaun gerufen. *Ruth* und *Lynn* stehen da, ihnen gegenüber sehe ich sechs Gestalten in einem ziemlich heruntergekommenen Zustand.

„Weg vom Zaun", warnte ich die Frauen.

Beim Näherkommen erkenne ich 5 Männer und eine Frau. Mir fällt die Beschreibung von unserem letzten Neuzugang *Manfred* ein. Erzählte er nicht von betrunkenen Typen mit einem Revolver? Ihre Kleidung ist verdreckt und verschlissen. Nur die Frau hat einen recht sauberen Overall und sieht auch sonst gepflegter aus.

„Kommt zum Tor auf der Fahrbahn", rief ich.

Auf dem Weg nahm ich meine Pistole in die Hand. *Ruth* und *Lynn* gingen mit, blieben aber hinter mir.

„Ich öffne jetzt das Tor und ihr stellt euch rechts an den Zaun", sagte ich im barschen Ton.

„Wir wollen zu euch. Wir haben seit Tagen nichts mehr gegessen", rief der Dicke von den Männern trotzig. Sie stellten sich innerhalb des Geländes am Zaun auf.

"Leg den Revolver vor dir auf den Boden, auch Messer und Rucksäcke"

Ich habe richtig getippt. Der *Dicke* hat den Revolver, die Frau ein rotes Taschenmesser.

Zwei Rucksäcke legten sie dazu. *Ruth* sammelte alles ein. „Patronen hat er keine mehr", sagte die Frau mit einem schrägen Blick zum *Dicken*.

„Wie heißt du und wie kommst du zu diesen 'Herren' hier?", fragte *Lynn* mit einem schrägen Blick zu dem Dicken.

„*Ellen* - ich bin seit einer Woche bei denen, sie fanden mich in meinem Keller", antwortete sie.

„Okay, *Ellen*, komm zu mir, ich bin *Lynn*"

Wir traten zurück, um uns zu beraten. Ich wollte die Männer auf keinen Fall sofort auf die Brücke lassen und schlug vor, sie vorerst in einem der Kastenwagen auf dem Gelände unterzubringen. Um die Frau wollte sich *Lynn* kümmern und nahm sie gleich mit. Den Männern zeigte ich die Unterkunft, sie würden hier versorgt werden. Wir können jede Kraft in unserer Gemeinschaft gebrauchen. Später wollten wir ihre Geschichte hören und dann entscheiden. Ihre Gesichter hellen sich auf.

12. Juli 2025, Tag 42
Auf der Suche nach alten Fahrzeugen
Erzählung von *Maik*

"Wir müssen mehr Fahrzeuge haben, beweglicher und schneller, mehr Ladefläche und geländegängig", sagte ich zu *Romek*. Wir lehnten am Geländer des östlichen Wachturmes und schauten von oben auf das Lager der Brücke. Oder sollte man schon von einer Ansiedlung sprechen? Gestern wurde der Turm fertig. Auf der Fahrbahn hinter den Barrikaden erlaubt er in 4 Meter Höhe einen guten Blick auf das Vorfeld. Die Plattform ist mit Blechen geschützt. Das Flussufer wurde auch hier auf eine Länge von 30 Meter rechts und links der Brücke gerodet. Wieder ein Schritt, der unsere 'Fluchtburg' über dem Wasser sicherer macht.

„*Thomas*, einer von den letzten, die zu uns kamen, erzählte von einem Technikmuseum circa 120 Kilometer südlich von hier, auf der anderen Seite des Flusses. Auf der alten und jetzt wenig benutzten Straße 60 km entlang. Ein Abzweig führt über eine Landstraße Richtung Osten. *Matt* hat bereits alles auf der Karte eingetragen", informierte mich *Romek*. Und fährt fort: „Schwere Schusswaffen, zum Beispiel Gewehre der Armee, die auch Granaten verschießen können, sind mein Traum. Ebenso Maschinenpistolen und Schutzwesten. Ein Unimog wäre natürlich der Hauptgewinn", sinnierte er weiter.

„Wollen wir hoffen, dass nicht irgendwo solche Waffen bereits gefunden wurden. Neuartige Waffensysteme sind wegen ihrer Elektronik unbrauchbar. Aber so ein alter *M116*-Schützenpanzer mit einem Maschinengewehr obendrauf, ist eine sehr gefährliche Waffe. Das einzige Elektrische in dem sind Anlasser, Zündkerzen und Kipphebel für Licht", sagte ich.

„Wenn wir das Museum besuchen wollen, welches Fahrzeug wollen wir für die Fahrt nehmen?", fragte mich *Romek*.

„Der '*Granada*' ist schnell, aber nur auf Straßen und wenn keine schweren Hindernisse im Weg stehen. Außerdem können nur 5 Mann mitfahren. Im Gelände wird es dann sehr schwierig, deswegen wäre der *Trecker* ohne Anhänger mein Vorschlag."

„Ohne Anhänger - warum?"

„Weil wir ein gefundenes Fahrzeug abschleppen könnten. Diese *Oldtimer* sind oft nicht so ohne weiteres fahrbereit. Wenn die länger stehen, werden oft die Flüssigkeiten wie Motoröl und Treibstoff abgelassen und wer weiß, ob wir Zeit haben, um sie gleich flottzubekommen".

Romek nickte. "Da ist was dran. Und wer fährt mit?"

„Ich bin für eine starke und gut bewaffnete Truppe von 10 Mann. Die Fahrt könnte so einige Überraschungen parat halten." *Romek* schaute verdutzt.

Gedanklich baute ich den Trecker schon um. Die Sitze neben dem Fahrer auf jeweils drei Plätze verlängern. Hinter dem Fahrerplatz eine Plattform und eine Bank für drei weitere Mitfahrer einbauen. Hinter dieser Sitzbank wäre noch Platz für eine Materialkiste. Alles überdacht und rundum hohe Schutzwände anbringen. Breite Sehschlitze für die Sicht von Fahrer und Besatzung frei lassen. Zum Gewichtsausgleich vor dem Motor eine weitere Kiste einbauen. Die Räder bis zur Hälfte mit Blechen schützen den Motor ebenfalls.

Ich musste unbewusst grinsen - was wird der Bautrupp zu diesem 'Schützenpanzer' sagen? Romek hatte mein Schweigen abgewartet.

„Ich habe da so eine Vorstellung, wer mitfährt - und die wird dir nicht gefallen ", sagte er und schaute mich dabei sonderbar an.

„Na, dann leg mal los, ich bin gespannt", sagte ich.

„Dazu muss ich weiter ausholen. Vor ein paar Tagen führte ich mit Matt und Lucy ein Gespräch. Es ging um die Verteilung der Unterkünfte. Lucy führte die bisherigen Pärchenbildungen auf und setzte damit Matt und mich in Erstaunen. Es sind bisher drei, mit den Holländern, aber zwei weitere Paare werden sehr wahrscheinlich dazukommen, womit bereits fünf 'Doppelzimmer' gebucht sind."

Ich musste verdattert geschaut haben, denn Romek fuhr lächelnd fort:

„Matt meinte, das sollte auch Auswirkungen auf gefährliche Einsätze außerhalb der Brücke haben und schlug vor, die Paare zunächst nur noch auf der Brücke oder in der Nähe arbeiten zu lassen."

„Und wer sind diese 'Glücklichen' ", fragte ich.

„Es sind Lynn und Daan, Britta und Ron, Jade und David, Lola und Doc Peter - und Ruth und du…"

„Wer kommt denn auf die Idee, das Ruth und ich - verrückt"

„Na komm, ihr seid ständig zusammen und ihre Kinder hängen auch an dir. Weitere Beobachtungen will ich hier nicht schildern… Also, um es kurz zu machen: Wir beide sollen die Aufgaben tauschen. Du wärst demnach für die Sicherheit der Brücke zuständig und ich übernehme die größeren Expeditionen."

Eine Weile verschlug es mir die Sprache, aber bald klatschten wir uns ab und die Sache war geregelt.

13. Juli 2015, Tag 43
Frauentag
Erzählung von *Lucy*

„Hallo *Brücknerinnen*", rief ich. Verblüfft schauten einige in die Runde, andere riefen Hallo oder winken. Wir treffen uns jetzt jede Woche und ich berichte von den letzten Unternehmungen und Plänen. Vierzehn Frauen und drei Kinder leben auf der Brücke. Wir sind jetzt schon eine eingeschworene Gemeinschaft und geben uns gegenseitig Sicherheit. Die Kinder fühlen sich wohl und helfen am liebsten bei der Betreuung der Tiere. Schäferhund *Bob* von *Ruths* Hof hat auf alle ein wachsames Auge. Maik hatte ihm beigebracht, die Kinder nicht von der Brücke zu lassen. Nur Kater *Moritz* ist unzufrieden - Mäuse gibt es keine. Scherzhaft meinte *Ruth*, die Ratten hätten das sinkende Schiff verlassen. Die Hühner legen Eier und die beiden Ziegen geben täglich Milch.

Drei Frauen versuchen sich in der Herstellung von Käse, dabei ist weiterhin die hohe Temperatur ein Problem. Bekleidung wurde in den Häusern gefunden. Kosmetika und Pflegemittel im Keller eines Drogeriemarktes in der Nähe der Klinik. Eine Waschküche mit Waschtrog und Ofen wurde vom Bautrupp in einer Hütte errichtet. Alles wichtig für uns. Ich betätigte mich als 'Standesbeamtin' und zählte die Verbindungen auf. Alle tuscheln und kichern, aber alles wird gut aufgenommen und die erwähnten Frauen abgeknutscht.

Am Kaffeetisch saßen wir gut gelaunt. Gesprächsstoff bietet vor allem, wie *Lola* den *DocPeter* umgarnt hat, sie soll auffällig oft im Sanitätsraum vorstellig geworden sein...

16. Juli 2025, Tag 46
Unternehmen *Museum*
Erzählung von *Romek*

Wir saßen startbereit am Frühstückstisch in der *'Brückenkantine'*. Die Anspannung ist spürbar. Ich denke an die Vorbereitungen der letzten Tage und checke in Gedanken wieder alles ab. Der Rat hat mich gebeten, das Kommando über die Truppe zu übernehmen.

Die Mitfahrer auf dem Trecker sind: *Leo*, Sanitäter mit Notfallgepäck, *Christian* und *Dirk*, beide Lkw-Fahrer, *Karl*, Hausmeister mit Spezialwerkzeug, *Alain*, Schlosser mit schwerem Werkzeug, *Georg,* der *'Sprengmeister'*, *Geert*, Werkzeug*macher u*nd guter Schütze, Manfred, Autoelektriker, *Anton* der sichere Armbrustschütze.

Bewaffnet sind wir mit 2 Pistolen, einer *Kalaschnikow*, 3 Armbrüsten und 8 *Feuercocktails*. Jeder hat ein Messer am Gürtel. Der Trecker ist ein Monster geworden. Sitzplätze für 9 Mann und Fahrer, geschützt durch Metallplatten, ebenso die Räder und der Motor. Eine große Werkzeugkiste über der Vorderachse und eine Kiste mit Waffen, Kleinzeug, Zeltplane und Verpflegung griffbereit im überdachten Fahrerhaus. Dazu eine Abschleppstange, Ketten, Seile und Sprit. Das Fahrrad ist neben der Motorhaube angebunden. Mehr ging nicht, in schwierigem Gelände müssen wir wahrscheinlich runter vom Traktor, eine Tonne weniger. Für die 120 Kilometer rechnete ich mit fast zwei Tagen. Auf der Straße schafft der beladene Trecker um die 15 km/h, wir müssen aber wegen Hindernissen mit Aufenthalt rechnen. Zwei stabile Querträger sind für solche Fälle vorn und hinten verschweißt worden.

Unter dem Beifall einiger Frühaufsteher geht es los. Die anderen werden spätestens nach dem Start des Motors auch wach sein. In der Stille sind wir auf größere Entfernung zu hören.

Auf der Autobahn ging es ein kurzes Stück nach Osten und fuhren nach einer kurzen Strecke auf die parallel zum Fluss laufende Landstraße Richtung Süden. Die ersten Kilometer sind bereits erforschtes Gebiet und die Straße ist weitgehend geräumt. Wir grinsen, es fühlt sich an wie eine Klassenfahrt, sagte *Dirk*, der als erster das Steuer übernommen hatte.

Rechts sehen wir den Fluss, links steigt das Gelände an, an den Hängen wachsen Sträucher, in der Ferne kommt ein Waldgebiet in Sicht. Alles mehr oder weniger verbrannt. Wir kommen in unbekanntes Gebiet, soweit ist noch kein Suchtrupp der Brücke vorgedrungen. Die Eintragungen auf der Karte endeten hier. Wir hielten an und stellten das Fahrrad auf die Straße. *Anton* wird als erster mit dem Rad die Straße ein paar hundert Meter vor uns erkunden, bei Ungewöhnlichem anhalten und auf uns warten, falls er zurückfährt, ist mit einer Gefahr zu rechnen und wir sind vorbereitet. Ein Lieferwagen im Graben neben der Straße ist sein erster Halt. Die Fahrertür und die hinteren Türen standen offen. Die Ladung sind Kühlschränke und Waschmaschinen, alles schien unberührt. Brauchbare Geräte würden wir später auf die Brücke bringen. Nächster Halt nach einer Biegung, *Anton* stand auf der Straße und deutete auf ein Haus am Hang.

Auf den ersten Blick ist nur ein Teil des Dachgeschosses ausgebrannt. Ich ging mit *Alain* und *Karl* die Auffahrt hoch. Zwei Garagentore standen offen. Im oberen Stockwerk lag eine verbrannte Leiche vor der Treppe zum Dachgeschoss. Weitere Bewohner sind wohl rechtzeitig vor den Flammen durch die Garage geflohen. Alles ist ansonsten unberührt, das Haus wurde nicht geplündert. Eine wichtige Feststellung, das Gebiet und die Straße erscheinen uns jetzt sicher. Ein schmaler Schrank im Flur ist interessant. An den Wänden hängen Geweihe. Jagdtrophäen. Ich rufe *Karl*.

„Ein Waffenschrank", rief er erfreut und machte seine kleine Werkzeugtasche auf. Als Hausmeister hat er Erfahrung mit Türen und Schränken. Zum Schluss half aber nur noch eine Brechstange.

„Das ist genau das richtige für uns", sagte ich mit strahlendem Gesicht. Drei Jagdwaffen und Munition, zwei Zielfernrohre und zwei Nachtgläser nahmen wir mit und wurden damit unter Gejohle am Trecker empfangen. Weitere wichtige Dinge versteckten wir unter Planen im nahen Gebüsch. Auf der Karte vermerken wir die Fundstelle. Ich hatte noch einen Einfall: Wer einen Waffenschein hat, besitzt auch sicher eine Pistole, zumal bei der einsamen Lage des Hauses. Ich ging noch einmal nach oben in die Schlafzimmer. In einer Schublade fand ich tatsächlich einen kleinen Revolver.

Jetzt stieg *Alain* aufs Rad und fuhr vor. An vier Autowracks fuhren wir vorbei, in zwei sahen wir verbrannte Körper. Die Brandstellen werden weniger. Einige Feuer hatte der starke Regen frühzeitig gelöscht.

Am Nachmittag zweigte eine Straße rechts ab, ein Schild verwies auf einen Fähranleger. Von einer Fähre und dem Anleger ist nichts zu sehen, die Straße endet im Wasser. Ein paar Kilometer weiter sahen wir Alain wenden und auf uns zu fahren. *Christian*, der das Steuer übernommen hatte, stoppte den Trecker abrupt und ich sprang auf die Straße.

„Da vorne steht ein handgeschriebenes Schild am Straßenrand - Hilfe - mit einem Pfeil den Hang hinauf", sagte er und stieg vom Rad. "Eine schmale Straße führt links hoch, hinter verbrannten Bäumen meine ich, ein Haus gesehen zu haben."

Mit *Geert*, *Anton* und *Georg* ging ich auf das Schild zu. Alain folgte uns mit dem Rad, um bei Gefahr schnell die Mannschaft auf dem Trecker zu warnen. Auf dem Zufahrtsweg sahen wir eine Frau und zwei junge Männer herunterkommen. Ich entspannte mich und ging ihnen entgegen.

„Wir haben einen lauten Motor gehört", rief die Frau von weitem. Warum seid ihr bewaffnet?"
Erst jetzt wurde mir unser kriegerischer Auftritt bewusst. Ich hängte mir die *Kalaschnikow* über die Schulter.

„Keine Angst kommt näher, es droht euch keine Gefahr", rief ich. „*Alain*, hole die anderen."

Wir erklärten der Frau, wer wir sind, und gingen gemeinsam Richtung Haus. Das Schild mit dem Hilferuf nahmen sie mit, es sollte kein Hinweis auf der Straße bleiben. Mit Getöse kam der Trecker gefahren und folgt uns. Das Haus ist weitaus größer als von der Straße aus sichtbar. Von der Auffahrt ging es in einen großen Hof vor dem Untergeschoss.

Am Eingang steht 'Max Geimer Internat'. Ich schätzte, das Gebäude ist etwa 50 Meter lang und etwa 25 Meter in den Hang gebaut. Das obere Stockwerk und der Dachstuhl sind ausgebrannt. Zwei verkohlte Tannenbäume lagen auf den Dachbalken. Ein breites Garagentor ist offen und überrascht schauten wir auf eine Gruppe von Mädchen und Jungen im Halbdunkel. Drei weitere Tore sind geschlossen und wegen des Stromausfall auch nicht mehr so einfach zu öffnen. Nachdem wir einen ersten Überblick hatten, schickte ich Anton und Christian runter zur Straße - wir wollten nicht überrascht werden. Schnell stand fest, dass wir hier über Nacht bleiben. Vera, die Klassenlehrerin, erzählte uns, wie sie und die Schüler überlebt haben:

„Der 3. Juni war der letzte Schultag im Internat. Als alles begann, bin ich mit den acht Mädchen und zwei Jungs in den Garagen im Untergeschoss. Die anderen Schüler sind bereits auf dem Nachhauseweg. Wir sollten auch bald abgeholt werden. Ich wollte das Tor schließen, am nächsten Tag würde der Hausmeister alles Weitere hier regeln.

Dann wurde es draußen blendend hell, gefolgt von Explosionen in der Nähe und weiter von uns entfernt. Ein Rauschen war zu hören, bevor über und vor uns alles in Flammen stand. Gott sei Dank, befand sich in diesem

Moment keiner auf dem Hof. Heiße Luft ließ uns ins Innere der Garagen zurückweichen. Wir fanden Schutz hinter den anderen geschlossenen Tore. Erst nach Stunden legte sich das Prasseln und Getöse vor den Toren. Die Hitze blieb und am Horizont zog ein Gewitter auf. Die starken Winde fachten die Feuer wieder an, aber die folgenden Regengüsse löschen wieder.

Mittlerweile hatten wir uns beruhigt, soweit man das in diesem Chaos konnte. Aber wie sollten wir hier wegkommen? Am Abend machten wir uns erste Gedanken für die Nacht und auch an Essen wurde wieder gedacht. Die sechzehnjährigen Jugendlichen hielten sich tapfer. Mir dämmerte aber so langsam, dass etwas Riesiges, noch nicht Dagewesenes, über die Welt hereingebrochen ist. Die Aufgänge nach oben waren unpassierbar. Im Erdgeschoss befinden sich außer den Garagen weitere Räume. Als Erstes holten wir die Turnmatten und Bänke. Die Jungs legten eine Leiter quer vor das Tor und sorgten mit gefalteten Pappkartons für einen fragilen Schutz vor der Witterung.

Mineralwasser stillte den Durst. Das Lager der Kantine wurde untersucht. Einige Brote und Brötchen lagen im Regal. Viele Konserven und Vorräte an Mehl, Öl, Milch, Salz und Zucker sind gelagert. Der große Kühlschrank ist ohne Strom, den Inhalt essen wir als erstes. Wir hatten vier Feuerzeuge und in den Kartons fanden wir zwei Packungen Tischkerzen. Fast wäre so etwas 'Lagerfeuerstimmung' unter den Mädchen und Jungen aufgekommen. Ich spürte die Last der Verantwortung.

Am nächsten Morgen sahen wir die Überschwemmungen im Tal. Die Straße ist befahrbar - aber ohne Verkehr. Warum kommt keine Hilfe? In der Garage scheinen wir in Sicherheit zu sein. Wir haben Wasser und Verpflegung. Dusche und Toilette sind wegen der Sportveranstaltungen auch im Erdgeschoss gebaut worden, das Wasser kommt gefiltert aus einem Tank außerhalb. Oben ist alles zerstört. Kein Handy funktionierte. Nach ein paar Tagen hörten wir Explosionen auf der anderen Flussseite. Ich entschied, dass wir hierbleiben. Der nächste Ort ist mehr als 20 Kilometer entfernt. Wie sollte ich für die Sicherheit der Gruppe sorgen. Irgendeiner musste uns doch vermissen. Wie weit gehen diese Zerstörungen? Die Schüler fragen mich - ich hatte keine Erklärung. Die Jungs malten einen Schild und stellten es an die Straße. Die Mädchen backten Brot in einer Pfanne mit Deckel über einem Holzfeuer. So verbrachten wir die Tage in der Hoffnung auf Hilfe. Nicht mehr lange, die Vorräte gingen zu Ende. Den letzten Rest wollten wir mit auf den Fußmarsch nehmen. Die Jungs verbanden Abdeckplanen mit Draht für Übernachtung im Gelände. In zwei Tagen würden wir aufbrechen.

„Ihr habt euch sehr gut gehalten", sagte ich, „und gut, dass wir vor eurem Aufbruch gekommen sind. Die Straßen sind nicht sicher. Diese abgelegene Gegend war bisher nicht das Ziel von Menschen auf der Suche nach Nahrung. Die Ressourcen sind knapp, die Verwüstungen sind groß.Die jungen Leute wirkten schockiert von unseren Schilderungen. Einige sind hunderte Kilometer vom Elternhaus entfernt und es gibt keine Antworten auf ihre Fragen.

17. Juli 2015, Tag 47
Unternehmen *Museum*
Erzählung von *Romek*

Am nächsten Morgen besprechen wir nochmals mit allen den Plan vom Vorabend. Das Haus hielt ich weiter für einen sicheren Ort. Trotzdem bleiben Anton und Geert bewaffnet bei den Jugendlichen und der Lehrerin, während sich der Rest sich mit dem Trecker auf den Weg zum Museum macht. Dort werden wir versuchen, ein größeres Fahrzeug fahrbereit zu machen, um alle auf die Brücke zu bringen. Das hatte jetzt Priorität. Gelingt das nicht, stand uns ein tagelanger und schwieriger Rückmarsch über 60 Kilometer bevor. Die Fahrt führte uns weiter dem Fluss entlang. Außer einem Lkw ohne Ladung und ein paar Autos ist nichts Besonderes zu entdecken. Der Tank des Lasters ist unbeschädigt. Über einen Schlauch betankten wir den Trecker, mittlerweile Routine für uns. Drei kleine Kanister mit Motorenöl wurden gefunden. Nach zwei Stunden verzweigt die Straße, laut Karte biegen wir links ab, es geht kurvig den Berghang hinauf und die Straße erreicht oben eine Hochebene.

Soweit wir sehen, stehen hier kleine Wälder und Anpflanzungen. Ein trostloser Anblick, bizarr ragen abgestorbene Bäume heraus. Unbebautes Land scheint weniger zerstört als die dicht besiedelten Gegenden, wo Großbrände eine Feuerhölle entfachen konnten. Ein großes Feld mit Sonnenblumen leuchtet in Gelb. Ob hier für die Küche die Basis für Öl wächst oder ist der Transportweg zur Brücke zu lang? Das wird *Lucy* und sein

Team entscheiden. Gegen Mittag sahen wir in der Ferne eine *Rakete* hinter Baumspitzen herausragen.

„Scheint Werbung für das *Technische Museum* zu sein oder sehe ich eine Fata Morgana?", ruft *Dirk*. „Nach der Karte sind es nur noch ein paar Kilometer, in 15 Minuten sind wir dort", antworte ich. Das Gelände scheint verlassen. Nur ein Gebäude im hinteren Bereich ist durch Feuer weitgehend zerstört. Auf dem Freigelände nebenan standen abgebrannte alte Jets. Auf dem Parkplatz sind alle Autos mehr oder weniger unbrauchbar. Wir stiegen ab und gingen nach allen Seiten sichernd auf das vordere Gebäude zu. Im Kassenraum des Eingangsbereiches sehen wir Brandstellen. Hier waren Computersysteme der sichtbare Grund für das Feuer. Ein benutzter Feuerlöscher lag auf dem Boden, wohl ein zweckloser Versuch das Feuer zu löschen. In dem Verbindungsflur zu den Hallen lagen vier verkohlte Leichen.

17. Juli 2025, Tag 47 Abends
Angriff auf die *Brücke*
Erzählung von *Maik*

Es hörte auf zu regnen. Heute kamen stundenlang enorme Wassermassen herunter. In der einsetzten Stille, hörte die Wache auf dem Turm der Ostseite fernes Motorengeräusch und gab eine kurze Warnung per Hupe ab. Ich machte mich mit *Ingo* und *Erik* sofort auf den Weg. Mit den beiden bilde ich eine Alarmtruppe, die als erste nach dem Grund der Warnung schaut, ohne gleich das gesamte Lager unruhig zu machen. So handhaben wir das seit einer Woche.

Wir steigen die Leiter zur Plattform hoch. Bis vor Beginn der Nacht hielt hier nur einer Wache. Es war *Ivo*, der uns oben erwartete.

„Ich höre zwei Fahrzeuge links auf der Landstraße, sie haben noch nicht die Auffahrt zur Autobahn erreicht", stieß Ivo hastig aus.

Der warme Straßenbelag bringt das Regenwasser schnell zum Verdampfen und erschwert die Sicht. Ich nahm Ivo die Hupe aus der Hand und gab das Signal, das Unterstützung anforderte. Die Barrikaden vor dem Turm müssen besetzt werden. Jetzt hörten wir deutlich die Fahrzeuge, sie beschleunigten. Ein Motor übertönt das zweite Fahrzeug. Ich höre Laufschritte hinter uns. Als erste trafen *Boris* und *Marko* an der linken Barrikade ein. Sie haben zwei Granatwerfer dabei. *Matt* und Ingo trugen eine Kiste mit den *Feuercocktails*. Zur rechten Barrikade laufen *David* und *Daan*. Alle sind entweder mit Schusswaffen oder Armbrust bewaffnet. Stangen mit scharfer Spitze lagen immer auf der Plattform bereit, sie wurden jetzt nach unten gereicht. Alles geschieht innerhalb von Minuten.

„Es ist ein schwerer Lkw und ein *VW-Bus*", rief ich allen laut zu. Der Motor des *MAN* heulte auf und raste auf die Barrikaden aus Autowracks zu. Krachend knallte seine mit Eisenträger verstärkte Stoßstange in die Mauer aus Blech. Während er wieder rückwärts fuhr, eröffnete ich das Feuer auf das Fahrerhaus. Drei Mann sitzen drin. Der Granatwerfer konnte auf diese kurze Entfernung nicht feuern, ohne uns selbst zu gefährden. *Matt* und *Erik* werfen zwei *Feuercocktails* vor die Angreifer. Beide setzen nach Aufschlag die Fahrbahn in Brand.

Der *VW-Bus* steht hinter dem *MAN* in Deckung.

„Neun Mann sind ausgestiegen", rief *Ingo* herüber, er hatte jetzt die bessere Sicht. *David* schoss mit dem Jagdgewehr auf den Gegner.

„Einer hat es erwischt", rief *Ivo* von oben zu.

Als Antwort schlugen Kugeln in die Bleche der Plattform ein. Die Barrikade wurde nur um eine Handbreite durch die Attacke verschoben. Der Lkw stand mit dem laufenden Motor, scheinbar hatten sich die Angreifer die Sache einfacher vorgestellt.

Alles läuft in wenigen Minuten ab. Weitere Kugeln prallten gegen unsere Abwehr.

„Die sind besser bewaffnet als wir", schrie *Matt* zu mir hoch. Er geht trotz Kugelhagel aus der Deckung, um einen weiteren *Cocktail* zu werfen. Er fällt nach hinten. Zunächst dachte ich, er wäre rückwärts gestolpert.

Boris und *Marko* veränderten den Schusswinkel am Granatwerfer.

„Matt" *Erik* beugte sich zu ihm runter.

„He, *Matt,* was ist los?".

„Er blutet", schreit *Ingo* neben ihm, steht auf und rennt nach hinten.

Der Schrei hat *DokPeter* und sein Team alarmiert, sie standen zwanzig Meter entfernt hinter einem tragbaren Schutzschild. Das Dreierteam mit *Dok*, *Britta* und *Ron* setzte sich mit dem Schild in Bewegung. *Ron* hatte eine Trage dabei. Auch diese Vorbereitung ist seit Wochen abgesprochen. Keiner wollte glauben, dass der jetzige Fall einmal eintreten würde.

Mehr aus Wut zündete *Boris* die Ladung des *Werfers*. Er hatte wenig Hoffnung, aus diesem steilen Winkel zu treffen. In dem Moment setzte der Lkw zurück, wahrscheinlich um erneut Anlauf zu nehmen. Die mit Benzin und Sprengstoff gefüllte *Granate* stieg steil hoch und schlug auf der Ladefläche laut und grell ein. Aus dem Führerhaus sprangen drei Gegner und gingen mit den anderen hinter dem *VW-Bus* in Deckung. Einer von ihnen scheint getroffen, er wird von zwei Mann gestützt. Alle hinter der Barrikade sprangen hoch, die Freude ist aber gedämpft. Gleichzeitig mit der Detonation traf *DokPeter* bei *Matt* ein. Er schaute ihn an und presste sofort ein Tuch auf *Matts* Hals. *Britta* zog unaufgefordert eine Spritze auf.

„Die Trage - ich muss operieren", sagt er mit einem Wink zu *Ron*. Alle waren geschockt, aber der Gegner gab uns keine Zeit für andere Gedanken, denn der Fahrer ist wieder eingestiegen. Der Motor heulte auf, krachend wurde ein Gang eingelegt und der *MAN* schoss nach hinten. Der *VW Bus* wurde fast gerammt. Die Insassen stiegen überhastet ein. Beide Fahrzeuge wendeten und verlassen die Brücke mit Tempo. Der zweite Granatwerfer feuerte, verfehlte aber die Fahrzeuge.

Zunächst haben wir sie abgeschlagen. Ich stieg von der Plattform und teilte vier Mann für die Wache ein. Die Autoscheinwerfer mit Batterie wurden auf der Plattform in vier Meter Höhe installiert. Jede Fahrbahn lag jetzt im Licht.

Eine viertel Stunde später gab es keine guten Nachrichten von *DokPeter*:

„Tut mir leid", sagte er in die Runde. "*Matt* ist noch auf der Bahre gestorben".

Ich drehte mich um, ging zum Brückengeländer und starrte fassungslos auf den Fluss. Die Frauen weinten. Welch eine brutale neue Welt. In mir war nur ein Gedanke. Ich ging zurück, alle sahen mich an.

„Wir werden sie alle töten", schrie ich meine ohnmächtige Wut. .

Alle blickten mich an und sie richteten sich auf. In ihren Gesichtern sah ich eine wilde Entschlossenheit, einige ballten die Fäuste. Die Angreifer hatten keine Gnade zu erwarten.

17. Juli 2025, Tag 47, Nachmittag
Technikmuseum
Erzählung von *Romek*

Mit schnellen Schritten folgten wir den Hinweisschilder zu einer großen Halle für Landfahrzeuge. Staunend standen wir vor einer Vielzahl von zivilen und militärischen Rad- und Kettenfahrzeugen. Ein Glück, das Feuer hatte hier nicht gewütet. Die Menschen im Flur hatten es nicht bis hierher geschafft.

„Wir brauchen was mit Ladefläche, am besten geländegängig", meinte *Christian*. "Ich sehe auf den ersten Blick zwei Unimog, einen *5-Tonner MAN* und einen 2,5-Tonner Mercedes in Tarnfarbe mit Plane."

„Mit dem in der Nähe des großen Tores sollten wir es als erstes versuchen." Der Vorschlag wurde angenommen, für ein anderes Fahrzeug hätten wir erst einen Weg nach draußen schaffen müssen. "Die Bezeichnung *2,5 Tonner* bezieht sich auf die zulässige Zuladung", erklärt *Christian*. Ein Nebenraum der Halle enthielt wahre Schätze. In einem Glasschrank hängen Zündschlüssel mit Beschreibung zu den jeweiligen Fahrzeugen. Volltreffer! Wir finden in weiteren Schränken Stapel von Betriebsanleitungen. Werkzeugkästen in den Regalen. Elektrische Kompressoren. Bohrer und Schleifer auf der Werkbank. Wir nahmen alle Schlüssel und Beschreibungen mit. *Manfred* und *Christian* öffneten die Motorhaube und untersuchten den Motor des Mercedes. Wie erwartet, fehlte die Batterie, alle Flüssigkeiten sind abgelassen worden und kein Druck auf den Bremsen. Alle Kabel sind in Ordnung, der Motor und das Getriebe schienen auch O.K. zu sein. Die Reifen hatten genügend Luft und die Lenkung ist frei gängig. Dieser leichte Lkw konnte wieder fahrfähig gemacht werden.

Ich rief alle zusammen und machte den Plan: „Uns fehlt die Zeit, den Lkw startklar zu bekommen. Bis heute Abend haben wir ihn wenigstens zum Abschleppen fertig. Morgen, mit erstem Tageslicht, geht es los. Wir schleppen mit der Stange, sonst kommen wir ohne Bremsen den Berg nicht runter. Auf der Ladefläche bleibt Platz für unsere Fahrgäste aus dem Internat." Ich sah lange Gesichter, denn es wurde schon einiges Material angeschleppt.

Während am 'Benz' gearbeitet wurde, verschaffte ich mir einen Überblick. Wie so oft ist ein Museum dieser Art durch Sammelleidenschaft einer Privatperson entstanden. Aus Kostengründen wurde zunächst auf einem billigen Grundstück alles zusammengetragen und aufgestellt. Vieles ist nicht funktionsfähig. Die Flugzeuge werden nie mehr fliegen, alte Weltkriegsfahrzeuge nicht mehr fahren. Die neueren Fahrzeuge kamen noch aus eigener Kraft hierher. Irgendwann wurde dann eine Ausstellung daraus. Es gibt einige solcher privaten Museen, viele so abgelegen wie dieses hier. Kleinere Ausstellungsstücke lagen in Regalen und Vitrinen und einiges ist für unsere neue Welt noch brauchbar. Wir werden so viel wie möglich in den nächsten Tagen zur Brücke transportieren.

18. Juli 2025, Tag 48
Nach dem an Angriff
Erzählung von *DokPeter*

In der Nacht blieb es ruhig. Die Angreifer sind in die Unterführung der Landstraße unter der Autobahn gefahren. Scheinbar wollen sie aus dem Schussbereich unserer Granatwerfer, deren Reichweite sie nicht abschätzen können. Wir müssen jetzt besonnen handeln. Der Rat hat mich gebeten, das weitere Vorgehen zu planen. *Maik* wollte sich mit den Männern auf die Einzelheiten der Verteidigung konzentrieren. Er wirkte bedrückt und hatte den Kopf nicht frei, aber den Tod von *Matt* hätte er nicht verhindern können. Der Angriff kam unerwartet und hat uns mit seiner brutalen Wucht überrascht. Unklar ist, wo sie herkamen und wie groß die Gruppe ist. Haben Sie Verstärkung angefordert? Alles sah nach einer Verzweiflungstat aus. Suchten sie Nahrungsmittel und wollten aus diesem Grund auf die andere Flussseite? Wir hatten zu wenig Informationen und die Gefahr für die Brücke könnte aus allen Richtungen kommen. Am Morgen beerdigten wir *Matt* hinter dem Zaun auf einer leichten Anhöhe. Sein Tod schweißte uns noch mehr zusammen.

Heute erwarteten wir die Rückkehr der Expedition. Noch in der Nacht beschlossen wir, dass die Gruppe um *Romek* gewarnt werden musste. Einer sollte ihnen auf der Straße entgegengehen, um sie unterwegs zu treffen. Sie würden sonst auf die Angreifer in der Unterführung ohne Vorwarnung stoßen. *Ivo* hat sich freiwillig dazu bereit erklärt und ist noch im Dunkeln aufgebrochen. Er wurde von der Auffahrt auf festen Boden am Ufer abgeseilt. Nach ein paar Minuten signalisierte er aus dem Gebüsch mit der Taschenlampe, dass er unterwegs ist. Er hat konkrete Informationen für *Romek* über unseren Plan für die Stunden bis in den Abend hinein. Alte analoge Armbanduhren sind zeitgleich eingestellt und werden für den Zeitplan genutzt. Wir gingen in unserem Plan von einem zweiten Angriff der Bande in der abendlichen Dämmerung aus. Oder warteten sie auf Verstärkung und versuchten es später? Dem wollten wir zuvorkommen und sie unsererseits in der Unterführung angreifen. Und zwar von zwei Seiten, die Gruppe *Romek* von rechts über die Landstraße und die *Brückner* von links über offenes Gelände neben der Autobahn. Insgesamt werden wir mit 20 Mann angreifen. Wenn die Gruppe *Romek* bereit ist, wird *Ivo* uns das signalisieren und ab da laufen auf jeder Seite die Uhren. Nach 10 Minuten greifen wir von zwei Seiten den Gegner in der Unterführung rücksichtslos an. In der neuen gesetzlosen Zeit gelten keine Konventionen mehr, es ist ein Rückfall in das letzte Jahrhundert - nicht nur technologisch.

18. Juli 2025, Tag 48
Unternehmen *Museum*
Erzählung von *Romek*

Um sechs Uhr sind wir unterwegs. Vorher spendete die Kantine zwei Kannen Kaffee - ein seltener Genuss. Eine Rückkehr ist fest eingeplant. Wir müssen die Ressourcen hier für uns sichern.

Aus den Beständen sind Öle, Schmierstoffe und Sprit geladen. Zwei Kasten Mineralwasser fanden unter der Plane Platz. Zwei Sitzbänke wurden mit der Ladefläche verschraubt, denn zunächst mussten die Jugendlichen und ihre Lehrerin in Sicherheit gebracht werden.

Für ein altes Geländemotorrad, eine *Maico 250*, war noch Platz an der Rückwand.

Leo, unser Sanitäter, hat für *Dok Peter*, neben einer starken Leuchte, tatsächlich einen alten Geigerzähler in einer der Vitrinen gefunden.

Gegen Mittag trafen wir an der Auffahrt zum Internat ein, sie standen bereits unten an der Straße, der Lärm des Treckers war weit zu hören. Die Jugendlichen haben gepackt und waren aufgeregt, die Lehrerin musste sie bremsen. Die vergangene Nacht verlief für die Gruppe ruhig und der Morgen wurde zum Packen genutzt. Neben

Freude kam doch auch Wehmut auf, schließlich war die Garage über Wochen ihr Zuhause.

„Alle Aufsitzen", rief *Geert* militärisch und mit einem Grinsen. Es gab noch Anweisungen zum Verhalten, sollte es zu einem Zwischenfall kommen. *Geert* blieb weiterhin bei ihnen. Im Fahrerhaus saßen *Christian* und *Manfred*, die restlichen 6 auf dem Trecker. Einige Stunden Fahrt sind es noch zur Brücke. Es ging gut voran, wir sahen keine Veränderungen zur Hinfahrt. Scheinbar wurde die Gegend von Überlebenden bisher nicht durchsucht. Vor Jahren schon hatte die nicht weit entfernte neue Autobahn den Verkehr von hier aufgenommen. Der Lkw im Straßengraben diente wieder als Tankstelle und der Halt wurde auch dankbar als Pause genutzt. Die Holzbänke sind für die jungen Leute doch unbequemer als erwartet. Ein erfrischender Regenschauer unterbrach die Idylle und mit lauten Auspuffschlägen zog der *Trecker* das kuriose Gespann weiter.

Es waren nur noch wenige Kilometer bis zur Brücke, als hundert Meter vor uns ein Mann heftig winkend auf die Straße sprang. Wir hielten abrupt an.

„Das ist Ivo, einer von uns", rief unser Fahrer *Dirk*. Ich war erleichtert, aber gleichzeitig auch beunruhigt. Was ist vorgefallen? Ohne Not kommt uns doch keiner entgegen.

Der Bericht von *Ivo* erschütterte uns und wir sind sofort wild entschlossen loszuschlagen. Der Angriffsplan der Brücke findet unsere Unterstützung, aber wir müssen besonnen handeln. Das weitere Vorgehen besprachen wir mit *Ivo*. Die Jugendlichen wurden von *Geert* und *Vera* den Hang hinauf geführt, um dort, in einem Wäldchen, die nächsten Stunden in Sicherheit zu verbringen. Zum Fluss hin gab es keine Deckung, alle Büsche sind hier verbrannt. Als Codewort wurde *'Internat'* vereinbart. *Dirk* blieb in der Nähe und bewachte den *Trecker.* Wir machten uns mit vier Schusswaffen und fünf *'Wurfgranaten'* in Form unserer speziellen *Molotowcocktails* auf den Weg zur Brücke.

18. Juli 2025, Tag 48
Auf der *Brücke*, später Nachmittag
Erzählung von *Maik*

Alle Vorbereitungen sind abgeschlossen. Es ist fast 18:00 Uhr und wir warteten auf das vereinbarte Leuchtzeichen der Gruppe *Romek*. Hoffentlich traf diese notwendige Verstärkung vor Einbruch der Dunkelheit ein. Was, wenn sie unterwegs aufgehalten wurden? Unser Plan sah einen Angriff aus zwei Seiten vor. Aber notfalls würden wir auch mit zehn Mann, aufgeteilt in zwei Gruppen, von links und rechts der Unterführung angreifen. Der Moment der Überraschung und Verwirrung war ein wichtiger Faktor unserer Pläne. Die Bewaffnung bestand aus vier Schusswaffen, zwei Granatwerfer mit je drei Wurfgranaten, vier Armbrüsten und zehn Sprengsätzen. Die Bedienungen der Granatwerfer führten Schilder zum Schutz mit. Zusammen mit der Feuerkraft der Gruppe *Romek,* glaubte ich an ein leichtes Spiel, zumal der Gegner keine Verstärkung bekam. Wenn wir gestern Abend richtig gezählt haben, bestand diese Truppe aus acht Männern, jeder mit einer Schusswaffe. Zur Rückendeckung und Verstärkung der Sanitätstruppe um *DokPeter* haben sich *Jade* und *David* gemeldet. Beide haben bereits Erfahrung mit Einsätzen außerhalb der Brücke. Vom Wachturm aus meldet *Julien* als erstes die Lichtsignale aus dem Gebüsch am Ufer. Ein helles Tuch wurde zusätzlich geschwenkt. Ich war erleichtert, alles lief nach Plan. Es war 18:16 Uhr, die vereinbarten 10 Minuten begannen jetzt. „Erik, geh los, bleib in der Mitte bis wir in Stellung sind", wies ich ihn ein. *Erik* ist unser Mann auf der Brücke über der Unterführung. Wir gingen davon aus, dass er unbemerkt dorthin gelangt und uns mit Handzeichen über die Lage informieren kann. Seine zweite Aufgabe war es, mit dem Wurf eines Sprengsatzes von oben das Startzeichen für alle zum Angriff zu geben.

Vor der Unterführung, später Nachmittag, Erzählung von *Romek*

Unser Signal wurde von der Brücke bestätigt. Um 18.36 Uhr werden wir die Einfahrt zur Unterführung unter Feuer nehmen. Der Gegner saß in einer Falle und keiner sollte entkommen. Sie sollten für den Tod von *Maik* teuer bezahlen und damit auch für Abschreckung sorgen. Die Angriffe von dieser Seite des Flusses mussten aufhören, wir hatten mit dem Kampf ums tägliche Überleben genug Sorgen. Unter dem Schutz von Büschen näherten wir uns bis auf etwa 20 Meter. Die *Kalaschnikow* gab ich *Alain,* ich nahm das Jagdgewehr mit Zielfernrohr. *Karl* und *Manfred* hatten die *Sprengsätze* neben sich stehen. *Georg* wird sie zum Wurf scharf machen. *Anton, Christian* und *Ivo* hatten Schusswaffen. Ich war sicher, auf unserer Seite wird der Gegner nicht entkommen. Das Überraschungsmoment wird uns den entscheidenden Vorteil bringen. Wie zur Bestätigung schlenderte einer aus der Unterführung und ging hinter einem Busch in die Hocke. Ohne sich weiter umzusehen, verschwindet er nach einigen Minuten wieder im Halbdunkel des Tunnels.

Unser Plan war, nach Beginn des Angriffs auf der anderen Seite mit allen Schusswaffen zu feuern, um so unserem Team mit den Sprengsätzen Feuerschutz zu geben. Sie sollten sich direkt neben dem Eingang in Stellung bringen.

Angriff von der *Brücke*, Früher Abend, Erzählung von *Maik*

Über zwei Strickleiter stiegen wir nahe am Ufer von der Brücke ab. Das Gelände vor der Landstraße gab uns gute Deckung, um die paar hundert Meter zurückzulegen. Die *Granatwerfer* sollten eine Feuerwand vor den Eingang legen und so einen Fluchtversuch vermeiden. Ich sah *Erik* auf der Brücke, er hatte sich erhoben, einen Sprengsatz in der Hand. Nach einem Zeichen an *Georg* neben mir hob ich den Arm. *Erik* lässt daraufhin den 'Feuercocktail' fallen, gleichzeitig feuerten die beiden *Granatwerfer.* Die Explosionen erfolgten kurz hintereinander. Feuer und Rauch nimmt uns die Sicht. Wir feuern trotzdem mit den Schusswaffen in den Tunnel und hören zwei Explosionen auf der anderen Seite. Die Gruppe *Romek* ist also in Stellung. Es läuft nach Plan. Nach dem Jubel muss ich die Männer um mich herum beruhigen, noch gilt es zu kämpfen. *Georg* lädt die beiden 'Werfer' nach. Der Abschusswinkel des einen wird verändert, die Granate wird noch näher am Eingang einschlagen. Wir hören den *VW-Motor* des Busses aufheulen.

Vor der Unterführung, Früher Abend, Erzählung von *Romek*

Alain und *Ivo* feuern eine Salve in die Rauchschwaden. Kurz darauf fuhr zu unserer Überraschung der *VW-Bus* durch Rauch und Flammen und hielt auf uns zu. Trotz weiterem Beschuss biegt er von der Straße auf die Auffahrt zur Autobahn ab. Der schwache Motor beschleunigt nur langsam. Jetzt bekomme ich den Fahrer ins Visier im Zielfernrohr des Jagdgewehrs. Mein erster Schuss traf ihn, der Bus rollte aus. Der Fahrer stolperte aus dem Bus auf den Boden, er versuchte aufzustehen, brach aber zusammen.

"*Christian*, lauf zum *Dok*, er ist oben auf der Brücke", rief ich und lief zu dem Fahrer.

Im Schutz des Rauches werfen *Kurt* und *Manfred* zwei weitere Brandsätze in die Unterführung. Die Explosionen waren durch den Hall der Betonwände sehr laut und das Feuer wurde beträchtlich, große Hitze strahlte bis nach draußen.

Auf der anderen Seite
Erzählung von *Maik*

Die beiden *Granatwerfer* feuern wieder. Mittlerweile lag die Unterführung in einem rötlichen Licht und der Rauch zog am Zugang wie in einem Kamin nach oben. Die Hölle brach aus, als der Benzintank des Lkw explodierte. Zwei Gestalten laufen wie eine Fackel brennend ins Freie und brechen zusammen. In diesem Inferno konnte keiner überleben.

Jetzt konnte ich den Jubel um mich herum nicht verhindern. Sicherheitshalber blieben zwei unserer Männer vor dem Eingang postiert. Die anderen stürmten auf die Brücke und wollten die Gruppe um *Romek* begrüßen. Ich sah, wie *DokPeter* mit seiner Mannschaft auch in diese Richtung lief. Allerdings schien mir der Grund ein anderer.

Erzählung von *Romek*

Ich beugte mich über den Verletzten. Der schaute mich verwirrt an. Am Hals sah ich eine stark blutende Wunde. Er stirbt, denke ich. Ohne weiter zu überlegen, begann ich ihn auszufragen und er antwortete leise und stockend. Der *Dok* trifft ein und schob mich beiseite. Sein Team bereitete alles vor, aber er winkte ab und stand auf. „Er ist tot", sagte er.

18. Juli 2025, Tag 48
Siegesfeier auf der *Brücke*
Erzählung von *Christian*

Wir fuhren mit dem '*Ford Granada*' auf der Landstraße zur zurückgelassenen Schülergruppe. Alle auf der Brücke warten in der Nacht auf sie, keiner kann nach diesen Ereignissen die Augen schließen. Nach einer Viertelstunde sind wir dort. Die Rückfahrt der Kolonne wird länger dauern. *Dirk* erkannte uns und trat auf die Straße. Auch *Geert* führte seine Schützlinge den Hang hinunter. Allen war die Erleichterung anzumerken. Ohne langen Aufenthalt machten wir uns auf den Weg. Nach einer Stunde fahren wir mit einem Hupkonzert auf die Brücke zu. Am Nachthimmel explodierten Sterne in allen Farben unter lautem Getöse. Ein Feuerwerk für unseren Empfang und wohl auch aus Freude über den guten Ausgang des heutigen Tages. Das Feuerwerk wurde im *VW-Bus* neben drei *Heckler & Koch G36* Gewehren und zwei Pistolen Marke *Glock* gefunden. Mehrere Jacken aus Armeebeständen und Stiefel lagen in einer Ecke. Unsere '*Feuerwerke*r' waren besonders über den Nachschub an Pulver erfreut. Die Brücke zählt jetzt über siebzig Bewohner.

21. Juli 2025, Tag 50
Der Rat analysiert die Lage
Niederschrift von *Vera*

Lucy sprach zur Versorgungslage:

„Der Vorrat an Nahrungsmittel reicht derzeit für zwei Wochen, mit Einschränkung wären auch vier möglich. Die Kapazität der Lager auf der Brücke ist erreicht, deshalb muss ein Gebäude außerhalb errichtet werden. Das trifft nicht nur auf die Lagerung von Nahrungsmittel zu. Auch eine zweite Küche mit Kochstellen ist geplant. Um eine bessere Kühlung zu erreichen, sehe ich Keller und Erdbunker als eine Möglichkeit. Der Strombedarf für eine andere Kühlung ist aus heutiger Sicht nicht annähernd zu decken. *Aaron* stellt die Pläne hierzu und für weitere Gebäude vor. Die Ressourcen an Konserven und Eingemachtem sind nicht unbegrenzt. Die landwirtschaftliche Selbstversorgung wird zwingend notwendig sein. Innerhalb der Umzäunung im Westen sind die ersten kleinen Felder für Kohlgemüse, Rüben, Bohnen und Kartoffeln angelegt worden. Größere Felder für Weizen, Raps und Mais sind außerhalb aber in der Nähe der Brücke geplant. Für diese wichtige Zukunftsaufgabe schlage ich *Ruth* vor. Sie hat das notwendige Wissen und kann einen landwirtschaftlichen Hof aufbauen."

Aaron berichtete über Baumaßnahmen:

„Mit den neuen Transportfahrzeugen können wir bedeutend mehr Baustoffe transportieren. In wenigen Tagen bauen wir eine stabile Steinmauer mit Stahltor auf die östliche Zufahrt. Die Mauer wird seitlich hinter dem Brückengeländer um einige Meter zur Mitte hin reichen. Auf die Strategie für das östliche Land geht *Romek* gleich noch näher ein. Den jetzigen Zaun der Westseite erhöhen auf 3 Meter und installieren eine Alarmanlage. Innerhalb planen wir den Bau von 4 Lagerhäusern aus Stein mit Unterkellerung. Weiter eine Werkstatt für Kraftfahrzeuge und sonstige Metall- und Holzarbeiten. Ein Wohnhaus für Familien und ein Versammlungsraum ist das nächste. Alle Gebäude stehen nebeneinander in einem Halbkreis und damit sind sie gleichzeitig eine Verteidigungsanlage vor der Brücke. Geplant ist ein geschlossene Mauer bis zum Ufer des Flusses, aber das alles dauert noch eine Weile, bis dahin werden der Drahtzaun und die Barrikade auf der Brücke uns schützen. Die Aufgaben im Waffenbau hat die Gruppe um Maik übernommen."

Maik spricht über die Verteidigung:
„Die *Granatwerfer* und *Sprenggranaten* haben sich gut bewährt. Unsere Spezialisten arbeiten an weiteren Verbesserungen. Die Explosionen verwirren den Gegner und das Feuer und der Rauch nimmt ihnen die Sicht. Die Schäden durch Splitter können wir noch verstärken. Unsere Feuerkraft mit Schusswaffen hat sich durch die letzten Funde verbessert, mittlerweile können wir 23 Mann bewaffnen. Mit den Armbrüsten üben wir weiter, eine lautlose Waffe kann in manchen Situationen von Vorteil sein. Und trotzdem mache ich mir Sorgen, welche Kräfte sich in der chaotischen Welt dort draußen zusammenfinden. Nicht alle könnten so einfältig vorgehen wie die letzten Angreifer. Das Geländer der Brücke verstärken wir über die gesamte Länge mit doppelten Blechen, Stahlplatten wären ideal, stehen uns

aber nicht zur Verfügung. Sollte der Fluss viel ruhiger werden, was ich im Moment nicht sehe, ist auch mit Besucher in Booten oder Schiffen zu rechnen."

Romek und die ‚Außenwelt‘

„Ich präge mal einen neuen Begriff: Alles vor den Zäunen und Mauern ist für mich die ‚Außenwelt“, die 'Brücke' und das Vorfeld ist unsere Festung. Die Bewohner nennen sich jetzt schon 'Die Brückner'. Neue Zeiten - neue Begriffe. Noch einmal zu vorgestern: Es war eine hervorragende Leistung aller Beteiligten. Matt schaut 'von oben' stolz auf uns herab. Alle Gegner wurden getötet, wir konnten in unserer Lage auch kein Risiko eingehen. Mit dem Fahrer des VWs gelang es mir, einige Worte zu wechseln. Im Sterben hat er mir ein paar Fragen beantwortet. Ihr Lager befindet sich in einer größeren Stadt nordöstlich etwa 80 Kilometer entfernt. Sie gehören zu einer großen Gruppe mit hunderten Überlebenden. Kleine Banden ziehen auf der Suche nach Nahrungsmittel durchs Land. Er nannte noch den Namen Konrad als Boss des Clans, bevor er starb."

Diese Bande stellt für uns eine große Gefahr dar. Einen Krieg würden wir verlieren. Wir sollten einen Status quo herstellen, sprich mit ihnen eine Vereinbarung treffen, die für beide Seiten Vorteile bringt.

In Vorbereitung dazu wird das technische Museum für uns nutzbringend noch in dieser Woche geräumt. Seit gestern sind alle überführten Fahrzeuge im Einsatz.

Ab Morgen ist der leichte Mercedes Laster auch dabei. Das in der Nähe liegende Dorf am Fluss und die Häuser unterwegs werden final untersucht. In wenigen Tagen sollte die Operation abgeschlossen sein. Das Museum stecken wir in Brand und danach überlassen wir den 'Konrads' die rechte Flussseite. Das wird unser Angebot an diese Gruppe ein. Wie wir zu einer Vereinbarung kommen wollen, erklärt *DokPeter.*"

DokPeter fasst zusammen:

„Bleiben wir beim letzten Thema von *Romek*. Morgen gehen *Anton* und *Leo* sowie *Julien* und *David* nach Osten zu den beiden großen Straßenkreuzungen. Dort hinterlassen sie in auffälliger Weise unsere Nachricht an *Konrad* mit der Bitte, innerhalb einer Woche zu antworten. Der Vorschlag lautet ganz einfach: Die Grenze ist der Fluss, wir bleiben auf der westlichen Seite, sein Clan nutzt die östliche Seite, und zwar auf der gesamten überschaubaren und bekannten Länge. Im Norden sind die Brücken wegen der Überschwemmungen nicht erreichbar. Im Süden sind es 180 Kilometer bis zur nächsten Brücke, über deren Zustand uns nicht bekannt ist.

Machen wir mit dem Wetter weiter: Die Temperatur ist tagsüber auf 37 Grad gesunken. Die Strahlen der Sonne kommen stärker durch die Wolkendecke. Regen fällt in Maßen, ohne sintflutartige Überschwemmungen zu verursachen. Die Bemühungen unserer Landwirte scheinen belohnt zu werden. Das Flusswasser ist eine Handbreit gesunken, aber die Strömung ist immer noch zu stark für Bootsfahrten. Die Jugendlichen vom Internat haben das Angebot zur Mitarbeit gerne angenommen. Ihre schulische Ausbildung ist abrupt beendet worden. Sie wollen sich in den Werkstätten und Küche nützlich machen. Ihr Anlaufpunkt bleibt vorerst ihre Lehrerin. Und wir wollen *Vera* bitten, unsere Verwaltungsleiterin und Schriftführerin zu werden. Auch die Kinder sollten von ihr Unterricht erhalten.

Heute Abend spreche ich im Namen des Rates zu den *'Brückner'*. Seid auch alle dort, um spezielle Rückfragen zu beantworten. Noch ein Wort unter uns: Es sind nur Vermutungen von mir. Aber ich glaube mittlerweile, diese Katastrophe hat den gesamten Planeten mehr oder weniger zerstört. Auf allen Erdteilen kämpfen Überlebende um ihre Existenz. Lege ich die bisher uns bekannte Zahl der Überlebenden zu Grunde, werden weniger als etwa ein Prozent der Menschen auf unserem Kontinent überlebt haben. In ländlichen Gegenden kann die Zahl höher liegen, aber in den Städten gab es um so mehr Tote wegen der höheren Konzentration an Technik. Giftstoffe sind freigesetzt worden. Auch Atomkraftwerke können eigentlich nicht mehr funktionieren. Im Westen von uns stehen einige davon und wir können nur auf Wetterverhältnisse hoffen, die verseuchte Luft und Niederschläge von uns fern halten.

Wir empfangen weiterhin keine Radiosignale, das weist auf eine gewaltige Störung des Magnetfeldes der Erde hin. Es werden auf absehbare Zeit keine Fahrzeuge oder Fluggeräte mit moderner Technik bewegt werden. Nur alte Technik funktioniert. Wir befinden uns quasi im Jahr 1900.

Durch die massive Erderwärmung innerhalb kürzester Zeit, ist mit dem weiteren Anstieg der Meere zu rechnen. So kann das ganze Land unter einer Meereshöhe von etwa 50 Meter überflutet werden, was es wahrscheinlich bereits ist. Die Großstädte an den Küsten, aber auch in den Tiefebenen sind unbewohnbar. Es werden sich Überlebende auf den Weg in den Süden machen.

"Was nicht verbrannt wurde, versinkt im Wasser", sagte *Lucie* zwischendurch leise. „Und die menschliche Zivilisation muss sich aufraffen und von neuem beginnen", antwortete *DocPeter*.

„Zum Schluss verkünde ich unseren ersten Gedenktag: Jeden dritten Tag des Monats gedenken wir zukünftig den 3. Juni 2025 und die Stunden und Tage, die uns so unsägliches Leid gebracht haben. Es ist der erste Feiertag, an dem alle Arbeiten ruhen sollen. Wir sind gleichzeitig stolz auf unsere Erfolge und schauen zuversichtlich in die Zukunft. Unsere Aufmerksamkeit gilt jetzt dem Norden, Westen und Süden links des Flusses und hoffen, dass unsere Gemeinschaft weitere Überlebende aufnehmen kann, denn wir glauben, dass kleine Gruppen in dieser neuen Welt nicht überlebensfähig sind. Je größer die Gemeinschaft, desto mehr steigen unsere Überlebenschancen."

25. Juli 2025, Tag 55
Die *Chronik*
Erzählung von *Vera*

Dies ist mein erster Eintrag in das Buch der *Brückner*. Im Lager fand ich einen dicken Einband mit blanko Seiten, '*Geschäftsbuch 4351 Hanke Verlag*' steht klein- gedruckt auf dem rückseitigen Deckel. Alle bisherigen Berichte, die als lose Blattsammlung in einem Karton lagen, übertrage ich chronologisch in das Buch. Ein paar der Berichte haben keinen Autor. Die neuen Ereignisse schreibe ich zeitnah nieder. Leider haben wir keine Fotos. Die digitalen Handy- und Fotokameras sind unbrauchbar. Alte Fotoapparate wurden zwar gefunden, aber kein Filmmaterial. Es fehlt uns auch chemisches Material zur Entwicklung von Filmen. Der Job als Schrift- führerin machte mir und meinen Helfern Freude. Mittler- weile muss über alle Lagerstätten Buch geführt werden. Zum einen sind die Materialien über viele Orte verstreut und wir müssen so gut wie alles verzeichnen. Wer weis, wann all das, was unsere Zivilisation ausgemacht hat, wiederhergestellt werden kann. Eine Schachtel mit Blau- papier gehört zu meinen kleinen Schätzen. Alle Listen sind so in zweifacher Ausführung vorhanden. Eine bleibt bei mir, die andere erhält Bauleiter *Aaron*. Ich biete mit einer Trauung im improvisierten Standesamt den Bewohner so etwas wie Normalität an. Die Paare sind begeistert. Auch in vielen anderen Dingen des Zusammenlebens müssen wir zu den Regularien kommen, die eine Gesellschaft einfach braucht und auch zusammenhält. Aber das ist eine Aufgabe des Rates. Die Chronik wird darüber berichten.

27. Juli 2025, Tag 57
Das *Museum* brennt
Erzählung von *Romek*

Der letzte Transport verließ mit zwei Fahrzeugen das Gelände. Hinter ihnen loderten die Flammen. Unseren Feinden diesseits des Flusses wollten wir nichts verwertbares zurücklassen. Eine Vielzahl von Gegenständen und Nahrungsmittel haben wir von hier und aus den Häusern am Fluss zur Brücke gebracht. Zur Stromerzeugung fanden wir drei Generatoren. Die Expedition war ein riesiger Erfolg. Der größte Erfolg betraf die Fahrzeuge. Neben dem '*2,5-Tonner Mercedes*' und dem Geländemotorrad '*Maico 250*' konnten wir einen *Jeep DKW Mungo*, einen privaten *Unimog* und einen riesigen *5-Tonner MAN-Lkw* mit Seilwinde wieder fahrbereit machen. Weiter haben wir zwei ältere Motoren aus der Werkstatt des Museums aufgeladen. Neben dem Trecker, dem *Granada* und dem *VW-Bus* sind wir jetzt gut motorisiert. Wir zerstörten das Museum weitgehend durch das gelegte Feuer. Eine riesige Rauchwolke war kilometerweit zu sehen.

Die Brücke wird auf der östlichen Seite bald durch eine Mauer mit Stahltor gesichert sein. Das Angebot an den *Konrad-Clan* ist gemacht, eine Antwort noch nicht eingetroffen. Wir handeln ab sofort wie von uns angeboten und werden die andere Seite des Flusses vorerst nicht mehr betreten. Im Westen und Süden von uns haben wir noch einiges zu entdecken. Auch hier können Einzelpersonen und größere Gruppen überlebt haben.

7. August 2025, Tag 68
Passagierschiff trifft die *Brücke*
Erzählung von *Lucy*

Ich sah das riesige Schiff mit zufälligem Blick auf den Fluss. Zunächst verblüfft, rief ich *Ron*, der mir am nächsten stand.

Der Alarm wurde von *Ron* mit einer Hupe ausgelöst und schreckte alle auf der Brücke auf. Nur noch dreihundert Meter entfernt, trieb das große Schiff quer ab auf die Brücke zu.

„Alle von der Brücke" hörte ich den Ruf von *Maik*. Einige liefen los, andere starrten weiter auf die Szene. Ich stand zwischen zwei Blechhütten und hatte keinen Zweifel, dass das Schiff auf die Brückenpfeiler krachen würde.

Die Strömung trieb es jetzt mehr zur westlichen Brückenseite. Eine Kollision wäre nur vermieden worden, wenn es in der Mitte des Flusses geblieben wäre.

Der Aufprall war laut und Glas splitterte, ich spürte aber keine Erschütterung der Brücke. Quer zur Brücke liegend, drückte die Strömung das Schiff gegen den ersten Pfeiler, der Bug zehn Meter vom Ufer entfernt. Noch vor wenigen Wochen wäre durch die stärkere Fließgeschwindigkeit die Sache schlechter ausgegangen. Ich sah von oben auf das große Hotelschiff. An Bord gab es keine Bewegung, dafür an Land und auf der Brücke um so mehr. Aber das Schiff schien für die Brücke im Moment keine Gefahr zu sein und so legte sich die erste Aufregung und schlug in Neugier um.

.

Weiterer Erzählung von *Aaron*

Der Rat traf sich am Ufer vor dem Schiff. Der Druck auf den Brückenpfeiler war unsere Sorge. „Wie können wir den Bug in die Strömung ziehen?" fragte *Dok Peter*. „Mit dem *Unimog* und den beiden *Lkws* sollten wir einen Versuch wagen", meinte *Romek*. Alle schauten zu mir. „Wenn wir das Schiff rumziehen, drückt das Heck im Drehen umso mehr auf den Pfeiler, aber eine Alternative sehe ich auch nicht."

„Zunächst müssen wir den Weg für die Zugmaschinen frei machen, die Vorbereitungen werden dauern", sagte *Romek*.

„O.K., aber nicht, dass die Fahrzeuge im Fluss verschwinden", warnte *DokPeter* im sarkastischen Ton. Das Stahlseil der Winde am *5-Tonner MAN* legten wir zum Ufer aus, ebenso zwei starke Taue an den Anhängerkupplungen der beiden anderen Fahrzeuge. Ein paar Männer räumten den Weg frei.

Von der Brücke seilten sich *Romek* und *Karl* auf das Schiff ab. Beide sind mit langen Leinen gesichert. Sie warfen über die kurze Distanz Seile auf das Ufer, daran wurden Stahlseile und Taue befestigt und nacheinander zogen sie diese an Bord und machten sie fest. Danach kehrten beide auf die sichere Brücke zurück.

Wir hatten an Land weitere Taue an leichten Stahlträgern gebunden und mit viel Aufwand in die Erde getrieben. Sollte unser Plan gelingen, werden wir später stabile Poller im Boden verankern, um das Schiff sicher am Ufer zu halten. Ich übernahm mit Handzeichen das Kommando über die drei Zugmaschinen. Gleichzeitig setzten sich diese in Bewegung, das Schiff folgte dem Zug der Fahrzeuge und es gelang uns nach einigen bangen Minuten, den Bug gegen die Strömung zu drehen. Das Schiff lag bald längsseits am Ufer, mit Tauen und Drahtseilen an Land gesichert. Mit den Ratsmitgliedern und *Manfred*, dem früheren Elektriker auf der Werft, stieg ich über einen schmalen Laufsteg auf das Vorderdeck. Die Kommandobrücke war verlassen, wie scheinbar das gesamte Schiff. Die Elektronik und die Monitore sind durch Schwelbrand unbrauchbar. Im Antriebsbereich gab es auch Brände. Die Treibstofftanks blieben verschont, sonst wäre das Schiff zerstört worden. In einer ersten Untersuchung wurden keine Lecks entdeckt.

Wie lange war das Schiff unterwegs? Meine Vermutung ging dahin, dass es ursprünglich auf das Ufer geschoben wurde und erst später durch neue Strömungsverhältnisse fortgetrieben wurde. Die Besatzung und Passagiere gelangten vorher an Land. Seine Reise zu uns kann über hunderte Kilometer geführt haben.

Das Hotelschiff ist 90 Meter lang und 8 Meter breit. Die 32 Doppelkabinen, eine große Küche und 2 Aufenthaltsräume sind modern ausgestattet. Die Lagerräume sind gefüllt, aber vieles unbrauchbar. Ein einfaches Notstromaggregat schien funktionsfähig und würde für eine Notbeleuchtung reichen.

Wir hatten einen weiteren Wohnbereich ohne großen Aufwand sprichwörtlich an Land gezogen. Am Bug des Schiffes stand in hervorgehobenen Lettern: 'Utrecht II'. Diese Geschichte zeigt aber auch, wie unberechenbar der Fluss immer noch ist.

11. August 2025, Tag 72
Einwanderer am Osttor
Erzählung von *Maik*

Unsere Botschaft an den '*Conrad Clan*' wurde bis gestern nicht beantwortet. Aber an diesem Morgen erhielten wir eine Antwort auf überraschende Weise. Die Brückenwache meldete eine Gruppe Menschen, die zu Fuß auf das Tor zugingen. Mit *Erik* eilte ich zum Tor und stieg den Wehrgang hinauf. Ein paar Meter entfernt standen 9 Männer und 4 Frauen mit Rucksäcken und schauten zu uns hoch. Mehrere Waffen lagen auf dem Boden.

„Hallo und guten Morgen", ruft einer von ihnen und winkt mit beiden Armen.

„Wer seid ihr?", antwortete ich.

„Wir kommen aus den Städten im Osten und wollen bei euch unterkommen."

„Wir haben mit Leuten aus dem Osten keine guten Erfahrungen bisher gesammelt", antwortete ich.

Der Mann drehte sich zu einer Frau und sie nickte ihm zu. "Ja, wir waren mit *Konrads* Männern zusammen, wir wissen von dem Angriff und eurem Brief an *Konrad,* wir selber sind aber gegen diese Raubzüge. Darum stehen wir jetzt hier. Mein Name ist *Norbert*, das ist meine Frau Karen." Er zeigt auf die Frau neben sich.

Wir sahen uns verblüfft an. *Erik* ging zurück, um mit bewaffneten *Brückner* in kurzer Zeit wiederzukommen.

„Das werden wir prüfen, allerdings unter unseren Bedingungen. Legt euer Gepäck und alle Waffen vor das Tor und bleibt von der Mauer weg. In einer Liste schreibt ihr eurer Namen, Alter, Beruf und den ehemaligen Wohnort.

Später werdet ihr einzeln eingelassen und untersucht.
Keine Tricks, in der Unterführung da hinten könnt ihr
sehen, warum wir kein Risiko mehr eingehen."

"O.K., verstanden, an der Unterführung der Autobahn
sind wir eben vorbei gekommen."

Tag 72, Am Nachmittag
Der *Rat* entscheidet
Erzählung von *DokPeter*

Die Gespräche mit den Neuankömmlingen waren beendet. Es gab plausible Antworten auf unsere Fragen und wir erhielten wichtige Informationen. Der Clan um den mysteriösen Anführer *Konrad* ist eine lockere Gemeinschaft von etwa 300 Überlebenden. Der harte Kern schart sich um den Boss einer ehemaligen Motorradbande und macht die Vorgaben für alle anderen. Das Konzept ging auf, weil bisher für alle Unterkunft und Essen besorgt wurde. Die Fundstellen werden aber immer weniger und die Versorgung ist gefährdet. Das führt zu Unruhen und im *Reich* von *Konrad* kriselt es. Trotzdem ist eine Erzählung von *Norbert* besorgniserregend. Und zwar sollen sie eine Kaserne mit schweren Waffen entdeckt haben. Ältere Waffen könnten sie noch in alten Beständen gefunden haben. Weitere Flussübergänge sind ihnen nicht bekannt. Man kann vermuten, dass sie ihr Glück im Osten versuchen, denn an eine eigene nachhaltige Versorgung denken sie nicht und so wird das Reich von *Konrad* scheitern. Mit Plünderungen werden sie sich nicht auf Dauer ernähren können. Aber schauen wir nach vorne und nehmen die Leute auf der Brücke auf. Wir können Verstärkung gebrauchen, zumal unter ihnen einige Spezialisten sind. So ist mit unserem neuen Bewohner *Rolf* ein 34-jähriger Ingenieur für Maschinenbau und mit *Norbert* ein Elektromeister angekommen. Sie haben neue Ideen für unsere Stromversorgung mitgebracht. Mit *Betty* steht jetzt eine gelernte Küchenmeisterin in der Kantine.

14. August 2025, Tag 75
Eintrag in *Chronik*
Von Schriftführerin *Vera*

Stand heute hat die Brücke 87 Bewohner. Ich habe ein Namensregister angelegt. Neben Vornamen und Familiennamen ist das Geburtsjahr, der letzte Wohnort und Beruf oder Fertigkeit erfasst. Paare können sich zukünftig eintragen lassen und damit ein Familienregister führen. Im Sterberegister stehen mit *Matt* auch die ehemaligen Bewohner *Sven* und *Merten*, die vermisst werden.

Neugierig wird das Buch von den Neuankömmlingen eingesehen. Die Gemeinde am Fluss wächst und ein Stück Normalität kehrt zurück.

Viel Zeit nehmen die Einträge in die Lagerbücher ein. Fast jedes Teil wird genannt und einem Lagerort zugeordnet. Mittlerweile sind es tausende Teile. Entnahmen werden mir per Handzettel gemeldet. Das spart bei den Bauvorhaben viel Zeit, die sonst mit dem Suchen von Material verbunden wäre. Ausnahme sind die Küchen, die über ihre Vorräte selbst Buch führen. Ab morgen hilft mir Annette, eine der Schülerinnen. Die Schüler des Internats sind mit Eifer dabei und haben sich schnell in die Gemeinschaft integriert. Eine praktische Ausbildung ist in vielen Bereichen auf der Brücke möglich. Alles andere kann nur die Zukunft zeigen.

20. August 2025, Tag 81
Das Wasserkraftwerk
Erzählung von *Rolf*

Stromerzeugung durch Wasserkraft ist ein von mir angeregtes Projekt. Als Maschinenbauingenieur wurde ich mit der Durchführung betraut. Bisher wird Strom mit Benzin betriebenen Generatoren erzeugt. Die Ressource Flusswasser haben wir vor Ort.

Wir haben ein Team zusammengestellt, mit Elektromeister Norbert, Werkzeugmacher *Geert*, Monteur *Kevin* und mit im Team ist auch der 16-jährige Internatsschüler *Stefan*. Er wollte Maschinenbau studieren, einer der vielen Träume, die nicht wahr werden. Eine Ausbildung in der neuen Welt sieht jetzt anders aus. Er kann gut zeichnen und wird unsere Gedanken und Berechnungen in Pläne umwandeln.

Als Erstes wollen wir die Strömung des Flusses nutzen, um ein Schaufelrad anzutreiben.

Ideal ist eine Turbine schwimmend unter Wasser. Hierzu planen wir einen Modellversuch. Auch mit Wassermühlen an Land werden wir experimentieren. Das weltweite Inferno hat uns um 120 Jahre zurückgeworfen. Alle Produktionsstätten sind außer Funktion oder zerstört. Wir müssen mit dem arbeiten, was wir noch finden. Aber wir haben das Wissen, um neu zu beginnen.

2. Sept. 2025, Tag 93
Der *Rat* plant Expeditionen
Erzählung von *DokPeter*

Die östliche Grenze scheint durch den Fluss gesichert. Die nördlichen Brücken sind wegen der Überschwemmungen nicht nutzbar und im *Süden* sind es 180 Kilometer bis zur nächsten Brücke. Deren Zustand kennen wir nich. Wir sollten also vor Überraschungen sicher sein.

Den *Westen* wollen wir jetzt eingehend erforschen und die Autobahn bis zu einer Entfernung von etwa 200 Kilometer frei räumen. Wir vermuten hier Ressourcen zu finden. Vor allem landwirtschaftliche Höfe und Anbaugebiete. Die Landschaft liegt höher und ist nicht überschwemmt.

Auch die Errichtung von wehrhaften Außenposten ist angedacht. Die schnellste Verbindung bietet die Autobahn. Das ist die Basis für Erkundungen. Die Nutzung der Bahnverbindungen scheint uns derzeit zu aufwändig. Die Loks sind nicht mehr zu bewegen und versperren die Strecken. Nur Güterwagen werden geöffnet und Tankwagen entleert oder für später gesichert.

Unser Plan im einzelnen:

- Räumung der Autobahn nach Westen von Wracks und Trümmer.

Schnelles und vorsichtiges Erkunden mit kleinen Teams.

Einen Außenposten an geeigneter Stelle errichten. Ein kleines Kommando versucht die Eisenbahnbrücke im Süden zu erreichen.

Alle Unternehmungen sollen in den nächsten Wochen stattfinden.

5. Sept. 2025, Tag 96
Autobahn
Erzählung von *Aaron*

Mit dem *5-Tonner MAN* schafften wir in den ersten Tagen eine breite Fahrspur auf 80 Kilometer Länge freizuräumen. Die Hindernisse wurden beiseite geschoben oder Böschungen hinab gedrückt.

Die letzten Kilometer waren Neuland und es ging langsamer voran. Bei einigen Fahrzeugen lohnte sich das Ausräumen. Der *Mercedes 2,5-Tonner* fuhr die Strecke mehrmals am Tag. Ich sah schon das nächste Problem auf uns zukommen: Die Lagerkapazitäten an der Brücke müssen massiv erweitert werden. Ein mit Zement beladener kleiner Siloanhänger war zur Seite gekippt und lag quer auf der Fahrbahn. Wir mussten ihn erstmal aufrichten, Schwerstarbeit für die Winde. Angehängt an den *MAN* wurde er zur Brücke gezogen. Ein wichtiger Fund: Sand und Steine lassen sich einfacher beschaffen wie Zement. In zwei Kabinen fanden wir Schusswaffen mit Munition. Es gab auch unschöne Anblicke, aber mit der Zeit stumpfte man ab.

Die ersten Tage waren sehr erfolgreich. Was rechts und links der Straße lag, interessierte uns vorerst nicht, obwohl in der Nähe die Heckflosse einer gelben Frachtmaschine aus der Landschaft ragte. Der von uns vermutete gigantische geomagnetische Sturm ist hier die Ursache des Absturzes der Maschine. Von der Fracht kann das Feuer nicht viel übrig gelassen haben.

Im Grunde sind alle Fahrzeuge auf der Autobahn für die Brände verantwortlich. Die starken Winde haben das Übrige getan.

6. Sept. 2025, Tag 97
Im Westen
Erzählung von *Romek*

Mit dem *Ford Granada* sind wir schnell über die jetzt geräumte Straße vorangekommen. Am Ende ließen wir das Auto stehen und gingen entlang einer schmalen Landstraße nach Norden in das unbekannte Gebiet. Ohne Fahrzeug sind wir zwar langsamer, aber flexibler in den Bewegungen. Der *'Räumungstrupp'* von *Aaron* wird den Wagen mitnehmen. Die Autobahn ist zukünftig unser Ausgangspunkt für weitere Unternehmungen. Mit dem Motorrad werden wir ständig patrouillieren und an vereinbarten Stellen Nachrichten hinterlassen. Es ist nicht entschieden, wo die geplante Außenstation stehen wird. Das ist eine unserer Aufgaben.

Neben mir gingen *Dirk* und *Erik*. Die beiden hatten in den letzten Wochen an einigen Unternehmungen teilgenommen. Unsere Rucksäcke hatten wenig Gewicht. Geplant sind nur 4 Tage, in denen wir 30 Kilometer erforschen wollten. Der Wasservorrat ist bei solchen Ausflügen das Wichtigste. Zur Not hatte jeder 5 Liter dabei, genug, falls wir kein sauberes Trinkwasser finden.

Das Gelände ist hügelig und bewaldet, mit vereinzelten Feldern dazwischen. Die Feuer haben hier weitaus weniger gewütet, nur das Wiesenland und die Waldränder sind betroffen. Das Wetter wurde schlechter und der einsetzende Starkregen und ein gewaltiges Gewitter zwangen uns, das offene Gelände zu meiden. Nach einer Stunde konnten wir unseren Weg fortsetzen. Die Straße führte auf eine Anhöhe mit freier Aussicht. Mit dem Fernglas sah ich in der Ferne auf einem kegelförmigen Berg eine Burgruine. Bis dahin brauchen wir noch geschätzte

3 Stunden, laut unserer groben Karte führt uns die Straße dahin. Zwar zweigte eine weitere Straße nach Westen ab, das Ziel blieb aber diese Ruine.

Die Überraschung erwartete uns auf der letzten unbewaldeten Anhöhe vor dem Kegelberg. Die Burg war jetzt ohne Fernglas gut sichtbar. Von dem runden Turm in der Mitte flatterte ein riesiges weißes Tuch im Wind.

„Das sieht nicht nach einer Flagge aus, hier will jemand auf sich aufmerksam machen", sagte *Erik* und übergab mir das Fernglas. Mittlerweile war es später Nachmittag.

Am Fuß der Burganlage schmiegt sich ein Dorf an den Hang. Der größte Teil der Anwesen ist zerstört, Fachwerk ragt aus den Trümmern. Auf altem Kopfsteinpflaster gingen wir die schmale Straße den Berg hinauf. Vorbei an einem Besucherparkplatz mit zahlreichen Autowracks. Der Hang ist bis hin zu den Burgmauern niedergebrannt. Teilweise wächst neues Grün nach. Die Natur kämpft sich, wie die Menschen, wieder zurück. Der Weg führt in Serpentinen vor ein großes, mit viel Eisen beschlagenes Tor. Wir sahen Einschusslöcher im Holz. Es gab also bereits ‚Besucher' hier. Keiner scheint uns gehört oder gesehen zu haben. Ich klopfte mit dem Kolben meines Gewehres auf das Holz und rief laut:

„Niemand da?"

Zunächst tat sich nichts, ich wollte schon einen Schuss abgeben, als sich eine kleine Tür im Tor einen Spalt breit öffnete und eine feste Stimme rief: „Wer seid ihr?"

„Wir sind auf der Suche nach Überlebenden. Unser Lager liegt hundert Kilometer von hier am Fluss", antwortete ich.

„Seid ihr allein und wie seid ihr bis hierhergekommen?"

„Die größte Strecke mit einem Auto über die Autobahn und von dort zu Fuß hierher. Warum habt ihr das weiße Tuch am Turm hängen?"

„Unsere Vorräte gehen aus. In der näheren Umgebung ist nichts mehr zu finden. Wir hoffen, auf Hilfe von außen, wir wollen ungern den sicheren Ort hier verlassen."

„Lasst uns rein, wir können euch helfen", rief ich. Nach einer kurzen Stille:

„Gut, zunächst nur einer von euch unbewaffnet." Ich ging zur Tür und legte meine *AK 47* davor ab und trat ein. Vor mir standen fünf Männer im Halbkreis. Einer holte meine Waffe und begutachtete sie neugierig.

„Ich heiße *Romek*" stellte ich mich vor.

„*Marko*" antwortete ihr Sprecher. „*Heiko, Werner, Uwe* und *Viktor*", stellte er die anderen vor. Nur der Letztgenannte hatte eine Pistole in der Hand.

Meine nächsten Erklärungen schienen ihnen glaubwürdig. Ich rief *Dirk* und *Erik* herein. Alle zusammen gingen wir über den gepflasterten Innenhof der recht gut erhaltenen Burg und betraten am Ende einen großen Saal mit niedriger Decke. Durch die kleinen Fenster drang wenig Licht. Die Überraschung war gelungen, denn mehr als 30 Augenpaare schauten uns an. Am Kopfende des langen Tisches saß eine ältere, kräftige Frau mit grauen Haaren und einer großen schwarzen Brille auf der Nase.

„Kommt näher und nehmt Platz", sagte sie schmunzelnd.

„Ich bin Frieda und spiele hier die 'Burgherrin'." Wir mussten kurz lachen und setzten uns. Ich schilderte ihnen mit wenigen Sätzen unser Vorhaben und die Geschichte der 'Brückner'.

„Hätten wir früher von euch erfahren, wären wir schon längst zu eurer Brücke aufgebrochen", sagte *Frieda* und begann zu erzählen.

Frieda schilderte das Schicksal der Überlebenden auf der Burg:

„Am Tag der Katastrophe befanden sich 18 Touristen auf der Burg, darunter ein Ehepaar aus Südkorea. Im Restaurant und am Eingang waren wir zu sechst, um den täglichen Betrieb zu gewährleisten.

Es fing mit einem lauten dunklen anhaltenden Geräusch an, das schnell in orkanartige Winde überging. Der Himmel wurde abrupt dunkelrot. Als Nächstes fing unser Kassensystem Feuer. Ich stand in der Nähe hinter der Theke und konnte so geistesgegenwärtig eine Tischdecke drüber werfen. *Uwe* kam als nächster mit einem Feuerlöscher.

Die Temperatur draußen stieg schlagartig an. Alle Besucher suchten Schutz im Restaurant. Über der Burg war das Inferno ausgebrochen. Zunächst lagen alle auf dem Boden und jeder schaute den anderen fragend an. Als asiatische Frau anfing zu schreien, warf ihr Mann sich schützend über sie.

Ich weiß nicht mehr, wie lange wir so verharrt haben. Einige Männer rafften sich auf und rannten zum Burgtor, um es zu schließen. Was sie sahen, ließ sie erstarren - das Dorf und der untere Hang um die Burg stand in meterhohen Flammen, Autos und Tanks explodierten. Schnell wollten sie das Tor schließen, im letzten Moment sahen sie mehrere Menschen über den Weg auf die Burg zu laufen. Die Feuerwand schloss sich hinter ihnen und sie schafften es nicht nur knapp zur Burg. Grelle Blitze erhellten den Innenhof, als 8 Männer und eine 3 Frauen durch das Tor liefen und zusammenbrachen. Es gelang, das Burgtor zu schließen und das Feuer zunächst abzuhalten. Wir erkannten die Gefahr für das hölzerne Tor und begannen mit einer Eimerkette zunächst von innen und bald auch über dem Tor den Brand davor zu löschen. Auf dem Weg und an den Mauern fand das Feuer bald keine Nahrung mehr.

Im Dorf und um die gesamte Burg entstand ein Inferno, das von den starken Winden weiter getrieben wurde und bald stand alles im weiten Umfeld in Flammen.

Am Abend schien für uns die Gefahr gebannt und wir versammelten uns. Die Männer, die vom Turm herunter kamen, berichteten von einem kilometerweit verwüsteten Land mit weiterhin anhaltenden Bränden. Über uns wütete ein Unwetter, wie es noch keiner erlebt hatte. In dieser Nacht war an Schlaf nicht zu denken.

Am Morgen wurde klar, dass wir zunächst nicht runter ins Tal konnten." Ich besprach mit *Marko* und *Viktor*. Danach baten wir die anderen uns die Organisation für die nächsten Tage überlassen. Gerne konnte aber jeder seine Meinung äußern. Alle elektronischen Geräte funktionierten nicht, Handys inbegriffen.

Das nächstliegende war, unsere Vorräte in der Küche zu sichern. Durch den Stromausfall mussten alle gekühlten oder gefrorenen Lebensmittel in kühle Kellerräume verbracht werden. Wie ein erster Überblick ergab, sollten wir für eine Woche zu essen haben. Zu dem Zeitpunkt hatten alle 39 Überlebenden die Hoffnung, dass dieser Horror bald ein Ende findet. Der Schock und der Ausnahmezustand versetzte viele in Lethargie und Trauer. Ständig hielten wir auf dem Turm Ausschau nach Hilfe. Als nach Tagen keinerlei Lebenszeichen zu sehen oder zu hören war, wollten wir die Dinge selbst in die Hand nehmen. Das Dorf wurde als Erstes untersucht. Das Grauen will ich im Einzelnen hier nicht schildern. In wenigen Gebäuden war der Keller nicht zerstört. Von dort brachten wir Lebensmittel und andere noch brauchbare Dinge auf die Burg. Am zehnten Tag pochte es abends am Tor. Es dauerte eine Weile, bis *Viktor* auf dem alten Wehrgang über dem Tor angekommen war. Im Grunde waren wir zu diesem Zeitpunkt zu nachlässig und hatten auf den Mauern und auf dem Turm keine Beobachter. Wir hörten Schüsse in schneller Folge auf das Tor. Viktor beobachtete die Gesellen vor dem Tor, es waren sechs Männer in Militäruniformen. Sie schienen ratlos. Aus der Deckung heraus rief er zu ihnen herunter, dass sie verschwinden sollten. Worauf sie drohten, auf uns zu warten, irgendwann müssten wir ja rauskommen. *Viktor* lachte und bluffte mit der Behauptung, wir hätten Vorräte für Monate. Die 'Gesellen' lagerten über Nacht vor dem Tor, zogen aber gegen Mittag des nächsten Tages ab. Vom Turm aus konnten wir sie noch eine Weile auf ihrem Weg verfolgen. Sicherheitshalber verließen wir die Burg die nächsten drei Tage nicht."

Romek unterbrach *Frieda,* als ein grunzen und quieken vom Innenhof zu hören war: „Ist es das, was ich hoffe - ich habe schon seit Monaten kein Schnitzel mehr gegessen?" Er sah erwartungsvoll in die Runde.

Frieda fuhr grinsend fort:

„Vier Schweine und fünf Hühner liefen um einen verlassenen Hof herum und so wurde vor ein paar Tagen hier ein Raum als Stall eingerichtet. Vorerst haben alle noch 'Schonzeit'. Aber sie sind der Grund, warum wir eigentlich noch länger hierbleiben wollten. Auch ein Reitpferd konnten unsere Kundschafter einfangen und auf die Burg bringen. Ein funktionierendes Fahrzeug haben wir bisher nicht gefunden. Mit zwei Fahrrädern fuhren *Viktor* und *Heiko* kilometerweit in die Umgebung auf der Suche nach Lebensmittel. Auf einer Landstraße lief ihnen eine Grippe von acht Menschen entgegen. Drei Familien mit Kindern hatten sich in einer Hütte im Wald gerettet und sich dort versteckt. Der Hunger trieb sie jetzt auf die Straße. Sie wurden in Sicherheit auf die Burg gebracht. Es war der letzte Zuwachs auf der Burg.

In einem der untersuchten Keller fanden wir einen geladenen Revolver. Unsere bisher einzige Schusswaffe. *Herbert* ist Kfz-Meister, er hat sich mit dem Bau von Armbrüsten und Schleudern beschäftigt. Wir glaubten, dass die Steinschleudern, von mehreren gleichzeitig abgeschossen, einen Gegner schon aufhalten könnten. Die Burgmauern sind aber unser bester Schutz. Die nächste Erkundung soll zu einem vermuteten Militärflughafen etwa 50 km westlich von hier führen. Wohl keine ungefährliche Sache, ein solch interessantes Gelände blieb von 'Besuchern' sicherlich nicht verschont, wenn sie sich nicht sogar dort eingenistet haben. Wer will in der jetzigen Zeit mit Fremden teilen?"

6. Sept. 2025, Tag 97
Autobahn
Erzählung von *Aaron*

Den *Ford Granada* der Gruppe um *Romek* nahmen wir sicherheitshalber mit. Wir kamen schnell voran, bis wir nach einer Steigung in der folgenden Senke das Hindernis sahen: Ein See hatte alles überspült. Die Fahrbahnen sind auf hunderte Meter nicht mehr zu sehen. Das Wasser überschwemmte selbst die Aufbauten der Lkw. Hier kamen wir nicht mehr weiter. Unser Ziel war nicht mehr zu erreichen, nach halber Strecke war hier Feierabend.

An der letzten Abfahrt hinterließen wir für *Romek* eine Nachricht und machten uns auf den Weg nach Hause. Der Rat sollte entscheiden, ob wir über Landstraßen weiter nach Westen vorstoßen sollten. Ohne verstärkten Begleitschutz für die Räumfahrzeuge schien mir das ein zu großes Risiko. Täglich werden wir mit dem Motorrad die Strecke abfahren und nach Nachrichten von *Romek* schauen. Abends ist eine Fahrt mit dem VW-Bus geplant.

Jetzt hat unsere Truppe sowieso Pause. Für nächste Woche hat *Ruth* um Fahrzeuge und Helfer für Erntearbeiten gebeten. Mehrere weit verstreute Felder werden angefahren. Zum Glück hatten diese die Feuerstürme und Unwetter überstanden. Auch einige Obstbäume blieben uns erhalten. Vor allem Mais und Kartoffeln wollten wir ernten. Das wird uns helfen, über den Winter zu kommen.

Die erneute Besiedlung von *Ruths Hof* wird in Erwägung gezogen. Allein schon deshalb, weil dort Lagerplätze vorhanden sind und der Weg zu den Feldern kürzer ist. Der

Bautrupp wird das Wohnhaus befestigen und sichere Räume für die Bewohner schaffen.

Der Hof ist in zwanzig Minuten von der Brücke aus zu erreichen. Im Notfall kann mit Signalraketen alarmiert werden. *Ruth* meint, mit 10 Leuten die Bewirtschaftung des *Hofes* und der Felder effektiv betreiben zu können und will Ihre Familie in die neue Außenstelle mitnehmen. Mit *Maik*, Ihrem neuen Lebenspartner, wird das gut zu organisieren sein.

Der Rat wollte bald Entscheidungen über die erste Außenstelle der *Brückner* treffen und wartet auf die Rückkehr von *Romek*.

6. Sept. 2025, Tag 97
Die *Burg*
Erzählung von *Romek*

Wir sprachen an diesem Abend noch lange mit den Bewohnern der Burg. Sie waren sehr wissbegierig und wollten viele Einzelheiten über die Geschichte der *'Brückner'* erfahren. Die Überfälle auf die *'Brücke'* machten sie nachdenklich. *Frieda* schlug eine Zusammenarbeit zwischen der 'Brücke' und der 'Burg' vor. Eine Arbeitsaufteilung und ein kurzzeitiger oder dauerhafter Personenaustausch würden den Zusammenhalt fördern. Alle stimmten dem Vorschlag zu und waren gut gelaunt und guter Dinge.

Das hervorragende Essen und der aufregende Tag verlangten nach Ruhe. Ich wollte morgen früh weitere Pläne mit den *'Burger'* schmieden - der Name gefiel mir.

7. Sept. 2025, Tag 98
Die *Burg*
Erzählung von *Romek*

Am Morgen trafen wir uns in kleiner Runde mit *Frieda*, *Marko* und *Viktor*.

„Wir planen einen befestigten Außenposten im Westen zu errichten", erklärte ich. „Falls ihr einverstanden seid, würden wir von der Burg aus weiter nach Westen erkunden und sie als sicheren Standort nutzen. Wie weit die Autobahn geräumt ist, erfahren wir auf dem Rückweg. Die Brücke liegt etwa 100Km entfernt, mit einer Fahrzeit von einer Stunde kann man rechnen. Gerne nehmen wir Unterstützung von euch an und ein Austausch unter den Bewohnern beider Standorte wäre von Vorteil für alle. Wir sind gut motorisiert und bewaffnet und können hier für mehr Sicherheit sorgen."

Marko und *Viktor* nickten *Frieda* zu und sie meinte:

„Dieses Angebot nehmen wir gerne an. Wir wollen rund um die Burg wieder eine Landwirtschaft und Viehzucht aufbauen, zumal weitere Schweine und Federvieh in der Umgebung bereits gesehen wurden. Mehrere der Bewohner haben spezielle Erfahrungen, die sie für uns alle einbringen können. Zum Beispiel ist da *Joo-won*, ein Ingenieur aus Südkorea, der hier in der Autobranche tätig war. Er meint, weniger beschädigte Fahrzeuge auch ohne Elektronik fahrbereit machen zu können. Ihm helfen will *Herbert,* als Kfz-Meister hat er viel Erfahrung mit alten Motoren."

Sie schaute auf den Tisch und sagte nach einer kurzen Pause:

„Bei all dem Schrecken und der Trauer wollen wir vorwärts schauen und etwas Neues beginnen."

Ich stand spontan auf und umarmte *Frieda,* sie hatte Tränen in den Augen. *Viktor* wollte die Anspannung lösen und fragte nach weiteren Details unseres Fuhrparks. Ich schlug vor, dass *Viktor* und *Eric* mit den Fahrrädern zur Autobahn fahren und dort eine Nachricht hinterlegen.

Am Nachmittag kehrten sie zurück. Sie haben eine Nachricht von *Aaron* mitgebracht. Gegen Abend würden zwei Leute mit dem *VW-Bus* wieder zurückkehren, den Bus haben sie mittlerweile mit Sitzen ausgestattet. Wir konnten also heute Abend mit ihrer Ankunft rechnen und bereiteten alles für die Rückfahrt vor. *Erik* sollte zur Sicherheit auf der Burg bleiben. Ein Gewehr gaben wir an *Viktor*. Mit *Frieda* und *Marko* wollten *Dirk* und ich zur Brücke fahren.

Ein Hupen kündigte uns die Ankunft eines Autos an. Im Bus saßen *Anton* und *Julien* und die waren zunächst sprachlos, danach aber hocherfreut über die große Zahl von Überlebenden. Für näheres Kennenlernen war keine Zeit. Bald stiegen wir ein und fuhren in der Dämmerung zur Autobahn. Nur ein Scheinwerfer am Bus funktionierte noch, den anderen hatte ich vor Wochen mit einem Schuss zerstört. Das war für die Wache hinter dem Zaun ein gutes Erkennungsmerkmal und das Tor stand bereits offen. Sie hatten die Rückkehr eigentlich früher erwartet und vermuteten schon einen besonderen Grund. Mit Erstaunen und lauten Rufen wurden die Reisenden aus dem Bus begrüßt. Und die Gäste staunten über unsere Tätigkeiten seit dem Tag Null. Sie hatten das Glück, feste Unterkünfte und Schutzmauern auf der *Burg* zu haben.

19. Sept. 2025, Tag 110
Chronik
Eintrag von *Vera*

Als Chronistin schildere ich die Ereignisse der letzten beiden Wochen:

Mit den Bewohnern der *Burg* wurde eine enge Zusammenarbeit und Beistand vereinbart. Wichtige Entscheidungen für die *Brückner* und die *Burg* werden im erweiterten Rat beschlossen. In der *Chronik* werden jetzt alle Bewohner der beiden Lebensbereiche aufgeführt. Es fand bereits ein reger Austausch statt. *Britta* und *Ron* sind für ein paar Wochen auf die Burg gezogen und sorgen für eine erste medizinische Versorgung.

Der Ingenieur *Joo-won* und Kfz-Meister *Herbert* verstärken die Werkstätten an der Brücke und wollen neuere Fahrzeuge auch ohne Elektronik betriebsbereit machen. *Joo-won* und seine Frau bezogen eine Kabine auf dem Schiff. Weitere drei Familien sind von der *Burg* zur *Brücke* gewechselt.

Der leichte *Mercedes* Lastwagen brachte Waffen und Lebensmittel auf die *Burg* und blieb vorerst dort stationiert. Dem kleinen Rat der *Burg* gehören *Frieda*, *Marko* und *Viktor* an.

Das erste 'Wasserkraftwerk' bestand seinen Probelauf im Fluss und der erzeugte Strom fließt durch Kabel zu den Werkstätten. Jetzt können Elektrowerkzeuge genutzt werden. Die Gruppe um Ingenieur *Rolf* baut bereits am zweiten Gerät. Ein benzinbetriebener Generator konnte an die *Burg* abgegeben werden.

Alle Kabinen auf dem Schiff sind von Familien und Frauen bewohnt.

Versammlungen finden jetzt in den dortigen Gemein-
schaftsräumen statt. Es wird zunehmend gefeiert und
gelacht. Und das erste *Baby* ist unterwegs, bleibt aber
vorerst noch ein Geheimnis. Für mich und meine Assistentin *Annette* steht eine neue Aufgabe an: Wir wollen
eine Bibliothek zusammen tragen. Die ersten Bücher
bringen uns die '*Brückner*' und '*Burger*' bereits.

21. September 2025, Tag 112
Der *Hof* ist wieder besiedelt
Erzählung von *Ruth*

Es war schon ein eigenartiges Gefühl für mich, wieder das Haus zu bewohnen und die Ställe und Scheunen herzurichten. Neben *Maik* und meinen beiden Kindern, *Gerti* und *Elle*, bewohnen die holländische Familie *Lynn*, *Daan* und ihre Tochter *Sarah* das Haus. Zwei *'Brückner'* und drei Bewohner der *Burg* sehen hier in Zukunft ihr Zuhause. Zunächst fanden sie Unterkunft in der Scheune. Ein festes Haus wollen wir für sie an das Wohnhaus noch vor dem Winter anbauen. Ein Stromgenerator wurde installiert. Das Haus ist eingezäunt und innen wacht Schäferhund *Bob*. Wir sind gut bewaffnet und mit der Brücke wurde ein Signalsystem mit Feuerwerksraketen vereinbart. Unsere Hühner, Ziegen und alle Haustiere sind mit umgezogen. Von der *Burg* erwarten wir zwei Schweine und auch das Pferd kommt hier gut unter. Von der *Burg* ist uns der Transport von einem Eber angekündigt worden und mit ihm hoffen wir auf viel Nachwuchs im Schweinestall. An der *Burg* sind weitere Ställe geplant. In Zukunft wollen wir die Viehzucht überwiegend dort betreiben.

Die bisherige Ernte an Mais war erstaunlich gut. Eine kleine Menge Weizen konnte eingebracht werden. Allerdings mussten wir lange Wege in Kauf nehmen. Im nächsten Frühjahr bereiten wir die Felder um den *Hof* wieder für neue Aussaaten und Anpflanzungen auf. Kartoffeln und Gemüse folgen bald. Wintergemüse pflanzen wir an. Einige Körbe Obst konnten in der Umgebung geerntet werden und wurden nach der alten Methode eingemacht. Die Ernährung der Überlebenden über den Winter ist gesichert. Die Scheune wollen wir um einen Anbau erweitern. Zur Erntezeit können wir Helfer gut unterbringen. Neben dem Stall ist ein neues Mahlwerk für Korn und Mais geplant. Aaron wird uns mit seinen Technikern helfen. Das Wetter ist weiterhin unberechenbar. Es ist zu warm, obwohl wir wenige Sonnenstunden haben. Regen fällt ausreichend. Sturmböen und starke Gewitter überziehen immer wieder das Land. Die Bedingungen sind nicht ideal, aber auch nicht total schlecht. Wir können zufrieden sein, anfangs sah alles trostlos aus. Ich frage mich, ob wir einen Winter bekommen, oder wird das Wetter gravierende Veränderungen zeigen? Hoffentlich bleiben wir von weiteren gefährlichen Ausbrüchen der Sonne verschont?

2. Oktober 2025, Tag 123
Die *Air Base*
Erzählung von *Romek*

Westlich der *Burg* liegt in 80 Kilometer Entfernung eine *Air Base*. Das wurde von *Frieda* berichtet und ein Besuch dort schon seit Tagen geplant. Wir trafen am Nachmittag auf der *Burg* ein. Schon unten im Dorf hatten wir große Veränderungen gegenüber unserem ersten Besuch gesehen. Die Trümmer wurden beiseite geräumt und die Grundmauer des ersten neuen Gebäudes stand bereits. Es wird eine große Scheune mit Stall für die Tiere werden. Weiter sind auch Wohngebäude und Werkstätten geplant. Die *Burg* wird als Zufluchtsort bei Gefahr aber weiter genutzt. *Frieda* hat uns mit ein paar Informationen versorgt. So sollen dort Streitkräfte aus zwei Nationen und zivilem Bodenpersonal stationiert gewesen sein. Es wurden Atomwaffen gelagert, gegen die es immer wieder Demonstrationen gab. Von der *Burg* wurden bisher keinerlei Lebenszeichen oder Fahrzeuge wahrgenommen.

Der Turm der *Burg* ist rund um die Uhr besetzt, der gute Rundumblick schützt vor Überraschungen. *Viktor* gab uns eine Skizze, auf der die bisher bekannten Besonderheiten der Straße in Richtung unseres Ziels eingetragen sind.

3. Oktober 2025, Tag 124
Umweg mit Überraschung
Erzählung von *Romek*

Unsere Truppe startet am frühen Morgen mit dem *Ford Granada* und dem geländegängigen Motorrad *Maico 250*. *Georg* fuhr voran, *Christian, Dirk, Eric, Leo* und ich folgten im Auto mit Abstand. *Leo* hatte seinen kleinen Notfallkoffer neben unseren Waffen verstaut. Ein paar der bewährten *Feuercocktails* dabei. Dazu Lebensmittel für ein paar Tage und Zeltplanen. Die schmale Landstraße und einige Hindernisse wie umgestürzte Bäume und Wracks ließen uns nur langsam vorankommen. Bald erreichten wir unbekanntes Gebiet und fuhren gegen Mittag durch ein Dorf. Wie nicht anders zu erwarten, sind auch hier die Zerstörungen durch Feuersbrünste enorm. Wir hielten uns nicht lange auf, eine nähere Untersuchung sollten die *Burger* unternehmen. Am Ortsende stand abseits der Straße ein fast unbeschädigtes Haus. Ein großer ausgebrannter *SUV* stand davor. Mit *Erik* betrat ich durch das offene Garagentor die unteren Räume. Schon gleich waren Spuren von einem hastigen Durchsuchen zu sehen. Entweder haben die Bewohner in Eile einige Dinge für die Flucht mitgenommen oder es waren danach andere Besucher im Haus. Das verraten Fußspuren in dem von Staub und Ruß bedeckten Boden. Die Schränke und Truhen waren geöffnet und einiges lag verstreut auf dem Boden. Für uns gab es nichts Interessantes zum Mitnehmen. Bis hierher schien die Straße sicher zu sein. Zwischen den Feldern standen einige verschonte Waldstücke. Die Brände gingen immer von verbrannter Technik aus. Von den Autowracks auf der

Straße gab es immer Brandspuren in dem umliegenden Gelände. Weitere Brände entstanden durch Blitzeinschläge. Je dichter eine Gegend besiedelt war, desto größer waren die Schäden. Die Straße führte uns weiter durch ländliche Gegenden mit kleinen Ansiedlungen. Überall das gleiche Bild. Die Bewohner wurden von dem Inferno überrascht und konnten ihr eigenes Leben retten. Wie oft gesehen, sind viele auf offenem Gelände dem Feuer zum Opfer gefallen. Mehrere verbrannte Trecker und Anhänger standen auf den Feldern. Während der Fahrt diskutierten wir darüber, welche Kontinente ebenfalls so verheerend betroffen sind. Können wir von dort Hilfe erwarten? Und wenn ja, würde das noch Monate, vielleicht Jahre dauern?

Aufmerksam besahen wir uns Straße und Landschaft. Ein positives Zeichen ist die zunehmende Bewaldung, je weiter wir kamen. Hier konnten Menschen und Tiere Schutz gesucht haben. Das laute Motorrad wird deutlich über eine große Entfernung zu hören sein und könnte für weitere Überlebende ein Zeichen sein. Ein Risiko ist damit auch für uns verbunden.

Wir erreichten eine Straßenkreuzung. Ein Hinweisschild zur *Air Base* zeigte 9 km und geradeaus an. An dem Schild Richtung Süden hing ein gelber Stofffetzen.

„Aussteigen - das sehen wir uns näher an", sagte ich. „Was meint ihr?", fuhr ich fort.

"Zum Flugplatz können wir auch später fahren", antwortet *Erik*.

Alle nickten und *Dirk* meinte: „Wir sollten allen Hinweisen nach Überlebenden nachgehen. Der Fetzen Stoff kann ein Hilferuf sein."

Wir stiegen ein und machten uns auf den Weg nach Süden. Nach kurzer Fahrt stoppen wir vor einem Baumstamm, der quer auf der Straße liegt. Rechts führt ein Forstweg in den Wald. Ein weiteres Stück gelber Stoff hing in Augenhöhe an einem Ast. Es ist ein schmaler Weg mit festem Untergrund, gut für den *gepanzerten Granada*. *Georg* fuhr wieder vor. Nach kurzer Strecke machte er Halt und wartete auf uns.

Über dem Weg hing ein Holzbrett mit Aufschrift in weißer Farbe: Danger

Do not enter - ring Bell

Kein Zugang - Glocke läuten

„Oha, jetzt wird es spannend", meinte *Christian,* der mittlerweile für seine Sprüche bekannt war. „Und wer macht den *Glöckner* vom Wald?", war sein nächster Spruch.

„Vorsicht, wir fahren ein paar Meter zurück. Nur *Georg* und ich bleiben hier." Wir sahen uns den Seilzug zur Glocke an. Er führte nicht nur zur Glocke, er ging weiter nach oben und über Umlaufrollen in den Wald und möglicherweise zu einer weiteren Alarmvorrichtung.

„Die Warnung ist in zwei Sprachen verfasst, gab es bereits Kontakte zu Leuten von der Air Base?", fragte *Georg.*

„Umso besser", sagte ich. „Wir können weitere Informationen gut gebrauchen."

Die Glocke machte einen Mordslärm. Und schon kurz darauf rief jemand in nicht allzu weiter Ferne:

„Der Lärm des Motorrades hat euch schon angekündigt." Der Sprecher stand hinter einem dicken Baumstamm. „Wir haben euch im Blickfeld, macht keine falschen Bewegungen".

„Wer seid?", rief eine zweite Stimme aus einer anderen Richtung.

Ich erklärte in wenigen Sätzen, wo wir herkamen und unsere Pläne. Es folgte eine kurze Pause, bis die erste Stimme sich meldete und verlangte, dass ich unbewaffnet und mit erhobenen Händen auf dem Weg ihnen entgegenkommen sollte. Ich schaute *Georg* an und gab ihm meine beiden Waffen. Das konnte auch von den Bäumen aus verfolgt werden. Ich ging auf dem Weg weiter. Erst nach etwa fünfzig Meter rief eine Stimme halt und dirigierte mich rechts des Weges in den Wald. „Hallo, komm hier hinter den Busch", sagte eine kräftige Stimme. Ein großer, kräftiger Mann schüttelte mir die Hand und stellte sich als *Hagen* vor. Ich schätzte, er ist um die 60 Jahre alt. Was er mir mit ein paar Sätzen über ihre Gruppe erzählte, erstaunte mich. Eine Ausflugsgaststätte im Wald wurde zum Zufluchtsort für 31 Menschen. Sie hatten kein Fahrzeug und konnten so keine weitläufigen Erkundungen machen. Mit dem Zeichen auf der Straße hofften sie erst seit zwei Wochen auf Kontakte und Informationen über die Welt um sie herum. Vorher wollten sie keine Aufmerksamkeit auf sich lenken. Die Gründe sollten wir später erfahren. Wir fuhren weiter in den Wald hinein.

Das Anwesen, so muss man es nennen, lag mitten im Wald, von Wiesen umgeben. Neben dem Haupthaus standen mehrere Nebengebäude und Ställe. Eine kleine Siedlung im Wald. Wir hörten Tiergeräusche aus den Ställen. Pferde, Esel, Ziegen und viele kleinere Tiere leben eingezäunt im Freien. Vor dem Haupthaus stehen viele Fahrzeuge, mehr oder weniger abgebrannt. Eine asphaltierte Straße führt durch den Wald zur Landstraße.

Wir wurden von den Bewohnern zurückhaltend empfangen. Eigentlich kein Wunder, unser Auftritt war schon
recht kriegerisch. Der *Granada* mit seiner Panzerung
wurde erstaunt begutachtet. Auch die schwere Bewaffnung ist für die Leute außergewöhnlich und passte nicht
in ihre friedliche Umgebung.

Wir wurden in der Gaststätte in einen großen Raum
gebeten, *Hagen* stellte uns seine engsten Mitarbeiter vor.
Ein junger Mann hob er besonders hervor, der sich als
Luca vorstellte. *Hagen* betonte: „*Luca* ist eine wichtige
Stütze und half der Gemeinschaft, die Zeit nach der
Katastrophe zu meistern. Er ist, oder war, wie man jetzt
wohl sagen muss, Mitglied der *Bereitschaftspolizei.*"

Wir erzählen die Geschichte der *Brückner*. Es gab viele
Nachfragen und so legte sich auch die Zurückhaltung der
Überlebenden in der Waldsiedlung. In ihren Gesichtern
stand Erleichterung, sie hatten nicht alleine dieses
Schicksal erlitten.

Besonders erstaunt waren sie über die Geschichte der
Burg, zumal diese nicht weit weg von ihnen lag. Die rela-
tive Sicherheit, die ihre Umgebung bot, hatte sie nicht zu
großem Wagnis verleitet. Es fehlte ihnen auch einfach
die Fahrzeuge hierzu.

„Warum wurden wir über den Forstweg hierher geführt
und nicht auf der breiten Zufuhr von der Landstraße
aus?", fragte ich *Luca.* Der schaute zunächst *Hagen* fragend an und antwortete:

„Wir haben dort das gleiche Hindernis angelegt. Die
Baumstämme sollen eine direkte und schnelle Zufahrt
verhindern und uns frühzeitig alarmieren. Bewaffnet sind
wir nur mit zwei Jagdgewehren und einer Pistole. Der
Bogenschießstand hat 10 Sportbogen im Bestand. Die

Pfeile haben wir 'scharf' gemacht. Aus kurzer Distanz sind sie nicht ungefährlich."

Bevor weiter geredet wurde, gab es etwas Alkoholisches und Frauen deckten den Tisch. Kurz darauf folgten Klöße und Rehbraten. Wir staunten nicht schlecht. *Hagen* erhob sein Glas und prostete uns zu. Die Tischgespräche hatten die Nahrungsbeschaffung und die Ressourcen zunächst zum Thema. Die Frauen fragen uns nach den Lebensumständen der Frauen auf *Brücke* und *Burg*. Wir erzählten von *Ruth* und dem *Hof*, von *Lucy*, der Chefin der Verwaltung und von unserer Chronistin *Vera* und deren 'Standesamt'. Das führte zu einigen erheiternden Geschichten und die Frauen waren scheinbar so gelöst wie lange nicht.

Wir zogen uns mit *Hagen* und *Luca* in einen Nebenraum zurück. An den Wänden hingen riesige Hirschgeweihe und der Kopf eines Ebers schaute auf uns herab. *Hagen* erzählt ihre Geschichte seit dem Tag Null. Und *Luca* berichtete von einer Erkundung am Flughafen und der gefährlichen Situation dort. Unter diesen Umständen war an eine weitere Fahrt nicht zu denken. Wir mussten die Lage hier und der nicht weit entfernten *Burg* einordnen und eine Verbindung zur *Brücke* schaffen. Im Grunde waren die Bewohner für eine enge Bindung zu uns. Die Viehzucht hier und an der *Burg* ergänzte unsere Arbeit auf dem *Hof*.

Hagen erzählte spätabends die Geschehnisse am Waldhaus:

„Am Tag der Katastrophe fand im Gasthof eine Geburtstagsfeier statt. Die Mutter von *Luca* wurde 60 Jahre alt. Mit dem Personal des Hotels, der Hofanlage und den

Gästen befanden sich 29 Menschen auf dem Gelände. Der Ausbruch des Infernos verursachte überall Brände, besonders schwer traf es den Parkplatz der Besucher und zwei Fahrzeuge des Hofes. Die Geburtstagsgesellschaft und das Personal flüchteten in Panik in die Innenräume. Hier übernahm *Luca* die Verantwortung, versuchte die Menschen zu beruhigen und sorgte für ihre Sicherheit. Mit zwei Mitarbeitern kümmerte ich mich um die Tiere. Kleine Brände konnten geistesgegenwärtig bekämpft werden. Der Parkplatz stand in Flammen und es war zu befürchten, dass der naheliegende Wald Feuer fängt, aber das konnten wir verhindern.

Ein paar Tage später wurde uns klar, dass wir zunächst auf uns alleine gestellt sind. Alle Fahrzeuge waren unbrauchbar. Kurze Erkundungen in der näheren Umgebung zeigten Zerstörungen, so weit wir schauen konnten. Kein Verkehr am Boden oder in der Luft. Laute Explosionen hörten wir aus Richtung der Air Base. Schwere Unwetter und Brandgeruch bestimmten die nächsten Tage. Bäume stürzten auf das Gelände. Zwei völlig verstörte Menschen retteten sich zu uns. Sie waren auf einer Wandertour überrascht worden. Somit fanden jetzt 31 Überlebende Unterkunft im Gasthof. Wir lebten in einer Art Schockzustand. Luca und seine Freundin Mia waren eine große Hilfe. Es fiel uns natürlich schwer, diesen Ausnahmezustand zu erklären. Einige Szenarien machten die Runde. Einen atomaren Grund schlossen wir aus. Es gab keine Anzeichen von Fallout, jedenfalls nicht in der näheren Umgebung. Ein zu erwartender Kometeneinschlag wäre sicherlich vorher durch die

Nachrichten gegangen. An Sonneneruptionen dachte hier niemand.

Die Verpflegung war durch unsere gelagerten Lebensmittel zunächst gesichert. Ein Brunnen sorgte für die Wasserversorgung und ein benzinbetriebener Generator lieferte eingeschränkt Strom. In den ersten Tagen wurde ausgiebig über unsere weitere Zukunft spekuliert. Am Ende sank die Zuversicht immer mehr und zur Ablenkung spannten wir alle in die tägliche Arbeit mit. Die beiden Jagdgewehre lagen immer griffbereit in der Nähe von Luca und mir. Die Pistole mit Halfter trug Luca, er hatte auch aufgrund seiner Ausbildung die größte Erfahrung mit Waffen. Wir haben ein altes Auto in der Garage, einen Opel Rekord Kombi aus dem Jahr 1961. Früher wurde er als Firmenwagen genutzt. An der Seite warb er für ein Waschmittel. Eigentlich war der Wagen als Attraktion auf dem Gelände unseres kleinen Freizeitparks gedacht. Der Versuch, ihn fahrbereit zu machen, scheiterte wegen der fehlenden Batterie und unserer Unkenntnis.

Mehrmals hörten wir Explosionen und Schüsse. Auch fuhr mal ein Wagen mit hoher Geschwindigkeit auf der Landstraße Richtung Norden. Danach entfernten wir die Hinweisschilder an der Straße zu uns. Mit Büschen und Baumstämmen versperrten wir die Zufahrt.

Vor vier Wochen stellten wir ein Erkundungsteam zusammen. Drei Männer unter der Führung von *Luca* sondierten die Straße in Richtung *Air Base*. Als sie das Tor zum Militärgelände erreichten, ging ein Gewitterregen runter. Die Schranke war geschlossen, das Haus der Wache unbesetzt. Sie stellten sich wegen des Starkregen unter das Vordach der Wache. Die Tür stand auf. Auf dem Boden lag so einiges, was von den Stürmen der letzten Wochen von den Wänden und Tischen gefegt wurde. Nur das schwere Wachbuch lag noch auf dem Schreibtisch. Der letzte Eintrag trug das Datum vom 3. Juni 2025. Die Wachen sind wahrscheinlich zu den Hauptgebäuden geflüchtet und haben alles stehen und liegen gelassen. Ein Metallschrank ließ sich öffnen. Die Wachen hatten zwei *M-16* Maschinenpistolen zurückgelassen.

Noch bevor die Männer zugreifen konnten, gab es einen lauten Krach aus Richtung der Gebäude. Maschinengewehrfeuer ließ sie instinktiv in die Knie gehen. Die Schüsse richteten sich nicht auf sie. Wer schoss hier auf wen? *Luca* gab den anderen ein Zeichen und sprintete zum nächsten Gebäude auf dem Gelände. Was er sah, wollte er kaum glauben: Aus einem flachen Gefährt mit acht großen Rädern blitzte ein Mündungsfeuer und der Beschuss wurde mit schweren Waffen aus einem riesigen Hangar erwidert. Scheinbar wollte die Besatzung des Fahrzeugs den Schutz des Regens für einen Angriff nutzen und hat das Tor des Hangars gerammt. Sie zogen sich aber jetzt in rückwärtsfahrt zurück, ihr Angriff war wohl fehlgeschlagen und für einen zweiten Versuch schlug ihnen zu viel Abwehrfeuer entgegen. Hier schien ein kleiner Krieg im Gang zu sein. Das Fahrzeug war ein alter Schlepper, der auf dem Flugfeld zum Rangieren der Flugzeuge diente. Leben hier zwei Gruppen von Überlebenden, die sich aus ehemaligen Soldaten gebildet haben und jetzt verfeindet sind?

Luca und seine Gruppe konnten hier nichts ausrichten. Es schien einfach zu gefährlich und sie kehrten zurück.

Wir befestigten die Zufahrt zu uns stärker und richteten die engen Zufahrten durch die Waldwege ein.

Danach wollten wir kein Risiko mehr eingehen, hofften auf Kontakt zu friedlicheren Überlebenden und legten die Zeichen an der Straße aus."

4. Oktober 2025, Tag 125
Waldhaus
Erzählung von *Romek*

Am nächsten Morgen stand ein Rundgang auf dem Gelände an. Mitten in einer großen Lichtung lag die Waldgaststätte mit Hotel und Ställen. Rundherum eine kleine Freizeitanlage mit Bogenschießanlage, Spielplatz und Tiergehege. Alles frei zugänglich, nicht gut in dieser unruhigen Zeit.

Wir sprachen mit *Hagen*, *Luca* und *Mia* über unser gemeinsames Vorgehen. „Wie ich heraushöre, wollt ihr weiterhin hier leben", begann ich. Unsere neuen Freunde nickten.

„Was uns fehlt, ist ein Transportmittel. Wenn eure Spezialisten den *Opel* zum Laufen bringen, wäre uns sehr geholfen und mit den zwei Maschinenpistolen sind wir jetzt auch besser bewaffnet", antwortete *Luca*.

„Zwei Männer von uns können damit umgehen, sie wurden vor Jahren mit ähnlichen Waffen ausgebildet", fügte *Hagen* an, der unsere skeptischen Blicke wahrgenommen hatte.

Mia machte sich mit einer Handbewegung bemerkbar.

„Die Hausapotheke des ist mittlerweile erschöpft, zwei ältere Leute fehlt ein Herzmittel, wenn ihr da helfen könntet?", fragend schaute sie in die Runde.

„Das ist sicher möglich, mach bitte eine Aufstellung über notwendige Medikamente und andere fehlende Dinge", sagte ich. "Auch der Koch und die Haushälterin haben sicherlich Wünsche. "

Wir planen eine baldige Rückfahrt zur Brücke. *Hagen* sollte mit uns fahren und unterwegs seine nächsten Nachbarn auf der *Burg* kennenlernen. *Georg* und *Leo* bleiben mit dem Motorrad hier. Unser erster Halt war am Fuße der *Burg*. Die Bauarbeiten an den ersten Gebäuden der neuen Siedlung schritten sichtbar voran. Das Hallo war groß, alle standen bereits auf der Straße. Die Turmwache der *Burg* hatte unsere Ankunft bereits signalisiert. Auf der *Burg* nahm uns *Frieda* in Empfang. Sie waren über die neuen Nachbarn hocherfreut.

Frieda sagte: „An die Entfernungen zu den Nachbarn müssen wir uns in der heutigen Zeit gewöhnen. Hoffentlich finden noch mehr Überlebende zueinander. Wir bauen mit ihnen eine Gemeinschaft auf, die wehrhaft ein neues Leben für alle friedliebenden Menschen aufbaut." Lautstarker Beifall von den Versammelten, sie strahlen Zuversicht aus.

Der *Mercedes Lkw* wurde mit Hilfsmitteln beladen und machte sich unter Führung von *Viktor* auf den Weg zum Waldhaus. Die Rückfahrt war für den nächsten Tag geplant. *Hagen* erklärte ihm das vereinbarte Lichtzeichen zur Durchfahrt auf dem Waldweg.

Tag 125, Nachmittags
Angriff auf das *Waldhaus*
Erzählung von *Luca*

Mit *Georg* und *Leo* saß ich vor der Gastwirtschaft. Wir sprachen über weitere Pläne der Ansiedlungen. Ein regelmäßiger Austausch der Bewohner sollte die neue Gemeinschaft schmieden. Ein lautes und kräftiges Motorengeräusch hörten wir von Norden kommend auf der Landstraße. Vor der Zufahrt hielt das Gefährt an. Wem war dieser Weg bekannt? Die Hinweisschilder haben wir vor Tagen weggenommen. Ich schickte *Daniel*, einer unserer jungen Männer, zur Straße, um vorsichtig nachzuschauen. Wenig später kam er gelaufen und berichtete aufgeregt über einen flachen Lkw mit riesigen Rädern, wie er auf der *Air Base* als Flugzeugschlepper benutzt wird. Er konnte 8 Männer in Overalls ausmachen, die kräftige Ketten an unseren Barrikaden festmachen. Wir hörten jetzt den aufheulenden Motor und das Geräusch von brechenden Ästen. Nach dem, was wir vor zwei Wochen am Flugplatz erlebt haben, sah ich eine große Gefahr auf uns zukommen. *Daniel* lief sofort los, alarmierte alle und brachte sie zum Haupthaus. Stallmeister *Nikolay* und Gehilfe begannen, die Tiere in Scheune und Stall unterzubringen. Wir griffen zu unseren Waffen. *Georg* brachte das Motorrad hinter das Haus. Mit *Mia* trommelte ich alle Bewohner zusammen. Wir hatten bereits vor Wochen für den Notfall Rucksäcke gepackt. Frauen und Kinder wurden von *Mia* hinter dem Haus versammelt. Alle ziehen in Windeseile wetterfeste Kleidung und Schuhe an. Sie werden unter der Führung von *Mia* in den Wald Richtung Süden gehen. Dort steht für Wanderer eine kleine Blockhütte. Das hatten wir vor Wochen bereits geplant. Nur hatten wir nicht mit so wenig Vorlaufzeit gerechnet. Wir mussten jetzt für alle unsere Maßnahmen ein paar Minuten Zeit gewinnen.

„Wir werden sie an der Zufahrt eine Weile aufhalten", rief ich *Georg* zu.

„Ja, ich werde mit *Leo* da vorne ein kleines Feuerwerk veranstalten".

Er winkte *Leo* zu und lief mit einem *Feuercocktail* Richtung Zufahrt. Bald hörten wir eine Explosion. Aus einer Rauchwolke kommend, liefen die beiden zurück zum Haus.

„Das wird sie ein paar Minuten aufhalten. Einer von ihnen hat sich im Feuer den Hintern verbrannt", sagte *Georg*, atemlos vom Laufen.

„Es sind 8 Leute, einer sitzt in dem tiefer gelegenen Fahrerhaus. Oben ist das Ding durchgehend flach und ohne Aufbauten", erklärte Leo.

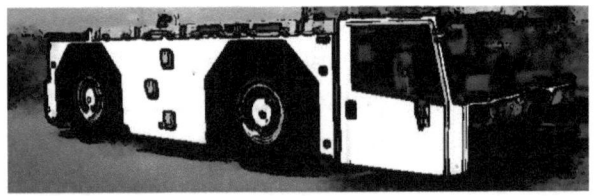

Ich schnallte *Mia* den Schulterhalfter mit der Pistole um. Wir hatten mit der Waffe bereits letzte Woche geübt. Sie ging mit den Frauen und den beiden Kindern in den Wald und ich hatte eine Sorge weniger.

Wir verteilten uns hinter den Fenstern. Ich öffnete eine Dachluke und legte das Jagdgewehr mit Zielfernrohr bereit. Wir hielten sechs Schusswaffen und 5 Bogen bereit. *Nikolay* blieb mit seinem Helfer und zwei Bogen in der Nähe der Scheune. *Gregor* stand neben dem Haupthaus in Deckung und hielt zwei *Feuercocktails* bereit. Mit den Hindernissen auf der Einfahrt hatten sie doch mehr zu tun, als wir erwartet hatten und so konnten wir uns noch einmal in Ruhe positionieren. Alle standen in Deckung. Falls die Angreifer, so muss man sie jetzt nennen, weiterhin so blindwütig vorgehen, wird das in einem Fiasko für sie enden.

Das Motorengeräusch wurde lauter, das Fahrzeug nahm deutlich hörbar Fahrt auf, bog um die Kurve, kam über den Parkplatz auf uns zugefahren. Drei Männer in grünen Overalls knieten auf dem Fahrzeug und eröffneten das Feuer auf die Fenster der Gaststätte. Glas splitterte, die Eingangstür erhielt ein paar Treffer. Jetzt feuerten wir zurück, die beiden Schützen versuchten, von der Plattform zu springen. Es gelang ihnen nicht, einer blieb liegen, die anderen fielen auf der anderen Seite herunter. Aus der Deckung hinter dem Fahrzeug lief einer auf die Scheune zu, scheinbar versuchte er hinter das Haus zu kommen. Kurz bevor er zwischen Gaststätte und Scheune kam, blieb er abrupt stehen, griff sich an Hals und an den Pfeil, der dort steckte. *Nikolay* hatte aus kurzer Distanz getroffen.

Vor dem Fahrzeug explodierte ein *Feuercocktail*. *Gregor* wollte mit dem Wurf das Fahrzeug zum Halten bringen, hatte aber keinen Erfolg. Es rollte weiter auf die Scheune zu. Aus der Dachluke zielte ich auf den Fahrer, hinter dem offenen Fenster war er gut auszumachen. Mit Hilfe des Zielfernrohrs konnte ich ihn nicht verfehlen. Der Schuss traf ihn am Kopf, er fiel vorne über und gleichzeitig blieb das Fahrzeug stehen.

Alles dauerte nur Augenblicke und lief wie ein Film ab. Die plötzliche Stille fühlte sich sonderbar an. Ich blieb auf meinem Posten, vier Angreifer befanden sich hinter der Plattform in Deckung. Mit dieser Gegenwehr hatten sie nicht gerechnet. Das Fahrerhaus konnte nur von einer uns zugewandten Seite bestiegen werden. Aus der Luke hatte ich einen guten Überblick über das Gelände. Ich war gewillt, sie nicht über den Parkplatz entkommen zu lassen. Diese schießwütige Bande ist zu gefährlich. Mein Gott, in welchen Zeiten sind wir angekommen? In der Stille hören wir ein Motorengeräusch aus dem nördlichen Waldgebiet. Bekommt die Bande jetzt Verstärkung? Ein leichter Lieferwagen mit plane uhr auf die Lichtung und gab Lichtsignale. Den Code kannten wir, er war mit *Romek* bei dessen Abfahrt von der Burg abgesprochen. Wir mussten die Insassen warnen.

Die letzten vier Angreifer erkannten ihre Chance, von hier wegzukommen. Ich sah, wie sich eine Gestalt aus der Deckung bewegte und über den Parkplatz zu dem Lkw kommen wollte. Es gab nur eine Möglichkeit, ihn zu stoppen. Im Fadenkreuz des Zielfernrohrs war das Ziel nicht zu verfehlen - ich drückte ab. Die Person bewegte sich nicht mehr.

Eine Explosion auf dem Schlepper der Angreifer zeigte mir, dass auch *Georg* die gefährliche Situation erkannte und zugleich ein deutliches Zeichen an unsere Besucher von der *Burg* gab. Sie fuhren auch sofort rückwärts in den Wald. Ich nahm an, dass sie das Fahrzeug verließen und im Wald zunächst Deckung suchten.

Georg rief laut zu den letzten drei Angreifer:

„Stand up and put your hands over your head!"

Eine Minute passierte nichts. Dann standen drei Männer auf, die Hände über dem Kopf. *Georg* trat aus der Deckung und winkte sie vor den Schlepper. *Nikolay* kam mit Stricken gelaufen und band ihnen die Hände auf den Rücken. Ich stieg nach unten. Es war vorbei. Alle handelten wie in Trance. Ich lief zur Blockhütte und nahm meine Freundin in die Arme. Du zitterst, sagte sie.

5. Oktober 2025, Tag 126
Die Geschichte der *Air Base*
Erzählung von *Frieda*

Am frühen Morgen wurden wir von der Rückkehr des *Mercedes* auf die *Burg* überrascht, aber noch mehr über die neuen Nachrichten und die drei Gefangenen. Sie wurden in einen Raum neben dem Tor gebracht, die Fesseln konnten abgenommen werden. Eine Flucht war hier ausgeschlossen, trotzdem gingen wir kein Risiko ein, dafür war ihr Verhalten am Waldhaus zu brutal. *Viktor* und ich saßen ihnen am Tisch gegenüber. Hinter uns zwei bewaffnete Wachen. Ich gab den Gefangenen zu verstehen, dass wir sie erschießen, sollten sie uns angreifen oder zu fliehen versuchen.

„Ich bin *Frieda*, Mitglied im *Rat*, neben mir entscheiden sechs weitere Räte über euer Schicksal. Es gibt keinen Staat und kein Gericht mehr. Wir wurden von den friedlichen Überlebenden hier im *Westen* gewählt. Eine unserer Aufgabe ist, sie vor Verbrechern, wie ihr es seid, zu schützen. Euer Plan war es, zu morden und zu stehlen. Jetzt wollen wir eure Geschichte erfahren."

Nur zögerlich begannen sie zu sprechen:
Mit Explosionen auf dem gesamten Flugfeld, in den Hallen und Gebäuden fing es schlagartig an. Alle dachten an einen feindlichen Angriff. Sie befanden sich in einer der großen Flughallen. Jemand hat geistesgegenwärtig den Knopf zum Schließen der Tore gedrückt. Diese wurden aber nicht ganz geschlossen, scheinbar fielen die Motoren aus. Die letzten Meter wurden per Handkurbel bewegt. Bald stellten sie fest, dass die

Zugänge zu den Nachbargebäuden verriegelt waren. Bei Alarm ein normaler Vorgang. Sie hörten den Aufschlag einer großen Maschine auf der Landebahn und eine laute Detonation.. Am Abend suchten sie zunächst nach Wasser und dann auch nach Lebensmittel. Sie zählten 25 Männer in der Halle. Es gelang ihnen, durch eine Verbindung im Keller zu einer kleinen Kantine zu gelangen. Sie hatten keine Verbindung nach außen oder zum Tower und vermuteten immer noch einen Angriff auf die Air Base. Scheinbar war es kein Atomschlag. Die Nuklearwaffen im Tiefbunker wurden nicht getroffen.

Nach einigen Wochen ohne Hilfe oder Nachricht von außen wurden 8 Männer ausgesucht. Sie erhielten den Befehl, weitere Gebäude zu durchsuchen und mit einem der Flugzeugschlepper oder einer Baumaschine die Landebahn freizuräumen.

Die anderen Hangars und Gebäude waren verwüstet. Die Tore standen offen. Der Tower hatte keine Scheiben mehr und die Radaranlagen waren zerstört. Ein alter Schlepper, eigentlich als Reserve gedacht, ließ sich starten. Sie räumten eine Landebahn damit frei. Am Abend wollten sie zurück, aber der Durchgang war verschlossen. Sie wurden mit Absicht ausgeschlossen, mit der Begründung, die Lebensmittel würden nur noch für die kleinere Gruppe ausreichen.

Danach versuchten sie ihr Glück entlang der Straßen nach Norden. Das weitere Schicksal der Leute im Hangar ist ihnen nicht bekannt. Einer von ihnen erinnerte sich vor einigen Tagen an das Waldhaus, das er von einem Ausflug her kannte. So kam es zu dem Angriff. Die erste Explosion am Zugang überraschte sie. Danach planten sie die aggressive Vorgehensweise. Frieda räusperte sich und sagte abschließend:

„Wir werden euch von hier zur *Brücke* bringen. Der *Rat* wird dort über euer weiteres Schicksal entscheiden!"

25. Oktober 2025, Tag 139
Versammlung des Rates auf der *Burg*
Erzählung von *DokPeter*

Es ist die erste Zusammenkunft des Rates außerhalb der *Brücke*. Der Rat hat jetzt 7 Mitglieder: *Frieda* für die *Burg* und *Hagen* für das *Waldhaus* sind dazu gekommen. So wollen wir es auch in Zukunft halten: Größere Gruppen von Überlebenden sollen im Rat vertreten sein, soweit sie sich unserer Gemeinschaft, die wir seit einigen Tagen bereits Brückner nennen, anschließen wollen. Wir hoffen, weitere Menschen zu treffen. Bis heute wissen wir von mehr als 500, wovon 190 zu unserer Gemeinschaft gehören. Ich vermute, dass im Umkreis von 200 km die Zahl deutlich höher liegt.

Wir sind jetzt auf vier Orte verteilt. Die *Brücke*, der *Hof*, die *Burg* und das *Waldhaus* und haben einen ständigen Austausch von Bewohnern vereinbart. Zum einen, um gegenseitig praktische Hilfe zu gewährleisten, aber auch um den Zusammenhalt der Gemeinschaft zu fördern. Täglich fährt ein Kurier mit Beifahrer die Strecke zu den Standorten mit dem *DKW Jeep* ab. Das bisher erkundete Gebiet erstreckt sich entlang der Autobahn nach Westen bis zur 170 km entfernten *Air Base*. Dazu einige Kilometer auf der anderen Seite des Flusses, wo wir aber vorerst nicht weiter erkunden wollen. Weit im Norden vermuten wir großflächige Überschwemmungen. Im Süden wollen wir als Nächstes nach der Eisenbahnbrücke sehen. Falls sie zerstört wurde, ist eine weitere Flussüberquerung erst viel weiter südlich möglich.

Über das Wetter können wir nur spekulieren. Die Temperatur ist im Herbst um die 10 Grad höher als früher üblich. Die Unwetter werden weniger. Seit meiner ersten Messung mit dem Geigerzähler aus dem Museum sind die radioaktiven Strahlenwerte leicht gestiegen, aber kein Grund zur Besorgnis.

Der Pegelstand des Flusses ist weiter gesunken und die Strömung wird schwächer. Eine Überfahrt mit Boot ist weiterhin gefährlich und birgt unberechenbare Risiken. Vorerst ist dies unser bester Schutz. Wir brauchen noch Monate Zeit, um unsere Siedlungen sicher vor Übergriffen zu machen. Ich sehe die größte Bedrohung aus den dicht besiedelten Gebieten und der ehemaligen Großstädte kommen. Das Verhalten der Gruppe *'Konrad'* war eine Warnung.

Die drei verbliebenen Angreifer auf das *Waldhaus* sind in einer Sondersitzung des Rates verurteilt worden. Es ist die erste Entscheidung in dieser neuen Zeit. Die Täter wurden verbannt und auf der anderen Flussseite ausgesetzt. Bei einer Rückkehr droht ihnen die Todesstrafe. Unsere Gemeinschaft hat nicht die Zeit und Mittel, solche Verbrecher jahrelang unter Verschluss zu halten. Sie wurden am Hals tätowiert. Ein großer schwarzer Punkt als Zeichen macht sie in Zukunft für uns erkennbar.

Weitere Berichte der Ratsmitglieder:

Aaron, Ratsmitglied, Bauwerke und Werkstatt:
Wir bauen weiter an den Gebäuden, die gleichzeitig eine halbkreisförmige Mauer im Vorfeld der *Brücke* bilden. Alle Rohbauten mit Dach sollten Ende des Jahres stehen. Der *Hof* ist jetzt weitgehend gesichert. Die Elektriker testen die erste Fernmeldeverbindung zwischen *Brücke* und *Hof*. Provisorisch wurden 18 km Telefondraht

über Land verlegt. Die alten Militärgeräte haben wir aus dem Museum mitgenommen. Es wäre die erste Telefonverbindung der Neuzeit. Von der Wache auf der Ostseite der *Brücke* zu den Neubauten funktioniert bereits. Eine Alarmierung ist von *Brücke* und *Hof* jetzt schnell und einfach möglich.

Ein zweites Wasserkraftwerk geht morgen in Betrieb. An weiteren wird gearbeitet. Eine Version zum Einbau in Staumauern von Bächen in der Nähe der *Burg* und *Waldhaus* ist gedacht. Eine elektrische Beleuchtung und der Betrieb von Kühlschränken ist das Ziel.

Die Autowerkstatt hat den *Opel Rekord* für das *Waldhaus* zum Laufen gebracht. Somit haben wir derzeit neun Fahrzeuge im Einsatz.

Die Schutzverkleidung am Trecker wurde entfernt und er bleibt jetzt ständig auf dem *Hof.* Mit Ingenieur *Joowon,* der mit seiner Frau von der *Burg* zur *Brücke* umgezogen ist, versuchen wir, neuere Fahrzeuge ohne ihre zerstörte Elektronik fahrbar zu machen. Vorrangig bauen wir schwere Lastkraftwagen und Baufahrzeuge. Ein kleiner Reisebus soll den betagten *VW-Bus* ersetzen.

Maik, Ratsmitglied, Innere Sicherheit:

Die Brücke wird bald auch im Außenbereich durch die Mauern der Gebäude ein sicherer Ort sein. Auf dem *Hof* ist das Hauptgebäude stark gesichert und der Außenzaun ist mit Alarmanlagen jetzt rundum ausgestattet. Innerhalb liegen die große Scheune und der Stall. Auch dort sind die Zugänge und Öffnungen gesondert gesichert. Die neuen Telefonverbindungen auf der *Brücke* und zum *Hof* verkürzen Alarmzeiten und verbessern die

Kommunikation. Außer am Osttor der Brücke stellen wir nur noch über Nacht Wachen auf. Unsere Bewaffnung ist durch Funde weiter verbessert worden. Den Bau von Sprengkörper setzen wir fort. Ein Aufschlagzünder wird bald das Verschießen von Granaten mit den Mörsern vereinfachen. Die *Burg* und das *Waldhaus* haben hier im Moment Priorität. Über die Maßnahmen zur Sicherheit dieser Orte können *Frieda* und *Hagen* Einzelheiten nennen.

Lucy, Ratsmitglied Organisation und Information:
Viel wurde bereits über die Erweiterung des Rates gesprochen und wir waren uns einig, dass wir den Führungskreis in unserer Gemeinschaft erweitern müssen. Zu viele spezielle Aufgaben fallen an, die für die Ratsmitglieder nicht mehr überschaubar sind. Der Rat selber sollte nicht erweitert werden, außer, es schließen sich uns weitere Gruppen an, die wir heute noch nicht kennen, aber wir blicken in diesem Punkt optimistisch in die Zukunft. Der Vorschlag war, jedes Ratsmitglied und Ressort bekommt einen oder mehrere Spezialisten zur Seite gestellt. Diese übernehmen auch die Führung in den Arbeitsgruppen neben den Räten. Hier eine erste Aufstellung über unsere Berater ('Spezies'):
- *Ruth* und *Betty* (*Brücke*)   Landwirtschaft/ Lebensmittel
- *Nikolaus* (*Waldhaus*) Viehzucht
- *Viktor* und *Erik* (*Burg, Brücke*) Sicherheit
- *Vera* (Brücke) Schriftführerin , Dokumentation
- *Rolf* und *Norbert* (*Brücke*) Wasser und Strom
- *Joo-won* und *Herbert* (*Brücke*) Fahrzeuge
- *Geert* und *Boris* (*Brücke*) Waffen
- *Luca* und *Georg* (*Waldhaus, Brücke*) Expeditionen

Frieda, Ratsmitglied, *Burg*:

Mit den Bewohnern des *Waldhauses* ist eine enge Zusammenarbeit vereinbart. So wollen wir in Zukunft die Nutztierhaltung an der *Burg* konzentrieren. Die Ställe sind im Bau. Wir finden jetzt noch Tiere in den Wäldern und auf Weiden der Umgebung. Zur Sicherheit ist der Turm der *Burg* Tag und Nacht besetzt. Eine behelfsmäßige Telefonverbindung von oben zu den Baustellen ist hergestellt. Besonders begeistert waren die jugendlichen Besucher der Brücke von der *Burg* und zwei von ihnen wollten gleich hierbleiben. Wir planen mit dem *Waldhaus* eine Erkundung an der *Air Base*. Das Gelände ist riesig und kann von dem dort verbliebenen ehemaligen Personal nicht kontrolliert werden. Vermutlich liegt dort einiges Baumaterial für unsere Bauvorhaben. Diesen 'Schatz' wollen wir heben.

Hagen, Ratsmitglied, *Waldhaus:*

Für unser Bauvorhaben bedienen wir uns aus den umliegenden Wäldern. Um den Gasthof und den Stallungen bauen wir fürs Erste mit Holzpfählen einen drei Meter hohen Palisadenzaun mit Wehrgang.

Inwieweit der Schutz später erweitert wird, ergibt sich aus einer zukünftigen Bedrohungslage. Mit den neuen Sprengsätzen wird es für jeden ungebeten Gast vor dem Zaun 'ungemütlich'. Ein Signalsystem wurde mit der Burg vereinbart. Auf halber Strecke lagern *Feuerwerksraketen,* die nach dem Start aus der Ferne gut zu sehen sind.

Romek, Ratsmitglied, Expeditionen und Waffen:

Nachdem wir wieder in friedlichen Zeiten leben, unsere Standorte schützen und versorgen können, werden wir wieder eine Expedition planen. Unser nächstes Ziel ist die *Eisenbahnbrücke* über den Fluss und die Erkundung der Bahnstrecke südlich von uns. So hätten wir neben der Autobahn einen weiteren Verkehrsweg nach Westen, falls die Gleise befahrbar sind und Fahrzeuge gefunden werden.

2. November 2025, Tag 147
Flüchtlinge aus dem Norden
Erzählung von *Erik*

Mit dem Geländemotorrad fuhr ich morgens zur Werft. Es war Routine, alle paar Tage das Umfeld der Brücke abzufahren. Oberhalb der Werft wollte ich gerade nach Westen fahren, als ich auf einer Anhöhe eine Bewegung wahrnahm. Erst undeutlich, dachte bereits an eine Sinnestäuschung, doch dann schälten sich menschliche Gestalten aus dem Morgennebel. Ich beobachtete eine Weile und es wurden immer mehr *Gestalten*. Sie erschienen mir müde und die Köpfe hingen nach unten. Waffen sah ich keine und so gab ich Gas und fuhr mit lautem Getöse der menschlichen Karawane entgegen. Die Gruppe erstarrte und alle schauten auf das Gefährt. Auf Rufweite hielt ich an, ließ den Motor aber vorsichtshalber laufen, um schnell losfahren zu können.

„Hallo, schon so früh unterwegs?", rief ich laut. Ein Mann mit langem Wanderstock in der Hand trat ein paar Meter vor. Die große Kapuze seiner Jacke verdeckte teilweise sein Gesicht. Wegen des Abstands zwischen uns konnte ich das Aussehen der anderen Menschen nicht einschätzen. Eine raue, kratzende Stimme antwortete so schwach, dass ich nur schlecht die Worte verstehen konnte. Der Mann sprach mit Akzent:

„Wo sind wir hier?", und zeigte mit dem Stock über das Land. „Kannst du uns helfen, wir brauchen Hilfe, seit Wochen sind wir unterwegs und suchen eine sichere Unterkunft."

„Hier seid ihr zunächst sicher. Komm näher zu mir, damit wir besser sprechen können."

„Ich will vorsichtig sein, wir entkamen einem Atomunfall im Norden und sind kontaminiert worden.", sagte er und kam auf mich zu. Sein Anblick war erschreckend. Die Kapuze verbarg einen kahlen Kopf, stellenweise sah ich ein paar Haarbüschel. Die Augen lagen tief in den Höhlen. Der Mann sah älter aus, als er wahrscheinlich ist. „Wir sind erleichtert, endlich wieder auf Menschen zu treffen". Hinter ihm hörte ich Tiergeräusche. Auf meinen erstaunten Blick erklärte er: „Unser Fuhrwerk ist mit zwei Kühen bespannt, ohne ihre Hilfe wären wir nicht so weit gekommen. Auf dem Wagen liegen Zeltplanen und unsere Habseligkeiten und für die Kinder wurde der Weg so leichter."

Weitere Erklärungen wollte ich auf später verschieben. Zunächst führte ich die 43 Menschen zur Werft auf die davor gelegene Wiese. Hier sollten sie rasten, während ich zur Brücke fuhr, um Hilfe zu holen.

Erzählung von DokPeter:

Lucye, Anouk, Erik, Romek und ich trafen gegen Mittag mit dem 5-Tonner MAN an der Werft ein. Die Leute hatten ihre Zelte und Planen aufgeschlagen. Es ist eine bunte Truppe, teilweise in einem sehr schlechten körperlichen Zustand. Die fünf Kinder hatten die Strapazen noch am besten überstanden.

Die Wortführer der Gruppe sind Gust, ein 48-jähriger ehemaliger Blumengroßhändler und Fleur, eine 61-jährige Schneiderin.

Ich hatte den altertümlichen Geigerzähler MR 9500 aus dem Museum bei mir und begann als Erstes die Menschen und die Tiere zu untersuchen. Für jeden war das laute Rattern des Messgerätes zu hören. Die Gesichter wurden immer verschlossener. Ich konnte die Leute vorerst beruhigen, denn die gemessenen Werte waren zwar hoch, aber nicht mehr direkt lebensbedrohend. Die Milch der Kühe hatten sie vorsichtshalber nicht getrunken. Über zukünftige Auswirkungen schwieg ich. An alle gab ich Medikamente aus. Wir haben Kleidung und Verpflegung mitgebracht. *Lucy* und *Eric* organisierten mit Fleur und Estelle, einer jungen Lehrerin, das Essen und Umkleiden. *Anouk,* meine Helferin, versorgte auffällige Hautveränderungen. Am Ufer wurde mit Planen ein Badebereich eingerichtet, um radioaktive Partikel abzuwaschen, bevor die neue Bekleidung angelegt wurde. Auch wollten wir einer Kontaminierung von uns und Gegenständen entgegenwirken.

Über diese Erstversorgung verging der Nachmittag. Es wurden Vorbereitungen für die Übernachtung in den Zelten getroffen. Neben *Anouk* sollten *Romek* und *Erik* bei den Gestrandeten bleiben und die weitere Zukunft mit ihnen absprechen. Die Kinder und ihre Mütter fuhren mit mir und *Lucy* zurück, wir wollten ihnen keine weitere Nacht im Zelt zumuten.

3. November 2025, Tag 148
An der *Werft*
Erzählung von *Romek*

Nachdem alle untergebracht und versorgt waren, entspannten sich die Gesichter und auch ein Lachen war hier und dort zu hören. Das Camp im Freien konnte aber kein Dauerzustand bleiben. Die Brücke und die anderen Standorte im 'Westland', wie wir in Zukunft unseren Verbund nennen wollen, sind auf diese Zahl an Menschen aus dem Norden nicht vorbereitet. Neue Unterkünfte werden erst in zwei Monaten fertig.

Maurice und *Gust* wollten rüber zur *Werft*. Das Wasser in der Bucht ist zwar um einen Meter gesunken, aber weiterhin nur mit dem Boot trocken zu erreichen. Wir holten das kleine Ruderboot aus den Büschen und ich fuhr mit ihnen hinüber. Die beiden waren überrascht und begeistert planten sie umgehend den Ausbau der oberen Räume, um ihre Leute hier unterbringen zu können. Ich unterstützte ihre Pläne und schlug den Bau eines Holzstegs zum Gebäude vor. Öfen und Mobiliar sollten von der *Brücke* gebracht werden. Die Kühe und Kälber werden zunächst bei *Lynn* auf dem *Hof* unterkommen.

Am Abend schilderten sie die Erlebnisse auf ihrem Weg zu uns.

Die Gruppe war anfänglich nicht zusammen, sie trafen sich erst später und begannen gemeinsam ihre Odysseus in den Süden.

Die Überlebenden aus dem Norden

Erzählung von *Maurice*, 43 Jahre, Schiffsingenieur und seiner Frau *Milou*:

Wir besuchten mit unseren zwei Kindern den Wanderpark auf dem bewaldeten Höhenzug, der weithin sichtbar aus dem ansonsten flachen Land ragte. Das Unwetter traf uns völlig unerwartet auf dem Parkplatz am Eingang. Das Szenario glich den Bildern von Tornados. Sturmböen fegten gefährliche Gegenstände durch die Luft. Der Lärm wurde schlagartig extrem laut, man konnte sich nicht mehr unterhalten. Mit weiteren Besuchern flohen wir zu einem kleinen Unterstand. Dort hielten wir uns den Tag und die Nacht über auf, denn das Unwetter hielt an. Das Krachen der umstürzenden Bäume führte zu Panik unter den Geflüchteten. Immer mehr Leute retteten sich aus dem Park zu dieser Stelle. Bald waren es 16 Personen, die zum Glück halbwegs wetterfest angezogen waren und auch ein paar Getränke und Verpflegung bei sich trugen. Keines der Handys war noch funktionsfähig.

Am nächsten Tag gingen wir über den verwüsteten Parkplatz den Hügel hinunter. Der Weg zu den Landstraßen im Tal wurde uns versperrt. Vor uns breitete sich eine bis zum Horizont reichende Wasserfläche aus. Nicht besonders tief, aber ohne Boot nicht zu überwinden. In der Ferne sahen wir Dächer und Masten aus dem Wasser ragen. Allerlei Gegenstände, bis hin zu Autos, trieben auf den Fluten, auch einige Tierleichen. *Milou* schöpfte mit einer Flasche Wasser und benetzte sich vorsichtig die Lippen und verzog das Gesicht, das Wasser schmeckte leicht salzig.

Seit Tagen haben wir keine Informationen darüber, was hier geschehen ist. Die Flut stieg ständig, allerdings nur wenige Zentimeter am Tag. Unsere Lage wurde prekär, Trinkwasser hatten wir an einer Quelle entdeckt, aber der Hunger wurde zum Problem. Auch hatten wir kein richtiges Dach über dem Kopf. Die Stille und das Ausbleiben von Hilfe verunsicherte alle zusehends. Es musste zu einer Katastrophe riesigen Ausmaßes gekommen sein. Die Kommunikation ist zusammengebrochen, anders konnten wir uns die Situation nicht erklären. Auch hörten wir keine Flugzeuge. Sonst war der Airport weiter im Norden ein Störfaktor unserer Wanderungen.

Eine Frau hatte ständig Weinkrämpfe und die Kinder konnten auch nicht mehr vertröstet werden. Ausgebaute Autositze verschafften ein wenig Bequemlichkeit und mit gefundenen Planen wurde mehr Schutz gegen die andauernden starken Unwetter gebaut. Wir hatten Glück, dass der bewaldete Hügel nicht in Brand geriet, obwohl Bäume von Blitzen gefällt wurden.

Mit *Milou* ging ich mehrmals täglich an den Rand der Überschwemmung. Das Land liegt hier etwa 20 Meter über dem Meeresspiegel. Eine Flutwelle musste jetzt bis weit in das Landesinnere vorgedrungen sein und vermischte sich mit den Flüssen, die zum Meer flossen.

Wir befanden uns noch immer in einem schockähnlichen Zustand, realisierten aber allmählich, was das für hunderttausende Bewohner des Landes bedeutet hat. Die Dämme der Küste mussten gebrochen sein. Wurden die Fluttore nicht rechtzeitig geschlossen? Zwischen zwei Dächern sahen wir etwas weißes Schwimmen. *Milou* erkannte eine aufgerichtete schmale Stange. Ein Segelboot, rief sie erstaunt. Das Boot trieb jetzt langsam auf uns zu. Ich fing an, meine Kleider auszuziehen. Als das Boot in eine andere Richtung trieb, sprang ich ins Wasser und schwamm mit kräftigen Bewegungen darauf zu. An einer Aluleiter kletterte ich auf das Deck und suchte den Anker und warf ihn über Bord, worauf ein Ruck das Boot zum Stehen brachte. Jubelnd winkte mir *Milou* vom Ufer zu. Das Segelboot ist 8 Meter lang, das Segel liegt eingerollt auf dem Deck. Wäre es aufgeriggt gewesen, hätte es das Unwetter nicht überstanden. Ein kleiner Hilfsmotor fand ich am Heck des Seglers und als Schiffsbauer hatte ich kein Problem, ihn zu installieren. Unter Deck sind Benzin und alle Vorräte für einen Segeltörn gelagert. Neben Trinkwasser auch ein Gaskocher. Im Schrank Kaffee, Tee und Kekse. Er machte das Boot los und tuckerte mit dem Hilfsmotor zum Ufer. *Milou* fängt die Leine und auch der Anker fällt wieder.

Ein gewaltiger Donner weckte uns nachts. Alle waren auf den Beinen, als erst ein Rauschen und dann eine starke Druckwelle uns fast umwarf. Im Wald fielen wieder Bäume um. Ich rannte unter Gefahr zum Boot und schaute nach den Leinen. *Ruben*, ein ruhiger Mann, warnte die Gruppe. Er vermutete eine Explosion im Reaktor des naheliegenden Atomkraftwerkes. Es sei wohl zur Kernschmelze der ungekühlten Brennstäbe gekommen und im größeren Umkreis könnten die frei gesetzten Radioisotope zu Strahlenschäden an Menschen führen. Er deckte seinen Sohn und seine Frau mit einer Plane zu. Alle sollten Schutz vor dem radioaktiven Niederschlag suchen. Als wir *Ruben* ungläubig ansehen, verwies er auf seinen Beruf als Biophysiker.

So verharrten wir weitere Tage im Waldpark, der mittlerweile eine Insel ist. Längst hätten Hubschrauber das Gebiet absuchen müssen. Wir mussten unsere Rettung selbst in die Hand nehmen.

Einige bekamen bald Kopfschmerzen und klagten über Übelkeit mit Erbrechen. *Ruben* zeigte ein besorgtes Gesicht. Wir wollten die neu entstandene Insel verlassen und trafen Vorbereitungen, um mit dem Segelboot sicheres Land zu erreichen.

Wir hatten Wasservorräte, das wenige Essen und ein paar Planen mit an Bord genommen. Das Boot lag tief im Wasser, aber bei niedrigem Wellengang schien die Fahrt gefahrlos. Im Süden lag höheres Land und dort musste es Hilfe geben. Zum Bootsführer wurde ich, auf Grund meiner Segelkenntnisse, bestimmt.

Der Kompass erwies sich als nutzlos, das Magnetfeld der Erde hatte sich scheinbar verändert, wo die Nadel hin zeigte, ist offensichtlich nicht Norden, sie zeigte nach Nordwesten. Ich ritzte eine Markierung in das Abdeckglas, ungefähr dort, wo ich den neuen Norden vermutete. Zur Orientierung nutzen wir auch den Stand der Sonne, solange sie erkennbar ist. Sterne sind nachts nicht zu sehen. Der Wind kam aus Südwesten, was mich zwang dagegen zu kreuzen, um nach Süden zu gelangen.

Den Hilfsmotor wollte ich nur im Notfall einsetzen. Bei diesem Wind kamen wir am ersten Tag nur wenige Kilometer voran. Für die Nacht diente ein Funkmast als sicherer Festmacher. Einige Male mussten wir die Kinder unter Deck bringen, um ihnen den Anblick von Leichen und Tierkadavern zu ersparen. Wir Erwachsene konnten es kaum ertragen. Jeder dachte an Verwandte und Freunde. Haben sie diese Katastrophe überlebt, wird man sich wiedersehen?

Ich war mit *Ruben* einig, dass irgendein Ereignis auf der Sonnenoberfläche die Erde getroffen hat und die folgenden massiven elektromagnetischen Störungen zu schwerwiegenden technischen Ausfällen geführt haben.

Am dritten Tag sahen wir ein Hochhaus in der Ferne und hielten darauf zu. Ein großes Reklameschild auf dem Dach wies auf ein Hotel hin. Es erschien als lohnendes Ziel. Ein sicherer Ruheplatz und Lebensmittel waren vielleicht auch zu finden

Die Überlebenden aus dem Norden
Erzählung von *Gust*, 48 Jahre, Blumenhändler und *Fleur*, 51, Schneiderin

Wir befanden uns in einem Seminarraum des Hotels, einige Gäste waren in ihren Zimmern, als das Inferno losbrach. Aus den unteren Etagen drang schnell Rauch und Brandgeruch zu uns herauf, der bald unerträglich wurde und wir schlossen die Türen. In den Fluren sprühten die Sprinkleranlagen für einige Minuten. Über die Treppenaufgänge flohen 12 Personen zu uns. Aus den Fenstern sahen wir das Chaos und später die Flut kommen. Es war die Apokalypse, nur das mehrstöckige Hotel ragte aus dem Wasser. Die niedrigen Häuser des kleinen Ortes waren innerhalb kurzer Zeit bis zu den Dächern überflutet. Unbeschreiblich, was alles auf dem Wasser um das Hotel trieb. Wir waren eingeschlossen. Die Fenster einer Seite wurden durch den Orkan eingeschlagen. Wir richteten uns für die Nacht ein und glaubten an baldige Hilfe.

Am nächsten Morgen näherte sich ein Ruderboot, wir winkten und zeigten auf die zerstörten Fenster. Einer jungen Familie mit zwei Kindern halfen wir aus dem kleinen Boot. Sie stellten sich vor und bedankten sich für unsere Hilfe. Der junge Mann heißt *Jan*. Das Boot macht er am Fensterkreuz fest.

Die ersten Tage ernährten wir uns von dem, was in den Zimmern zu finden war und vom Buffet, welches für die Seminarteilnehmer von der Küche kurz vorher aufgetragen wurde. Einiges an Getränken war vorhanden und ein paar Gläser alkoholisches aus den Minibars wurden auch getrunken.

Es war *Jan*, der vorschlug, mit dem Boot in der näheren Umgebung auf die Suche nach Nahrungsmitteln zu gehen. Über die Dächer wollte er in Häuser einsteigen und in den oberen Räumen nachsehen. Mit *Alba*, Angestellter des Hotels, ruderte er los.

Sie kamen nach ein paar Stunden zurück. Ihre Gesichter waren verschlossen, scheinbar wollten sie nicht über das reden, was sie vorgefunden hatten. Die Lebensmittel würden für ein paar weitere Tage reichen. Ein altes Jagdgewehr und Munition fanden sie in einem Schrank. Das Ruderboot hat sich als unschätzbare Hilfe für die Gruppe bewährt. *Jan* will ein kleines Hilfssegel installieren. Stoffe,

Schnüre und Stange sind im Hotel zu finden. Die Unwetter haben nachgelassen. Aber trotzdem stellt sich die Frage, wie lange wir hier aushalten können? Dass Hilfe ausblieb, drückte immer mehr auf die Stimmung. Traf die Katastrophe nicht nur die Küstenregionen? Die Explosion in der Ferne und der helle Lichtschein veranlassten alle, zu den Fenstern zu laufen. Eine mächtige Druckwelle ließ das Gebäude erzittern, Fenster wurden in den Raum gedrückt. Einige schrien und warfen sich auf den Boden. Bald fuhren orkanartige Böen durch die Räume. Danach trat wieder eine seltsame Stille ein.

„Das war eine atomare Explosion im Kernkraftwerk!", sagte *Alba* leise. „Mein Bruder arbeitet dort. Der weite Umkreis wird radioaktiv kontaminiert werden". Alle blickten ihn entsetzt an.

Die nächsten Tage verbrachten wir angstvoll und jeder wartete auf Anzeichen einer Verseuchung. Bald klagten einige von Übelkeit. Ein Kind bekam einen Hautausschlag. Unsere Zuversicht sank.

"Ein Schiff", rief *Fleur* vom Fenster. „Es steuert auf uns zu". Jubel brach aus und wir winkten heftig mit Tüchern. Das Boot steuerte auf uns zu. Jetzt konnten wir einzelne Personen erkennen, einige winkten heftig zurück. Sie legten neben dem Ruderboot an, das Segel ist gerefft und das Boot fest vertäut. Alle stiegen von Bord. Die Freude war riesig. Fremde Menschen lagen sich in den Armen.

Die Überlebenden aus dem Norden
Landsuche
Erzählung von *Maurice*

Seit drei Tagen sind wir im Hotel. Eine Frage war nicht zu beantworten: Wie sollten wir 44 Menschen in dieser Wasserwüste ernähren? *Jan* und *Alba* unternehmen zwar wieder eine erfolgreiche Tour, aber ihre Funde werden nur für eine Woche zum Leben reichen.

Wir beraten uns und kamen zu dem Schluss, dass ich mit einer kleinen Crew nach Süden segeln soll, um festen Boden zu erreichen. An Land werden wir mehr Ressourcen zum Überleben haben.

Am nächsten Morgen segelten wir los. Es regnete in Strömen, aber der Wind stand gut. Mit an Bord waren *Ruben, Gust* und *Ethan*, der auch Segelerfahrung hatte. Meine provisorische Markierung auf dem Kompass wurde von *Gust*, laut der Lage des Hotels und seiner Erinnerung, bestätigt. Der magnetische Nordpol hat sich tatsächlich verschoben. Am ersten Tag schrammte das Boot mehrfach über Hindernisse unter der Wasseroberfläche. Wir nahmen Fahrt aus dem Boot, um rechtzeitig reagieren zu können. Auf keinen Fall dürfen wir es beschädigen oder verlieren. So schafften wir nur wenige Kilometer am Tag. Ein weiterer Hochbau lag auf dem Kurs. Es ist ein Firmengebäude. Wir legten, fanden aber nur leere Büroräume mit ein paar Flaschen Wasser, Kaffeepulver und Teebeutel in den Schränken. In unserer Situation nehmen wir das dankbar mit. Die Beschäftigten sind nach unten geflohen. Auf den Schreibtischen standen verkohlte Computersysteme. Alles sah nach einer panikartigen Flucht aus.

Am Abend des zweiten Tages sahen wir am Horizont Land. Die Navigation stimmte also. Eine kleine Ortschaft lag auf unserem Kurs. Aus der Mitte führte eine Straße zum neuen Ufer in das Wasser hinein. Früher eine normale Landstraße nach Norden, jetzt eine breite Einfahrt für uns. Wir konnten problemlos festmachen und begaben uns auf Erkundung in den Ort. Ethan blieb als Wache zurück. Die Brände haben das Dorf stark zerstört und die Bewohner überrascht. Wir sahen einige verbrannte Überreste von Menschen und Tieren. In den Erdgeschossen und Keller fanden wir brauchbare Lebensmittel. So viel wir tragen konnten, verstauten wir im Boot. Ein gutes Fernglas ist auch dabei. An einem Sendemast befestigten wir ein großes Stück Tuch und markierten so den guten Landeplatz. Die Rückfahrt begann am nächsten Morgen und dauerte länger als die Hinfahrt, wir mussten gegen den Wind kreuzen. Nach drei Tagen legten wir unter großem Jubel am Hotel an. Es gab schlechte Nachrichten: Das Ruderboot mit Jan und Alba ist gestern Abend nicht wie üblich zurückgekehrt. Und zwei Männer stellten Haarausfall bei sich fest. Wir wollten bis Mittag warten und danach die Suche nach den Vermissten aufnehmen. Nach einer Stunde meldete unser Posten auf dem Hoteldach das Boot. Nur eine Person ist im Boot und ruderte mühsam auf das Hotel zu. Es war *Jan* - wo ist *Alba*? *Jan* stieg erschöpft und völlig durchnässt aus und schüttelte ohne Worte den Kopf.

„Er wollte unbedingt in einen größeren Gebäudekomplex tauchen. Als er nach Minuten nicht wieder hochkam, tauchte ich mehrmals nach ihm, bis mir schwindelig wurde. Ich ruderte noch lange um das Gebäude herum, er tauchte nicht mehr auf. Es dunkelte bereits und ich beschloss, im Boot zu übernachten."

Nach dieser Schilderung waren wir erschüttert. Alle wollten nur noch aus dieser feindlichen Wasserwüste fliehen. Es blieb nur die Fahrt nach Süden.

Im Westen sind hunderte Kilometer flaches Land überschwemmt und nach Osten reicht die Flut wahrscheinlich mehr als tausend Kilometer weit. Immer noch war es schwierig, dieses Szenario und die Folgen für die Menschen vorzustellen. Was ist mit der Welt geschehen? "Südwärts", rief Ruben zur Aufmunterung. "Es ist die einzige Chance, die wir haben."

Unsere Starre löste sich. Jeder packte seine Sachen und bereitete sich auf Fahrt vor. Mit drei Überfahrten in den nächsten Tagen brachten wir 43 Menschen und Gepäck auf höher gelegenes Land.

Die Überlebenden aus dem Norden
Erzählung von *Gust*
Über Land

Nach einer Woche hatten wir alle festen Boden erreicht und richteten uns zunächst in dem Schulgebäude des Dorfes ein. Das Segelboot wurde an Land gezogen, obwohl wir nicht mehr an eine Bootsfahrt glaubten. Südwärts wollten wir über Land unser Glück versuchen, weitere Überlebende finden und gemeinsam eine sichere Bleibe aufbauen.

So zogen wir weiter und hatten das unglaubliche Glück, zwei Kühe mit deren Kälber auf dem nächsten Gutshof zu finden. Sie standen in einem geräumigen Stall, in dem Vorräte an Heu lagerten. Der Trecker war nicht mehr zu gebrauchen, wie alle Fahrzeuge die wir fanden. Ein

Anhänger bauten wir um und spannten die Kühe davor. Ab jetzt ging es leichter voran. Die Auswirkungen der radioaktiven Verseuchung zeigten keine weiteren Symptome. Ein ungutes Gefühl blieb und wir beobachteten uns gegenseitig. Unterwegs trafen wir niemanden, obwohl einige Spuren auf Überlebende hinwiesen. In Ansiedlungen fanden wir genug zum Überleben und wo wir ein Dach über dem Kopf hatten, blieben wir längere Zeit, um Kraft zu sammeln. Bevor wir euch trafen, waren wir schon verzweifelt, zumal uns die Kräfte verließen. Für den Winter mussten wir eine sichere und geschützte Unterkunft finden. Das Geräusch eures Motorrads riss uns aus der Lethargie und war wie eine Erlösung.

8. November 2025, Tag 153
Chronik der *Brückner* und des *Westland*
Eintrag von *Vera*

Hier zusammenfassend die Ereignisse der letzten Woche und neues aus dem Leben der Bewohner des *'Westland'*, wie wir die Gemeinschaft der Niederlassungen auf einen Vorschlag von *Romek* jetzt nennen. Die Bewohner der Werft haben sich in den Räumen eingerichtet und der Steg ist fertiggestellt. Als ihr Sprecher wurde *Gust* weiteres Ratsmitglied und Ingenieur *Maurice* beratender *Spezi* für Schiffsbau. Er hat bereits Pläne für ein Schiff, das den extremen Anforderungen des Flusses gerecht wird.

Ein weiterer Lkw wurde mit einem der Motoren aus dem Museum von den Mechanikern um Ingenieur *Joo-won* und Kfz-Meister *Herbert* umgebaut. Der Sattelschlepper von *IVECO* kann als Zugmaschine genutzt werden. Ein offener und ein geschlossener Anhänger sind fertig.

Im Personenregister sind 231 Personen eingetragen. Zwei weitere Lebensgemeinschaften sind vermerkt. Die Schwangerschaft von *Lola* und *Jade* ist nicht mehr zu übersehen. Beide werden bereits vorsichtig wie tickende *Bomben* behandelt.

Für die 13 Kinder findet einmal in der Woche ein gemeinsamer Unterricht statt. Die Betreuung und Organisation hat Lehrerin *Estelle* übernommen. Sie ist dafür von der *Werft* auf die *Brücke* umgezogen.

14. November 2025, Tag 159
Eisenbahn im Süden
Erzählung von *Romek*

Die Erkundung der Eisenbahnbrücke im Süden ist schon lange geplant, wurde aber immer wieder verschoben. Die Ansiedlungen im westlichen Land und der Aufbau der Gemeinschaft hatten Vorrang. Wir nehmen an, dass im Westen Atomkraftwerke außer Kontrolle sind und radioaktive Stoffe freisetzen. Das Land kann weitgehend verseucht sein. Wir trafen noch keine Menschen aus diesen Gebieten. Die nördliche Tiefebene ist vom Meer überflutet und große Städte sind versunken. Ohne Schiff sind Erkundungen nicht möglich. Und so wenden wir uns dem unbekannten Süden zu. Die nächste Brücke ist 120 Kilometer entfernt. Noch weiter südlich mündet von Westen kommend ein Fluss in den größeren Grenzfluss. Gleichzeitig ist er ein natürliches Hindernis. Wir wollen das Land bis zu ihm erkunden, auch, um keine Überraschung zu erleben. Die Ressourcen werden immer weniger werden. Die Katastrophe hat uns hundert Jahre zurückgeworfen. Es existieren keine Raffinerien mehr. Der Treibstoff für Motoren ist begrenzt, wie so viele Dinge, die vor ein paar Monaten selbstverständlich für die Menschheit waren. Ebenso werden Medikamente immer knapper und nicht mehr hergestellt. Unsere Gemeinschaft Westland muss sich wappnen und unsere Zahl muss größer werden. Zuwanderer sind daher willkommen. Auch das ist ein Ziel unserer Expedition.

Motorisiert sind wir mit dem Unimog mit kleinem Anhänger und der *Maico* als schnelles und geländegängiges Motorrad. Der Anhänger wurde mit einer Plane überbaut, so haben wir ein geschütztes Nachtlager. Wir besprachen vor Abfahrt nochmals unsere Pläne. Vom Waldhaus traf *Luca* heute Morgen an der Brücke ein. Mit seiner Erfahrung als Bereitschaftspolizist ist er willkommen.

„Wir nehmen die Autobahn Richtung Westen und fahren weiter auf der Landstraße nach Süden. Laut Landkarte treffen wir nach etwa 120 Kilometer auf die quer verlaufende Bahnlinie. Den Gleisen folgen wir nach Osten zu einem Tunneleingang. Am Ausgang des Tunnels beginnt die Flussüberfahrt auf der *Eisenbahnbrücke*. Auf der anderen Seite führen die Gleise wieder in einen Tunnel. Dort beginnt das östliche Land, so weit unser Wissen und der Plan", trug ich der Gruppe vor.

„Haben wir alle Platz im Unimog?", fragt *Luca* und schaut zum Fahrerhaus mit der Doppelkabine.

„Nein, das wird eng", sagte *Erik*. „Einer muss zu mir aufs Motorrad. Am besten unser Leichtgewicht *Leo,* seine Sanitätsausrüstung kann er in den Satteltaschen verstauen. Die anderen schauten erleichtert. Mit *Christian*, *Ivo*, *Georg* und *Luca* stieg ich in den *Unimog* ein. Jeder trug eine Schusswaffe. *Georg* hatte ein paar *Feuertöpfe* und einen *Granatwerfer* aufgeladen. Verpflegung hatten wir für eine Woche eingepackt. Auch warme Kleidung ist dabei. Der Herbst war bisher sehr warm, was bei dem turbulenten Wetter niemand wunderte, aber das könnte sich schlagartig ändern. Es kommt der erste Winter der neuen Zeitrechnung auf uns zu. Die Landwirte stellen sich auf klimatische Veränderungen ein, wie gravierend sie sein werden, kann keiner absehen. Auf dem *Hof* starten Tests mit Anbauten von Reis und weiteren Gewächsen. Auf unserer Fahrt werden wir nach weitgehend verschonten Wäldern und landwirtschaftlichen Flächen schauen.

Wir gingen auf eine Rundreise von über 400 Kilometer durch unbekanntes Land. Die Landstraße nach Süden bot den gleichen Anblick wie die anderen Straßen, die wir bis jetzt erkundet hatten. Hindernisse können mit unseren geländegängigen Fahrzeugen umfahren werden. Tanklaster und Baufahrzeuge mit wichtigen Ressourcen werden gekennzeichnet. Entlegene Ortschaften neben der Straße beobachteten wir durch Ferngläser, können aber keine Hinweise auf Überlebende sehen. Die Vorgehensweise erspart uns unnötige Abstecher. Auch am Straßenrand und in den Wracks finden wir keine Hinweise.

Der riesige Heckflügel eines Militärtransporters erweckt unsere Aufmerksamkeit. In großer Entfernung ragt er wie ein Haus aus der Landschaft. *Ivo* hat ihn mit dem Fernglas entdeckt. Querfeldein geht die Fahrt, bis wir vor dem Flugzeug stehen. Der Rumpf ist auseinandergebrochen, die großen Flügel liegen abgerissen weiter hinten auf dem Feld. Das Cockpit steckte tief im Boden und hatte Brandspuren. Das Kerosin ist anscheinend ausgelaufen und im Boden versickert, aber nicht in Brand geraten. Die Fläche um das Flugzeug blieb auch verschont, sonst gäbe es hier nichts mehr zu entdecken.

Georg spekulierte: „Das Frachtflugzeug befand sich im Landeanflug auf die *Airbase* und fiel nach Ausfall der Steuerung vom Himmel."

„Vermutlich hat der Pilot eine Notlandung versucht und die Fahrwerke deswegen nicht ausgefahren, quasi eine Bauchlandung", meinte *Christian*.

„Wir schauen mal rein in die Kiste", sagte ich und ging auf einen seitlichen Riss in der Außenhülle zu. Innen wurde uns die Größe dieses des *Giganten* so richtig bewusst. In einer Reihe vor der hinteren Ladeklappe standen 4 ältere *Jeeps* des Modells *Hummer* in Wüstentarnfarbe mit aufmontierten 20mm Maschinenkanonen. *Georg* klatschte in die Hände und rief begeistert: „Die Dinger reichen für eine kleine Privatarmee."

Ivo kletterte durch eine Klappe hinein und richtete kurz darauf die Kanone auf uns. Ich musste die Jungs zur Ordnung rufen. Ein Jeep hatte sich losgerissen und lag auf der Seite. In Kisten fanden wir die entsprechende Munition. Aber das war noch nicht alles. Vor uns lag ein riesiges Waffenarsenal. Genug amerikanische Maschinenpistolen und Handgranaten, um jeden im *Westland* damit auszurüsten. Auch Bekleidung wie Stiefel, Helme und Schutzwesten liegen gut verpackt in kleinen Containern. Haltbare Verpflegung und *Erste-Hilfe-Ausrüstung.* Funkgeräte, Nachtsichtgeräte und weitere Technik auf digitaler Basis sind leider unbrauchbar. Es sind Tonnen an Material. Eines war klar: Diese Ausrüstung mussten wir uns sichern. Ein Glück, dass sie keinem anderen in die Hände fiel. Die Absturzstelle liegt weit abseits der Straße. Wir beschlossen, hier zu übernachten, und morgen würde *Erik* mit der *Maico* zur *Brücke* fahren und unsere *Spezies* alarmieren.

Die Nacht im Flugzeug verlief ruhig. Mit der Wache wechselten wir uns ab. Ich hatte Ruhe, um über unsere Pläne für die Zukunft von *Westland* nachzudenken: Der heutige Fund versetzt uns in die Lage, auch gegen zahlenmäßig überlegenen Gegner zu bestehen. Bisher haben wir aus der Defensive agiert. Wir mussten die *Brücke* gegen die Bande um ihren Anführer *Konrad* sperren und als Bollwerk aufbauen. Sie waren uns in allem überlegen. Das ist jetzt vorbei. Der Osten wird zukünftig nicht mehr tabu sein, das trage ich im *Rat* vor.

In den östlichen Mittelgebirgen werden Menschen überlebt haben. Sie könnten andere Fertigkeiten entwickelt haben. Die Dampfkraft oder die Telegrafie per Draht bereits wieder nutzen und weiterentwickelt haben. Das Wissen ist da, die neuerliche Umsetzung ist eine Herausforderung. Ein Austausch untereinander wird den Menschen helfen, die neue Zeit zu gestalten und die Welt für die folgenden Generationen vorzubereiten.

Das Anlassen des Motors der *Maico* draußen, beendete meine Überlegungen. Wir trafen Vorbereitungen für das Abladen des Materials. Die Heckklappe hatte sich bei dem Aufschlag stark verzogen und teilweise eingegraben. Nur über die seitliche Ladeluke bekommen wir die Ladung aus dem Wrack. Am Nachmittag trafen die *Spezies* aus den Werkstätten der *Brücke* mit dem *5-Tonner MAN* und dem *IVECO-Sattelschlepper* mit *Flachanhänger* ein.

„Ich wollte es zuerst nicht glauben", staunte *Herbert* über die *Jeeps* und öffnete eine Motorhaube. Mit Joowon vertiefte er sich in die Technik und hob nach einer Weile den Arm und zeigte mit dem Daumen nach oben. Aus der Schlosserei der Brücke hat *Alain* einen Schweißbrenner, Schneidwerkzeuge und einen Stromgenerator mitgebracht. Die Ladeluke musste erweitert werden. Währenddessen machte sich der MAN voll beladen auf den Weg. An der Brücke warteten Maik und Lucy, um die wichtige Fracht sicher in die Lagerhäuser zu bringen. Die Rückfahrt ist über Nacht geplant. Wir wollten keine Zeit verlieren. Alle sind in Aufregung und mit Eifer dabei. Der Fund wird die Gemeinschaft ein gutes Stück voranbringen.

Abends haben wir die Hummer geborgen. Allerdings sind sie nicht fahrfähig. Einiges muss in der Kfz-Werkstatt angepasst werden. Mit Abschleppstangen müssen sie einzeln geschleppt werden. Der Sattelschlepper wird bei Tageslicht mit der ersten Fuhre starten. Am folgenden Tag schafften wir es, mit beiden Lkws das Wichtigste abzufahren. Wir blieben die dritte Nacht am Wrack und nutzten die Gelegenheit, um uns mit vier neueren Maschinenpistolen MP 9 und zehn Handgranaten aufzurüsten. Jeder trägt jetzt eine Schutzweste. Mit den Helmen konnten wir uns nicht anfreunden. Festes Schuhwerk und Tarnkleidung waren willkommen.

17. November 2025, Tag 162
Nukleare Explosion auf der *Airbase*
Erzählung von *Hagen*

Wir hörten am *Waldhaus* mehrere heftige Explosionen aus Richtung der *Air Base*. Das Frühstücksgedeck vibrierte, als die Druckwellen das Haus traf. Alle rannten nach draußen, *Nikolay* sofort zu den Tieren in den Stallungen. Eine kleine pilzförmige Wolke sahen wir in großer Höhe am Horizont. Der Schrecken stand allen in den Gesichtern.

„Alle in die Häuser und Fenster schließen" rief ich mehrmals laut und vergewisserte mich, dass alle dem Aufruf folgten.

Auf der *Burg* mussten sie die Druckwelle ebenfalls wahrgenommen haben. Ein Gedanke beruhigte mich nach ein paar Minuten: Es kann sich nur um die Explosion einer Gefechtsfeldwaffe handeln, die nur in einem begrenzten Radius Verseuchung hinterlässt. Aber wie groß ist der Radius? Die *Air Base* liegt 16 Kilometer entfernt - reicht das? Ich habe keine Ruhe und fahre mit dem *Opel* zur *Burg*. Dort wollten sie sich gerade auf den Weg zu uns machen. Der *Wetterhahn* auf dem Turm zeigt die Windrichtung Nordwest an. Zunächst mal ein beruhigendes Zeichen. Damals, im Fall der Explosion in Osteuropa, trieb ein ständiger Ostwind die radioaktive Wolke nach Westeuropa. *Frieda* hat bereits ein Fahrzeug zur *Brücke* geschickt. Mehr konnten wir in dem Moment nicht tun. Es zeigte wieder, wie gefährdet unsere kleinen Ansiedlungen sind. Ich fuhr wieder zum *Waldhaus*. Nach einer Stunde trafen *Doc Peter* und *Romek* mit dem Motorrad ein. Sie hatten sich auf der *Burg* getroffen. *Romek* hatte das Ereignis wahrgenommen und gedeutet. Seine Expedition wartet die weiteren Ereignisse ab. Der angezeigte Wert, die der mitgebrachte Geigerzähler anzeigt, sorgt für Entspannung. Er war zwar höher als früher gemessen, aber nicht direkt gesundheitsschädlich. Das *Waldhaus* und seine Bewohner hatten Glück gehabt. Das Gebiet um die *Air Base* ist jetzt eine Sperrzone. Überlebende kann es dort nicht geben. Die große Zahl der Atomkraftwerke im Westen, die während des Inferno unkontrolliert weiter liefen, lassen das Schlimmste befürchten, denn ohne Kühlwasser kommt es zur Kernschmelze und die Folgen für Mensch und Natur sind unüberschaubar.

Eines hat dieses Vorkommnis aber wieder gezeigt: Wir müssen zu einer schnelleren Kommunikation kommen. Funkverkehr ist nicht mehr möglich. Es bleibt nur eine Verbindung über den Draht, also die Telegrafie. In Nordamerika war sie vor 150 Jahren die schnellste Nachrichtenverbindung von der Ost- zur Westküste per Morsecode. Von der *Brücke* zum *Hof* wurde bereits eine Leitung gelegt und eine zur Werft ist im Bau. Zur Burg und dem *Waldhaus* wird das eine Mammutaufgabe. Wir sollten zunächst eine Verbindung von hier zur *Burg* in Angriff nehmen.

18. November 2025, Tag 163
Eisenbahn im Süden
Erzählung von Romek

Wir sind auf dem Weg zur Eisenbahnlinie im Süden. Nach drei Stunden Fahrt mit einigen Hindernissen auf der Straße und einem Abstecher zu einer Ansiedlung sehen wir die zweigleisige Bahntrasse. Wir konnten sie auch nicht verfehlen - auf einem Gleis stand ein langer Güterzug mit einer E-Lok als Zugmaschine. Die Straße führte durch eine Unterführung der Bahnstrecke. Wir hielten davor.

Mit *Ivo* stieg ich aus und kletterte den Bahndamm hinauf, bückten uns zwischen zwei Wagen unter der Kupplung durch und standen völlig verblüfft vor zwei Männern. Auf den ersten Blick sehen wir keine Waffen und beide in völlig entspannter Haltung. Der rechte im blauen Arbeitsoverall hob den Arm.

„Guten Tag, die Herren!", sagte er gut gelaunt. „Schon lange keine Motoren gehört." Er sah uns erwartungsvoll an.

„Das ist ja mal eine freundliche Begrüßung", sagte ich, das haben wir schon anderes erlebt. Ihr scheint noch keine schlechten Erfahrungen mit Besuchern gemacht zu haben."

„Nee, ohne Waffen hätten wir auch schlechte Karten gehabt. Das hier ist unser Lokführer Alex, ich heiße Bernd, ehemals Heizungsbauer."

Wir stellen uns vor und fragen nach weiteren Personen in dieser Umgebung.

„Kommt mit, ein paar Wagen weiter wohnen wir mit 19 Leuten. Alle sind auf euch gespannt, schließlich seid ihr die ersten neuen Gesichter seit Monaten", lud uns Alex ein.

Ivo holte die anderen auf den Bahndamm, blieb aber sicherheitshalber draußen.

Drei Wagen mit seitlichen Schiebetüren sind zu Wohneinheiten umgebaut. In Öfen wird Holz verbrannt. Abgasrohre führen zum Dach. Fachgerecht sind sanitäre Anlagen gebaut worden. Wir waren erstaunt. *Alex* stellte uns alle Personen vor. Drei Kinder im Alter von etwa 10 Jahren schauen uns ängstlich an und lehnen sich an *Gritta*, eine junge Arzthelferin.

„Zwei Männer sind nicht hier", erklärt Alex. „Es ist Weinlese und *Winzer Eugen* und Helfer *Bernhard* arbeiten in den oberen Weinlagen am Fluss. Das Hochwasser hat nicht alles mitgerissen."

Wir sahen ihn fragend an und begann zu erzählen:

Erzählung von *Alex*

Von seinem Führerstand in *E-Lok* sah ich plötzlich nichts mehr von den Schienen vor ihm. In meinem Rücken gab es einen lauten Knall und die Lok bremste scharf ab. Wie gelähmt nahm ich wahr, wie nach hunderten von Meter der Zug zum Stehen kam. Die Welt um mich konnte er nicht mehr sehen. Wie ich von der Lok herunterkam, weiß ich nicht mehr zu sagen. Auf dem Bahndamm rissen mich orkanartige Winde zu Boden und nur mit Mühe konnte ich die Schiebetür eines Güterwagens öffnen und Schutz suchen. Außerhalb stand die Welt in Flammen. Hier blieb ich die ersten Tage und wartete auf Hilfe.

Ein metallisches Geräusch weckte mich nachmittags. Jemand macht sich an der Schiebetür des Wagens nebenan zu schaffen. Ich öffnete die Tür seines Wagens und sprang hinaus. Sechs Menschen starrten mich wie eine Erscheinung an. Es waren vier Männer und zwei Frauen. Sie sehen erschöpft aus. Die kleine Gruppe hat sich unterwegs gefunden und machte sich den Gleisen entlang auf den Weg, um Hilfe zu finden. Einige Güterwagen haben haltbare Lebensmittel geladen und somit ist fürs Erste das Problem Ernährung gelöst.

Mit *Gritta* machte ich mich auf den Weg zum Flusstal. Es liegt nur 10 Kilometer südlich der Bahnlinie. Wir wussten, dass die Straße über eine neue Brücke hoch über das Tal führt. Unterwegs sahen wir einige schreckliche Dinge, die uns das Ausmaß des Inferno deutlich vor Augen führte.

Kurz vor der Brücke erreichten wir eine Aussichtsplattform mit Parkplatz und ein Gebäude mit Aufenthaltsraum und Toiletten. Alle Autos auf dem Parkplatz sind mehr oder weniger verbrannt. Das Haus wurde verschont, weil keine elektronische Technik installiert ist. Bevor wir einen Blick zur Brücke werfen konnten, traten mehrere Personen aus dem Haus und kamen auf uns zu. Erfreut und erleichtert nahm man sich in die Arme. Auch drei Kinder und ein kleiner Hund schauten scheu aus der Tür.

Der Anblick der *Hochbrücke* raubte mir den Atem. Wenn ich nicht wüsste, dass die Brücke bereits vor einigen Jahren für den Verkehr freigegeben wurde, hätte ich gedacht, sie befindet sich im Bau. Ein Teil der Fahrbahn fehlte, es klafft eine Lücke von etwa 100 Meter zwischen zwei Pfeiler. Die Fahrbahn lag mal in 110 Meter Höhe über dem Tal, jetzt sind es nur noch etwa 70 Meter über dem Fluss.

Das Hochwasser der letzten Tage hat das Tal bis über die Dächer der Ortschaften überschwemmt und einer der hohen Brückenpfeiler weggespült. Das Heck eines Schiffes trotzte der Strömung. Eine nie dagewesene Katastrophe hat alles Leben im Flusstal ertränkt. Ich weiß nicht mehr, wie lange *Gritta* und ich sprachlos da gestanden sind. Die Überlebenden auf der Plattform konnten sich retten, weil sie am Hang in den höheren Lagen unterwegs waren oder, wie der Winzer *Eugen* und sein Helfer *Bernhard,* dort arbeiteten. Zwei Familien mit Kindern flüchten rechtzeitig vom Besucherparkplatz. Weitere befanden sich im Haus. Zusammen sind es 13 Überlebende. Sie gingen mit uns zurück zum Zug. Nur *Eugen* und *Bernhard* wollten vorerst hierbleiben und im Tal weiter nach Menschen suchen. Sie waren überzeugt, dass bald Hilfe eintreffen würde. Sie suchten und warteten vergebens. Nach einer Woche trafen sie am Zug ein.

Die nächsten Monate fühlen wir uns hier sicher. Wir richteten uns auf einen längeren Aufenthalt ein. Die Nahrungsmittel in den Güterwagen reichten auf lange Zeit und in der näheren Umgebung fanden wir in zerstörten Häusern brauchbare Gegenstände.

In den letzten Tagen reifte der Plan, mit einer kleinen Gruppe entlang der Bahnlinie nach Osten zu erkunden. Wir wollten noch das Ende der Traubenlese von *Eugen* abwarten, wenn es auch eine geringe Menge ist.

19. November 2025, Tag 164
Eisenbahn im Süden
Erzählung von *Romek*

Wieder eine erfreuliche Begegnung mit Überlebenden - hoffentlich werden es noch mehr. Ich glaube, falls die Sonne die Erde nicht wieder bombardiert, kann sich die Menschheit erholen und eine neue Zivilisation aufbauen. Mit welchen Veränderungen wird sich zeigen. Die Katastrophe im Tal und die zerstörte Brücke haben wir heute gesehen. Es ist ein enges Tal. Die Wassermassen stiegen 30 Meter über normal und ihre Wucht wälzte alles nieder. Die Menschen hier hatten keine Chance. Mittlerweile scheint die Brücke nicht mehr gefährdet. Es wäre schon interessant, auf die andere Seite zu kommen und das Land dahinter zu erkunden. Über den Fluss wird es auf absehbare Zeit nicht möglich sein. *Eugen* brachte eine Hängebrücke zwischen den Bruchkanten der Brücke zur Sprache. Unmöglich schien es mir nicht.

Wieder fuhr *Erik* mit der *Maico* zur *Brücke*. Außer Alex, *Eugen* und *Bernhard* wollten alle zur *Brücke* umziehen. Sie sahen hier am Zug keine Zukunft. Am Abend traf *Doc Peter*, *Aaron* und *Karl* mit dem *DKW-Mungo* und dem *MAN* an der Bahnlinie ein. Auch *Aaron* hielt den Bau einer Hängebrücke für machbar und versprach hierfür einen Plan zu entwickeln. *Alex* und *Eugen* sind begeistert. Die Gruppe will sich am *Aussichtsplatz* dauerhaft einrichten. Einrichtung und Lebensmittel wurden mit dem *MAN* transportiert. Vier amerikanischen *MP* wechselten den Besitzer. 'Westland' hat einen weiteren, wenn auch kleinen, Standort.

20.November 2025, Tag 165
Eisenbahn im Süden
Erzählung von *Romek*

Wir setzen unsere Rundfahrt fort. Mit dabei ist jetzt *Karl*, er fährt den *DKW-Mungo*. *Leo* stieg erfreut bei ihm ein. Weitaus besser als der Rücksitz bei *Erik*, meinte er. Außerdem sind wir mit drei Fahrzeugen flexibler. Entlang der Bahnlinie geht es jetzt nach Osten. Bis zur *Eisenbahnbrücke* sind es geschätzte 70 Kilometer. Ein Unwetter, das sich bereits morgens angekündigt hatte, tobte jetzt über uns. Wir hielten an, vor uns entstand eine kleine Seenlandschaft. Mit dem Motorrad war hier kein Durchkommen. Nach drei Stunden luden wir das Motorrad auf den *Unimog* und *Erik* stieg in den *Mungo*. Weiter ging die Fahrt über die teilweise holprige Strecke.

Wir stoßen auf eine Landstraße. Sie führt durch eine kleine, verlassene Ansiedlung zum einzigen Bahnhof an diesem Streckenabschnitt. Es ist ein typischer Landbahnhof mit Verladegleis und einem Umfahrgleis. Wir fahren auf den Parkplatz vor dem zweistöckigen Gebäude aus der Gründerzeit der Bahn. Hier wurden schon lange keine Fahrkarten mehr verkauft. Die Türen und Fenster sind mit Bretter verschlossen, das Dach von den Stürmen halb abgedeckt. Auf dem Ladegleis steht ein geschlossener Güterwagen. Ich stieg mit *Georg* aus. Nur ein uralter *VW-Käfer* steht auf dem Parkplatz. Die Tür ist nicht verschlossen, aber der Schlüssel steckt nicht. Hausmeister *Karl* kam zu uns, bückte sich unter das Steuer und nach kurzem Fummeln orgelte der Anlasser - aber der Motor sprang nicht an. Wir setzen den *Käfer* auf unsere Fundliste für später. Den Güterwagen wollten wir als Nächstes untersuchen. *Karl* hat seinen Werkzeugkasten dabei. An der Seite des Gebäudes führt eine Treppe zu einer Kellertür. Ein Knurren lässt uns verharren.

„Ein Hund", sagt Karl. „Kein Kleiner!", warnte er. „Der hat Hunger, ich hole was zu essen, das könnte ihn beruhigen", sagte er und lief zum *Unimog.*

Mit dem Futter, in Form einer geöffneten Konservendose ging er vorsichtig die Treppe runter und stellte die Dose vor die offene Tür. Kaum war er wieder oben, hörte das Knurren auf und wurde von einem Schmatzen und Kratzen der Blechdose abgelöst. *Karl* zeigte sich an der Treppe mit einer weiteren Dose in der Hand. Er stülpte den Inhalt der Dose auf die oberste Stufe. Ein Schäferhund kam vorsichtig die Treppe hoch und verschlang das angebotene Futter. Für die lange Zeit ohne Menschen war der Hund in einem recht guten Zustand. Er muss Nahrung gefunden und erfolgreich gejagt haben. Laut Halsband hört er auf den Namen *Malka* und ist sichtbar eine Hündin. Sie lehnte sich an *Karl* und damit war der Bann gebrochen. Schäferhund *Bob* auf der Brücke würde Gesellschaft bekommen. Eine Leine in Form eines Stricks verband bald *Karl* und die Hündin. Auf der Rückbank des *Mungo* nahm sie scheinbar zufrieden Platz. Der Güterwagen war leer. Wir fuhren die Autos davor und richteten uns für die Nacht in dem Wagen ein. Ein Lagerfeuer erhellte unsere Wagenburg. Der Hund schlief auf einer Decke. Mit jedem Geräusch ging ein Auge von ihm auf. Er hörte tatsächlich auf den Namen *Malka*, was den Umgang mit ihm leichter machte. „Ein brauchbarer Weggefährte für uns", meinte Christian. Alle stimmten zu.

21. November 2025, Tag 166
Eisenbahn im Süden
Erzählung von *Romek*

Auf dem geteerten Weg geht es gut voran, bis sich das Gelände vor uns und der Weg in eine schmutzige und holprige Wüste verwandelt hat. Eine Feuerwalze hat hier selbst die Bahngleise mit den Betonschwellen verbogen und aus dem Gleisbett gerissen. Den Grund sahen wir. Ein Zug mit Tankwagen liegt auf dem Bahndamm. Die Lok davor ist nur noch ein Gerüst aus Metallstreben. Mehrere Wagen sind durch Explosionen regelrecht pulverisiert worden. Der Boden ist von dem auslaufenden Benzin stark kontaminiert, worauf der immer noch deutlich wahrnehmbare Geruch hinweist.

Und trotzdem ragen bereits wieder einzelne Grashalme aus dem Boden. Die Temperaturen und die Wassermassen der vergangenen Monate erwecken die Natur wieder zum Leben. Die Bahnlinie ist eine wichtige Ressource für die Zukunft. So gut wie alles kann zum Bau von Gebäuden verwendet werden. Die Masten der Oberleitung sind massive Stahlträger. Der Fahrdraht hat Anteile an Kupfer und Zinn. Mit dem Lastwagen ist der Abtransport rentabel für uns. Schotter- und Stahlwerke wird es auf absehbare Zeit nicht geben. Das Land steigt an, am Horizont erhebt sich eine Hügelkette. Laut Karte führt die Strecke einen Tunnel, am Ende liegt die Eisenbahnbrücke über den Fluss. Am späten Nachmittag können wir mit dem Fernglas das Portal des Tunnel erkennen. Auf dem rechten Gleis ist ein ausgebrannter

Personenzug zu erkennen. Der Betriebsweg der Bahn-verwaltung führt bis zum Tunnelportal.

Wir halten neben dem Gerippe eines dreiteiligen Trieb-wagens. Hoffentlich haben die Insassen das Fahrzeug noch rechtzeitig verlassen können. Rund um das Tunnel-portal ist alles verbrannt. Verkohlte Baumstämme und Fahrdraht liegen auf dem Gleis. Auch hier kämpft sich die Natur zurück. In einigen Jahren ist auch dieses Relikt aus der alten Zeit der Erde von der Natur verschluckt.

Die Fahrzeuge lassen wir zurück. *Leo* und *Anton* bleiben zur Absicherung hier. *Karl* nimmt den Hund an die Leine und führt uns an. Alle sind mit Kopflampen ausgerüstet. Nach den ersten Metern wird es auch bereits duster. Der alte Tunnel ist mehr als 3 Kilometer lang. Die Stein-quader der Röhre wurden an vielen Stellen mit Beton ausgegossen. Die Notbeleuchtung natürlich schon lange nicht mehr in Funktion.

„Stockdunkel und angenehm kühl", bricht *Erik* das Schweigen. Seine Stimme hallt von den Wänden.

„Für die Insassen des Zuges ein guter Zufluchtsort - falls sie es geschafft haben, aus dem Zug zu kommen", meint *Georg*.

Wir sind jetzt bereits so weit gegangen, dass wir das Tageslicht am Tunneleingang nur noch als kleinen Punkt hinter uns sehen. Nur unsere eigenen Schritte hallen von den Wänden. Dazwischen das Hecheln von *Malka,* die *Karl* hinter sich herzog. Der Hund ist scheinbar gut dressiert. Er verhielt sich ruhig und gab nur gedämpfte Laute von sich. Es ist kein Kläffer, aber trotzdem sehr aufmerksam. Laufgeräusche am Boden bedachte er nur mit leisen Knurren. Ratten und Mäuse haben also auch das Inferno überlebt.

„Falls irgendein Geräusch oder sonst irgendwas Ungewöhnliches vor uns ist, gehen wir sofort in die Kniebeuge, um ein kleines Ziel abzugeben!", warnte ich vorsichtshalber. Mein Instinkt als ehemaliger Soldat ist in diesen Situationen geweckt und ich halte es für meine Aufgabe, die Gruppe so gut wie möglich zu schützen.

Malka blieb abrupt stehen und ihr Knurren wurde lauter. Ich ging mit *Georg* vorsichtig weiter in den Tunnel. Wir blieben auf dem Pfad zwischen den beiden Schienensträngen. Das Licht der Kopflampen erfasste drei Körper, die mit Planen unzureichend abgedeckt sind. Unter einer Plane ragen hohe Schnürschuhe hervor. Hinter uns hörten wir *Karl* näher kommen. Er fuhr mit der Hand über die Schnauze von *Malka,* um sie ruhigzustellen. Ich hob nacheinander die Planen an, deckte aber die Leichen gleich wieder zu. Es war ein grausiger Anblick.

„Die liegen hier schon seit Monaten. Es sind drei Männer mit schweren Schlagverletzungen. Einer trägt ein Pistolenholster am Gürtel, die Waffe fehlt. Hier fand eindeutig ein Kampf statt."

„Also gab es Überlebende aus dem Zug, die hier Zuflucht gesucht haben?", rätselte *Ivo.*

Erik schüttelte den Kopf: „Warum sollten sie in Streit geraten sein und wer war ihr Gegner?"

„Wie dem auch ist, eine Erklärung bekommen wir vielleicht dort", ich zeigte in den dunklen Tunnel.

Wir setzen uns wieder in Bewegung. Der Tunnel führte in einem leichten Bogen weiter, sodass der Eingang hinter uns nicht mehr zu sehen war. Einige hundert Meter weiter tauchte eine Bretterwand im Licht der Lampen auf. Sie ist mehr als zwei Meter hoch und ohne Durchgang.

„Unsere Frage ist beantwortet", sagte *Karl*. „Die Bretter der Wand sehen aus wie der Boden von älteren Güterwagen und sie wurden erst vor kurzer Zeit verbaut." Ich klopfte gegen das Holz und rief: „Hallo, bitte macht euch bemerkbar, wir haben keine feindlichen Absichten!"

Keine Antwort. „*Ivo*, halt mal die Hände zusammen, ich steige über deine Schulter rüber", sagte *Erik*.

Er landete auf einem Laufsteg hinter der Wand und konnte bequem zu uns herunterschauen. "Hier ist niemand und weiter im Tunnel auch nicht."

„Komm wieder zurück, wir brechen hier ab, morgen gehen wir weiter."

Die Nacht verbrachten wir in den Fahrzeugen vor dem Tunnelportal. Es ist jetzt nachts kühler, aber das Thermometer fiel nicht unter 20 Grad.

22. November 2025, Tag 167

Schwere Gewitter in der Nacht brachten starken Regen. Die Fahrzeuge fuhren wir rückwärts in den Tunnel. Diesmal übernahmen *Ivo* und *Christian* die Wache. *Georg* verstaute ein Seil und 4 Handgranaten im Rucksack. *Leo* steckte zwei Wasserflaschen in sein Gepäck. Zur Standardausrüstung von jedem gehört mittlerweile eine Maschinenpistole. Ich habe eine Pistole im Schulterholster. So zogen wir erneut los.

Das Seil brachte uns jetzt einfacher über die Holzwand. Der Tunnel ist frei von Hindernissen und die Wassermassen wurden gut in Seitengänge abgeführt. Alle paar Meter sind Nischen, um dem Wartungspersonal Schutz vor Zügen zu gewähren.

„Ich spüre fast keinen Luftzug", bricht *Georg* das Schweigen. Jetzt, wo er das sagt, frage ich mich auch nach dem Grund.

„Ist der Tunnel am anderen Portal verschlossen?", vermutet *Anton*, macht einen Finger nass und hält ihn prüfend über den Kopf. Mehr als die Hälfte der Strecke mussten wir erreicht haben, als meine weitreichende Stablampe einen Kreis auf eine Wand hundert Meter vor uns zeichnete. Staunend stehen wir vor der Wand, die aus kleinen Steinquadern zusammengesetzt ist. Die Steine wurden ohne Mörtel aufeinander geschichtet und reichten fast bis zur Tunneldecke. Besondere Mühe hat man sich nicht gemacht. Die Steine sind wahllos und unregelmäßig gesetzt. In Kopfhöhe sehe ich, dass statt eines Steins ein Holzbrett eingefügt ist. Ohne lange zu überlegen, klopfe ich gegen das Brett. Wir hören auch nach Minuten keine Geräusche auf der anderen Seite.

„Keiner zu Hause", sagte *Anton* lakonisch und zog dabei beide Schultern hoch.

„Oder direkt dahinter hält sich niemand auf und es dauert bis jemand antwortet", meinte *Leo.*

„Geht ein paar Meter zur Seite, ich ballere auf das Holzbrett, um mehr Lärm zu machen", sagte ich und feuerte ein paar Salven ab. Der Lärm schallte so laut durch den Tunnel, dass wir selber unwillkürlich zusammenzucken. Mit dem Gewehrkolben stieß ich gegen die Bretter, sie gaben nach und fielen auf den Boden der anderen Seite.

Mit der Stablampe leuchtete ich durch die Öffnung. Der Lichtstrahl traf auf die Front einer roten Diesellokomotive, die direkt hinter der Mauer auf dem linken Gleis stand. *Erik* schaute auch durch die Lücke und pfiff durch die Zähne: „Eine der älteren Dieselloks. Ich sehe Güterwagen dahinter."

„Hier wollen sich Leute den Rücken frei halten und scheinbar hatten sie allen Grund dafür. Warum sonst dieser Aufwand mit der Mauer?"

Zuerst ein Scharren und jemand trat auf die Reste des Brettes und fluchte verhalten. Danach blieb es still - es erschien auch kein Gesicht in dem Ausschnitt.

„Hallo, wer da?", rief ich hinüber.

Wir hörten Schritte und Gemurmel. Und plötzlich eine kräftige Stimme:

„Haut ab, hier kommt keiner mehr durch!"

"Wir kommen mit Fahrzeugen von weit her und haben nur friedliche Absichten.", antwortete ich und weiter:

„Warum diese Mauer, vor wem müsst ihr euch schützen?"

Nach einer kurzen Pause: „Woher kommt ihr und wie viele haben überlebt?".

In wenigen Sätzen schilderte ich unsere Situation und die der Teilnehmer der jetzigen Expedition zur Eisenbahnbrücke.

„Gut, können wir glauben, denn die Angreifer aus dem anderen Tunnel haben keine Autos."

„Wie gelangen wir zu euch?", fragte ich. Die Antwort erstaunte uns:

„Wir treffen euch in ein paar Stunden auf der Straße oberhalb des Tunnels. Von dort ist die Brücke gut zu sehen. Wir tragen rote Armbinden, ihr gebt euch mit einem Tuch am Außenspiegel zu erkennen. Alles Weitere später."

Der Sprecher erklärte kurz den Weg und wir traten den Rückweg an. Ein Wirtschaftsweg führte unter der Bahnlinie durch ein paar Kilometer nach Süden durch ein verlassenes Dorf. Wir nahmen an, dass die Tunnelbewohner bereits alles Brauchbare hier gefunden haben und hielten uns nicht weiter auf. Im Dorf führte uns eine Straße auf die Anhöhen. Die Beschreibung führte uns auf der Höhenstraße Richtung Norden. Die *Eisenbahnbrücke* kam in Sicht.

Die erste unzerstörte Brücke über den Fluss, außer unserer, die wir nach Monaten sahen. Es war ein dramatischer Moment, nach so viel Zerstörung ein gut erhaltenes Bauwerk vorzufinden. Auf der Brücke steht ein Güterzug, die Lokomotive ist nicht zu sehen. Die letzten beiden Wagen sind umgekippt und liegen quer über beide Gleise.

„Die Lok steht im Tunnel", bricht *Erik* als erster das Schweigen.

„Erstaunlich, dass die Brücke noch steht. Orkanartige Winde haben vermutlich die Güterwagen umgeworfen."

„Ein Hindernis auf den Schienen könnte auch der Grund gewesen sein", spekulierte *Leo*.

Wir fahren weiter und halten über dem von oben sichtbaren Tunnelportal. Die Eisenbahnstrecke führt von hier nach wenigen Metern über die Brücke und verschwindet nach ein paar hundert Meter wieder im Tunnel auf der anderen Seite. Unterhalb der Brücke führt eine schmale Straße am Flussufer entlang. Ein kleines Gebäude schmiegt sich links der Brücke an den Hang. Fast könnte man von der Brücke das Dach erreichen. Allerdings ist vom Dach nur noch das verkohlte Gebälk zu sehen. Am Ufer unter der Brücke wurde ein kleines Fahrgastschiff fast gänzlich von der Flut auf den Weg geschoben. Der Hang über dem Tunnel ist nicht verbrannt.

Ein schmaler Weg führt zwischen Büschen im Zickzack nach unten. Eine Frau kam hinter einem Busch hervor und stieg über die Leitplanke der Straße. Bekleidet ist sie mit einem blauen Hosenanzug und roter Weste. Das Emblem einer Bahngesellschaft wies als Zugbegleiter oder Lokführerin aus. Fehlte nur das Käppi. Die Dienstbekleidung sah etwas verschlissen aus. Ihr folgte ein Mann mit rotem Vollbart im schwarzen Overall ebenfalls mit diesem Abzeichen der Eisenbahngesellschaft und ein blonder junger Mann in Jeans und ärmelloser Armeejacke.

„Da seid ihr ja", rief sie laut.

Wir stiegen aus und trafen sie auf der Straße. Ihr erstaunter Blick fiel auf unsere Waffen.

„Und wir dachten schon, wir wären allein auf dieser Seite der Welt", sprach sie weiter und schaute uns erwartungsvoll an.

„Nein, wir haben in den letzten Monaten Gott sei Dank einige Überlebende an verschiedenen Orten getroffen. Für uns also keine Überraschung", antwortete ich. Wir stellten uns alle gegenseitig vor. Die Sprecherin ist *Irina*, der Mann im Overall *Oskar* und der Blonde ist *Finn*, ein junger Mann aus dem Norden Europas.

„Die Fahrzeuge könnt ihr hier stehen lassen, gibt wenig Verkehr hier", scherzte *Oskar*. Er hatte als einziger ein Gewehr dabei. Irgendwie wirkten sie erleichtert. *Irina* wollte uns die Situation im Tal erklären, aber dazu kam es nicht mehr. Deutlich hörten wir Schüsse.

„Sie kommen" rief *Oskar* und rannte auf den Weg nach unten zu.

"*Finn*, bleib hier oben", gab *Irina* Anweisung.

„Eure Waffen können wir jetzt unten gebrauchen", rief sie uns im Weggehen zu. Alles ging sehr schnell, aber auf solche Situationen waren wir aufgrund unserer Erfahrungen vorbereitet.

„*Anton* und *Karl* bleiben hier", gab ich Kommando und lief mit dem Rest unserer Truppe auf den Weg, um *Oskar* und *Irina* zu folgen.

Auf der Hochstraße, zu gleicher Zeit
Erzählung von *Anton*

An einer Stelle mit guter Sicht beobachteten wir die Vorgänge vor und auf der Brücke.

Finn erklärte: "Wir müssen den Hang um das Tunnelportal beobachten. Sie haben uns schon mal umgangen und von hier oben angegriffen".

Er stellte seinen kleinen Wanderrucksack auf den Boden und nahm eine große Steinschleuder heraus.

„Die brauchste ab jetzt nicht mehr", sagte ich und gab ihm eine Pistole aus unserem Arsenal. Noch mehr staunte er über die Handgranaten, die in einer Kiste im *Unimog* lagen. Wieder erwies sich unsere Vorsicht als begründet. Man muss in der neuen Welt mit allem rechnen. Den Beweis sahen wir im Tal. Ich zählte sechs Leute, die sich über die Brücke auf den Tunnel zu bewegten. Zwei auf den Güterwagen, vier auf dem Gleis. Die Bewaffnung konnte ich nicht sehen.

„Sie haben alle Schusswaffen", beantwortete *Finn* meine Frage.

Finn erklärte weiter: „Wir haben uns bereits vor Monaten verbarrikadiert. Direkt am Beginn der Brücke quer zwischen dem Geländer und weiter seitlich bis zum Portal. Dort ist eine mannshohe Mauer aus Bruchsteinen errichtet worden. Die Angriffe kamen alle zwei Wochen. Bisher konnten wir sie abwehren. Einmal versuchten sie es von hinten durch den Tunnel."

„Wir haben drei Leichen im Tunnel gefunden", sagte ich. *Finn* nickte zur Bestätigung.

„Sie hatten zwei Glock und weitere Schuss Munition dabei, ein wichtiger Fund für uns. Wir hatten sie frühzeitig bemerkt und aus der Dunkelheit einer der Nischen mit Knüppel angegriffen."

Die Wagen des Güterzuges stehen bis etwa Mitte der Brücke. Die beiden letzten lagen auf der Seite. Zwei Angreifer schoben sich über die Dächer der Wagen auf die Barrikaden zu, die anderen vier nutzten auf den Gleisen die Deckung der Wagen aus. Wir sahen jetzt, wie *Romek* sich und die anderen sich in Stellung brachten. Ich glaubte, *Christian* zu erkennen, als er auf der Mauer über dem Portal sichtbar wurde. Von hier hat er ein gutes Sichtfeld auf die Dächer der Wagen. Die Angreifer näherten sich bis auf wenige Meter den Barrikaden und die Dinge überschlagen sich jetzt. *Georg* warf eine Handgranate auf das freie Gleis, die Explosion schleuderte einige lose Teile auf der Brücke rundum durch die Luft, die Splitter der Granate hinterließen Spuren an den Seitenwänden der Wagen. In der folgenden Stille folgte ein einzelner Schuss und ich sah, wie *Christian* sein Gewehr mit Zielfernrohr senkte. Der vordere Angreifer auf dem Wagen zog sich mühsam zurück. Das alles dauerte wenige Augenblicke. Die Angreifer antworteten mit heftigen Feuer aus ihren Maschinenpistolen. Sie lagen gut gedeckt unter den Güterwagen.

Karl befreit die unruhige *Malka* aus dem *Mungo*. Unten explodierte eine weitere Handgranate. Zwei Männer kamen den Weg zu uns herauf. Es waren *Erik* und *Ivo*. Ohne viel Erklärungen halfen wir ihnen, die *Maico* von der Ladefläche des *Unimog* herunter zu nehmen. Mit umgehängten *M16*-Maschinenpistolen fuhren beide Richtung Norden weg. Bereits im Fahren rief uns *Ivo* noch ihr Fahrtziel zu. Sie wollen über das Dach des Hauses auf die Brücke gelangen.

„Das wird schwierig", meinte *Finn*, der *Malka* den Kopf kraulte, die von unserer Aufregung angesteckt war und die Zunge raushängen ließ.

Finn erklärte uns weiter: „Nicht weit entfernt führt ein Weg hinunter zum Fluss zur Uferstraße und die führt zu dem Haus an der Brücke." Von der Höhe haben wir einen guten Überblick. Der Schusswechsel kam zum Erliegen und wir sehen die Angreifer auf dem Rückzug. Der getroffene Mann auf dem Dach rührte sich nicht mehr. Am anderen Tunnelportal sehen wir keine Fahrzeuge. Der Angriff fand wohl zu Fuß aus dem Tunnel statt.

„Vor einer Woche gab es einen Toten auf ihrer Seite, den haben sie selbst in den Fluss geworfen", sagte *Finn*.

24. November, Tag 168
Eisenbahn im Süden
Erzählung von *Romek*

Ich fahre mit *Karl* und *Finn* zwei Tage später zurück zur unserer *Brücke*. Der Schäferhund liegt auf der Rückbank neben *Finn*, den Kopf auf dessen Beinen. Die anderen blieben mit den Fahrzeugen an der *Bahnbrücke*. Wir wollten kein Risiko eingehen. Mit *Oskar* und *Irina* fassten wir den Entschluss, eine ständige Wache hier zu lassen. Die Ablösung sollte wöchentlich erfolgen. Nur die beiden wollten sich ständig in den Wagen des Güterzugs einrichten. Die Eisenbahner hatten zueinander gefunden und *Oskar* träumte davon, die Lok wieder betriebsbereit zu machen. Auch musste die *Bahnbrücke* gegen weiteres Eindringen in das Westland gesperrt werden, dies wird der *Rat* planen und entscheiden.

Gestern Abend erfuhren wir ihre Geschichte:

Im Triebwagen befanden sich 22 Reisende und die Lokführerin, als kurz vor dem Portal der Zug abrupt stehen blieb und Feuer ausbrach. Geistesgegenwärtig öffnete *Irina* mechanisch eine Tür und die Leute flüchteten vor dem Feuer und dem ausbrechenden Unwetter in den Tunnel. Später trafen sie auf *Oskar*, den Lokführers des Güterzugs.

Die Dinge entwickelten sich wie auch an anderen Orten. Der Überlebenskampf begann. Sie suchten die ersten Tage Zuflucht in den Güterwagen. Hier fanden sie auch Lebensmittel. Als der Fluss nach ein paar Wochen ruhiger wurde, zogen einige auf das gestrandete Fahrgastschiff um. Darunter eine hochschwangere Frau mit ihrem Freund. Zwei Wochen später gebar sie einen Jungen. Ein glücklicher Zufall half der Frau: *Finn*, der junge Mann aus dem hohen Norden, ist ausgebildeter Rettungssanitäter und wurde bereits mehr als einmal zu solch einem Notfall gerufen. Alles verlief problemlos. Es war wohl die erste Geburt nach der Katastrophe. Der Junge bekam den Namen *Finn*.

Eine ihrer Expeditionen durch den Tunnel auf der anderen Seite wurde auf dem Rückweg überfallen und ein Mann starb wenig später an einer Schussverletzung. Sie waren jetzt gewarnt und bauten Barrikaden. Nur eine Schusswaffe hatten sie bisher in einem Haus gefunden. Durch die geglückte Abwehr eines Überfalls hinter ihnen im Tunnel kamen sie zu zwei weiteren Pistolen mit Munition.

Sie hofften, auf weitere Überlebende in der näheren Umgebung zu treffen. Aber ihre Hoffnung sank nach vielen Wochen und sie richteten sich weiter im Tunnel und dem Güterzug ein. Eine weitere, ausgedehnte Suche, erschien ihnen zu gefährlich. Die Erzählung endet mit dem Eintreffen der Expedition der *Brückner*.

Die Landstraße nach Norden war trotz vieler Hindernisse gut befahrbar. Einige Lieferwagen und Gebäude schienen uns interessant und wir vermerkten sie auf der Landkarte. Auch hinterließen wir markante Hinweise, um auf uns aufmerksam zu machen. Wir hofften, immer noch einzelne Überlebende oder Gruppen zu finden.

Das nächste Ziel war *Ruths* Bauernhof. Am Abend trafen wir dort ein. Die Rundreise über einige hundert Kilometer endete hier. Am nächsten Morgen wollten wir weiter zur

Brücke fahren. Die Bewohner waren von der Hündin *Malka* hoch begeistert und Hofhund *Bob* konnte sein Glück kaum fassen - soweit wir uns in ein Hundeleben reindenken können. Auch *Finn* wollte vorerst hier bleiben. Auf die Arbeit mit Tieren freute er sich und nebenbei konnte er eine *Erst-Hilfe-Station* für die Umgebung einrichten.

2. Dezember 2025, Tag 176
Schiffbau auf der *Werft*
Erzählung von *Maurice*

Nachdem wir auf der Werft die Unterkünfte und den Steg zum Ufer fertiggestellt hatten, begann ich, mit Ethan, dem ehemaligen Werftarbeiter, die Pläne für den Bau des *Katamarans* zu entwerfen. Hinzu kam *Manfred*, der hier als Elektriker tätig war und die Lagerräume und Werkstatt kennt. In meinem Ingenieurstudium hatte ich mich ausführlich mit dem *Katamaran* als Schiffstyp befasst. Zwei Bootsrümpfe geben Stabilität und der Tiefgang ist geringer, was hier auf dem Fluss einen Vorteil bringt.

"Für den Deckenkran benötigen wir einen weiteren Stromgenerator", begann *Manfred* unsere Beratung. Ich fasste zum Schluss zusammen: "Zunächst pumpen wir das Wasser aus dem kleinen Trockendock und dem Schiff. Das wird unser erster Rumpf mit Antrieb. Die Aufbauten entfernen wir und das Deck verkleiden wir bis auf eine Luke zum Einstieg für die Wartung der Technik. Danach kommt der zweite Rumpf aus der Lagerhalle in das Dock. Auch er bekommt einen Antrieb und das Deck wird ebenfalls verschlossen. Wenn beide vor dem Tor sicher schwimmen, verbinden wir sie mit einer großen Plattform mit Kabine, Steuerungstechnik der Motoren und Ruder."

"Bin dafür, ein Notsegel einzuplanen, weiter ein kleines Beiboot mit Außenbordmotor. Der Katamaran wird recht groß und wir werden mit ihm nicht in jede Ecke kommen", meinte *Ethan*.

Das Projekt 'Katamaran' begann heute. Die Bewohner der Werft haben das Ziel, den Fluss und das flache Meer im Norden zu befahren und die neue Küstenlinie zu erkunden.

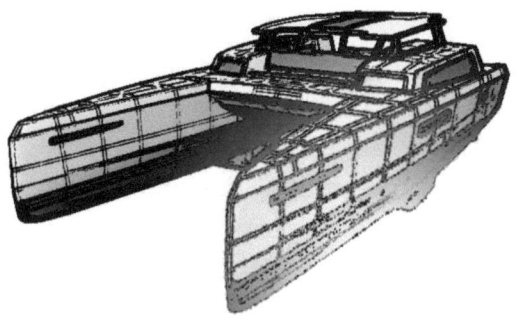

15. Dezember im Jahr 1 , Tag 189
Der *Rat* des *Westland* tagt
Eintrag von Chronistin *Vera*

Es war die erste Zusammenkunft des *Rates* und der *Spezies* im neuen Saal an der Brücke. Neu im *Rat* ist *Gust* als Vertreter der Bewohner der *Werft*. Hinzu kamen zwei neue Spezies: *Maurice* der Schiffbauingenieur und *Oskar* der Lokführer. Damit ist die kleine Gruppe an der *Bahnbrücke* auch vertreten. Zusammen sitzen 24 Personen am Tisch. Sie vertreten die bisher bekannten Bewohner von *Westland*.

Dok Peter, Vorsitzender des *Rates*, eröffnete die Sitzung mit einer Schilderung der allgemeinen Lage:

„Unsere Expedition zum südlichen Fluss, der Bahnstrecke und der Eisenbahnbrücke über den großen Fluss war ein großer Erfolg. Wir kennen jetzt die Grenzen von *Westland*. Im Westen scheint das Land weitgehend zerstört und verstrahlt zu sein. Einige Atomkraftwerke gerieten außer Kontrolle. Die tiefliegenden Länder im Norden sind überflutet und die Küste des Meeres ist nur noch 180 Kilometer entfernt. Der *große Fluss* ist unsere Grenze nach Osten und im Süden bildet der *Südfluss* eine natürliche Grenze. Vorerst haben wir beschlossen, unsere Gemeinschaft innerhalb des *Westlandes* zu festigen, bevor wir Expeditionen darüber hinaus planen. Das nächste Ziel ist ein Übergang über den südlichen Fluss mittels einer Hängebrücke zwischen den Pfeilern der *Hochbrücke*.

Wir erhalten weiterhin keine Nachrichten von der Welt jenseits der uns bekannten Gebiete. Funkverkehr ist nicht möglich und die modernen Verkehrsmittel scheinen nachhaltig gestört. Die Erde ist eine vollkommen andere, seit den gewaltigen Eruptionen der Sonne. Der Magnetismus, die Atmosphäre und die Weltmeere verändern das Wetter gravierend. Wir können nur hoffen, dass es zu keinen weiteren Störungen unserer Umwelt kommt.

Am 3. Juni begann das erste Jahr unserer neuen Zeitrechnung. Nicht nur durch den Kalender wollen wir den Beginn einer neuen Zeit dokumentieren. Auch alte Bezeichnungen für Orte und Landschaften treffen nicht mehr zu. Die Welt ist eine weitgehend andere geworden. Wir geben den Dingen neue Namen und wollen im Jahr 1 den Blick n die Zukunft richten.

An die neuen Umweltbedingungen haben wir uns bisher gut angepasst. Die Wintermonate sollten wir jetzt Regenzeit nennen, die starken Niederschläge haben den Schneefall ersetzt und die Temperaturen sinken auf unter 30 Grad am Tag und unter 20 Grad in der Nacht. Der Wasserstand der Flüsse und des Nordmeeres wird steigen, aber unsere Siedlungen sehen wir derzeit nicht in Gefahr.

"Die medizinische Versorgung ist gesichert, wir haben große Mengen an Material und Medikamente gefunden. Unser ausgebildetes Personal ist an allen Standorten im Einsatz. Zwei von ihnen bilde ich zum Arzt aus und sie werden später Operationen vornehmen können. Soweit der allgemeine Ausblick von mir".

Lucy, Ratsmitglied Organisation und Information:

„Unsere Organisation und Aufgabenverteilung hat sich dank des disziplinierten Verhaltens aller Bewohner bewährt. Durch die telegrafische Verbindung per Draht zu den Ansiedlungen können schnell kurze Informationen gesendet werden. Für den ausführlichen Austausch bleibt weiterhin der tägliche Kontakt mit Fahrzeugen bestehen. Es soll auch bald ein Mitteilungsblatt zum Nachlesen für alle erscheinen. Unsere *Chronistin Vera* erhielt einen wichtigen Fund aus einem Pfarrhaus zur Verfügung gestellt: Mit einer alten Vervielfältigungsmaschine druckt sie demnächst als Erstes das Protokoll dieser Sitzung in mehrfacher Auflage. Die notwendigen Materialien, wie zum Beispiel Papier und Farbe, gehören zum Fundus.

Wir lagern wichtige Materialien jetzt auch außerhalb unserer Standorte und führen ein detailliertes Verzeichnis. Vieles ist für unsere Zukunft sehr wertvoll, weil wir es auf absehbare Zeit nicht wieder selbst herstellen können, wie zum Beispiel einige Metalle, Glas, Gummi, Kunststoffe, Benzin und chemische Stoffe.

Um alle Informationen für unsere Gemeinschaft zu dokumentieren und zu erhalten, unterstützen mich mittlerweile drei Mitarbeiter. Ein Schüler des Internats legt eine Bibliothek an und bittet, auf Bücher und Schriften zu achten.

In den letzten Wochen trafen wir abseits der bekannten Verbindungswege auf weitere kleine Gruppen und Einzelgänger, die sich so lange halten konnten, aber letztendlich froh waren, eine Gemeinschaft gefunden zu haben. Eine besonders hohe Zuwanderung kam aus dem

Westen zur *Burg*. Die Menschen berichteten von einer weit verbreiteten atomaren Verseuchung. Unsere Strahlenmessgeräte zeigten bedenkliche Werte an. Wir müssen abwarten, wie sich die Strahlung auf die Gesundheit auswirkt.

Die Landwirte vom *Hof* und der *Burg* sehen unsere Versorgung gesichert. Wir benötigen mehr als eine Tonne Lebensmittel in der Woche. Die Haltbarmachung ist eines der Ziele für die Zukunft. Geplant sind Teiche zur Fischzucht anzulegen.

Die neuen Namensgebungen und den neuen Kalender für unsere Welt übernehmen wir in unsere Dokumentationen. Wir schreiben jetzt das *Jahr 1* im *Westland*, das am 3. Juni beginnt. Jeder kann natürlich seine religiösen Feste weithin begehen, aber der bisher einzige Feiertag für alle Bewohner ist der monatliche Gedenktag an die Katastrophe.

Aus der Werkstatt bekommen wir bald Halsketten mit eiem Anhänger für alle Bewohner im Westland, der ein stilisiertes *W* zeigt. Das Emblem sollte im Zweifel als Ausweis dienen, denn nicht alle kennen sich untereinander. Auf Zuruf gilt immer noch das Codewort '*Westland*'."

***Aaron**, Ratsmitglied für Bauwerke und Werkstätten:*

"Mein Ressort hat die vielfältigsten Aufgaben und meine Tätigkeit verlagert sich immer mehr auf die Koordination der Werkstätten. Die Spezies leisten Besonderes und beantworten gerne Detailfragen hier in der Runde. Den Gebäudebau leite ich noch selbst, ist ja mein gelerntes Fachgebiet. Und hierzu gibt es weitere Pläne für die nächste Zeit:

Ein Bautrupp wird die *Bahnbrücke* befestigen und diesen Flussübergang für Fahrzeuge und Personen abriegeln. Zur Sicherung vor dem winterlichen Hochwasser erhöhen wir die Uferböschung um einen Meter auf einer Länge von einem Kilometer beiderseits der Autobahnbrücke. Die Enden reichen bis zur nächsten Erhöhung in das Landesinnere. Im Norden ist hierzu einige hundert Meter Mauer erforderlich.

Auffangbecken und natürliche Teiche für die Trinkwasserversorgung sind im Bau. Wasserkraftwerke liefern Strom an drei Standorten, das Vierte an der Werft wurde gestern in Betrieb genommen.

Weitere Telegrafenleitungen, vorrangig im Süden zur Bahnlinie, können wir zur Zeit nicht verlegen. Wir müssen Prioritäten setzen und die Leute sind anderweitig gebunden, aber auch die Witterung spricht dagegen.

Die Kfz-Werkstatt hat neben den vier Militär-Jeeps drei weitere Pkw und vier Motorräder betriebsbereit gemacht. Besonders hilfreich für unseren Gebäudebau sind ein leichter Kran auf Rädern und ein Muldenkipper. Der Umbau einer Planierraupe steht dort als Nächstes an.

In der Werft arbeiten sie an dem ersten Schiff für Expeditionen zu den Küstenregionen und auf dem Fluss. Die kleine Bucht wird unser Hafen werden."

Maik, **Ratsmitglied, Innere Sicherheit**:

„Drei der bewaffneten *Jeeps* haben wir auf den Standorten *Brücke*, *Burg* und *Bahnbrücke* stationiert. Ständig sind je vier Mann als Alarmgruppe eingeteilt. Sie halten sich immer in der Nähe auf und sind schnell einsatzbereit. Waffen und Ausrüstung liegen in den Fahrzeugen. Der vierte *Jeep* steht ständig *Romek* als Reserve und Expeditionen zur Verfügung."

Das uns bekannte Land ist weitgehend durch Feuer und Unwetter zerstört. Eine Erholung der Wälder und Freiflächen wird Jahre dauern. An Wegkreuzungen und markanten Stellen stehen Hinweise, die auf uns verweisen. Es wird noch Einsiedler oder Einwanderungen von außen geben. Und darum die Bitte, auffällige Veränderungen im Bereich unserer verstreut liegenden Lager zu melden.

Das Gebiet von *Westland* ist jetzt in *Planquadrate* eingeteilt, nummeriert und in Landkarten eingetragen. Eine umständliche Ortsbeschreibung wird so vermieden. Ein Quadrat bezeichnet ein Gebiet von zehn mal zehn Kilometer. Die alte Nummerierung der Landstraßen dient weiterhin der Orientierung. Die Fundorte von Ressourcen sind jetzt sehr gut erkennbar. Zu den Karten gehören weitere Bemerkungen über das jeweilige Gelände und Besonderheiten. Die Eintragungen werden ständig ergänzt. Aber nochmals die Bitte: Keiner geht alleine auf Erkundung.

Der neue Standort *Bahnbrücke* ist ständig besetzt, der Wachwechsel findet wöchentlich statt. Die östlichen Zugänge beider Brücken über den Fluss sind gesichert."

Romek, Ratsmitglied Expeditionen und Waffen:

"Die letzte Expedition führte uns zur jetzigen Grenze im Süden. Die Bahnlinie ist auf einer Länge von 160 Kilometer erkundet. Es wurden wichtige Güter aller Art gefunden. Wie schon von *Lucy* erwähnt, haben wir nicht mehr die Mittel, um wichtige Dinge selbst herzustellen. Die *Brücke* über den *Südfluss* ist eingebrochen. Das Hochwasser hat das enge Tal überflutet und dabei einer dieser hundert Meter hohen Pfeiler mitgerissen. Eine kleine Gruppe blieb vor Ort und hat sich in dem Gebäude auf dem Parkplatz an der Brücke eingerichtet. *Alex* und *Bernd* und planen den Bau einer Hängebrücke. Im Frühjahr werden wir sie dabei unterstützen. Sollte dies gelingen, führt die nächste Expedition weiter in den Süden.

Unser Waffenlager hat sich mit der Räumung der abgestürzten Militärmaschine gut erweitert. Was uns weithin fehlt, sind Waffen mit schwerem Kaliber, um uns auf größere Distanz verteidigen zu können, also weiter als die *Granatwerfer* reichen. Aber im Vergleich zu den unseren Anfängen vor einem halben Jahr, können wir zufrieden sein und uns sicher fühlen."

18. Dezember im Jahr 1, Tag 192
Eintrag von *Vera*, Chronistin

Das erste Mitteilungsblatt ist verteilt. In 12 Seiten wird von u.a. die Versammlung des Rates berichtet. Die 'Westländer' sind begeistert. Die 'Westland News' werden vorerst monatlich erscheinen.

Gleichzeitig wurde die Kette mit dem Symbol ausgehändigt, quasi ein Ausweis. Die Gemeinschaft wächst weiter zusammen.

Lehrerin *Estelle* hat mit zwei ehemaligen Internatsschülerinnen eine wandernde Schule organisiert. Im Turnus fahren sie die Standorte ab und unterrichten die Kinder. Der Fundus an Büchern erweitert ständig unsere Bibliothek. Die Fachbücher werden von unseren Akademikern eingeordnet. Das Wissen der 'alten' Menschheit aus Jahrhunderten ist für uns lebenswichtig und ein unbezahlbares Gut.

Weitere Paare haben sich in das Register eingetragen und somit ihren Status festgelegt. Im Frühjahr werden weitere Kinder im *Westland* auf unsere neue Welt kommen. Wir hoffen, für sie eine Zukunft schaffen zu können und dass die Welt von einer weiteren Katastrophe verschont bleibt. Wir schreiben das *Jahr Eins* der neuen *Zeitrechnung*.

14. Januar im Jahr 1, Tag 222
'Stapellauf' auf der *Werft* mit Überraschung
Erzählung von *Maurice*

„Schiff ahoi", rief uns *Dok Peter* vom Ufer aus zu. Neben ihm standen *Ahron* und *Maik*. Die drei sind zu diesem besonderen Anlass angereist. Alle Bewohner der Werft winkten und riefen uns begeistert zu. Es war ein wichtiger Schritt zu unserem Ziel, einen großen Katamaran für Expeditionen zu bauen. Die Motoren liefen und die beiden noch provisorisch mit Stahlträger verbundenen Bootskörper schwammen im engen Kreis in der Bucht. Mit Zugseilen steuerte *Ethan* den Verbund. Die Ruder funktionieren. Wir drehten noch eine Runde und legten danach an der Kaimauer vor dem Werfttor an. Es war ein heller Tag mit milden Temperaturen.

„Ich taufe dich auf den Namen *"Westland"*, wünsche dir allzeit gute Fahrt und immer eine *Handbreit Wasser unterm Kiel"*, sagte meine Frau *Milou* den alten Spruch auf und warf die Champagnerflasche vorsichtig gegen einen der Rümpfe. *Manfred* half mit einem Hammer nach und zertrümmerte vorsichtig die Flasche. Applaus und überall ein Schmunzeln im Gesicht, wohl wegen der *'Handbreit Wasser'* im Spruch.

Wir standen vor dem Schiff und besprachen die weiteren Pläne. In den beiden Bootskörpern wird ein niedriger Raum für Reparaturen mit oberer Luke und eine Schlafkoje eingerichtet. So können die Motoren und Ruder gewartet werden. Eine fünf Meter lange und 4 Meter breite Plattform verbindet die Rümpfe und liegt einen Meter über der Wasserlinie. Der *Katamaran* wird also etwa 7 Meter lang und ebenso breit werden. Auf dem Mittelteil steht später die Kajüte für weitere vier Besatzungsmitglieder und die Steuerung des Schiffes.

Ein zerlegbarer Mast für eine Besegelung gehört neben langen Stöcken und Ruder zur Ausstattung für den Notfall. Geplant sind genügend Stauräume zur Aufnahme von Verpflegung, Benzin und Waffen. Die 6-Mann- Besatzung kann so ausgerüstet ein paar Wochen autark unterwegs sein. In einem Keller fanden wir ein aufblasbares Gummiboot. Mit dem Beiboot können kleine Buchten und Zuflüsse erkundet werden. Die anwesenden Bewohner der Werft und Gäste wandten sich dem angerichteten Buffet mit geräucherten Fisch aus der Bucht zu.

Ein Motorengeräusch ließ alle erstarren.

„Es kommt südlich vom Fluss", rief *Maik* und lief zur Bucht.

„Das ist kein Bootsmotor!", bemerkte ich und war über meine Ruhe selbst erstaunt, bis mir klar wurde, was meine Erkenntnis bedeutete.

„Es ist ein Flugzeug, es fliegt den Fluss entlang", sagte mein Mitarbeiter *Ethan* im aufgeregten Ton. *Maik* kam zurückgelaufen, er hatte sein Fernglas aus dem *Hummer* geholt. Von der südlich gelegenen Brücke steigen zwei Signalsterne in den Himmel. Die Sicht war heute gut, ein idealer Tag zum Fliegen.

„Es fliegt über den Fluss nach Norden. Der Pilot braucht eine Orientierung", sagte *Doc Peter.* Hinter den Bäumen wurde ein Schatten sichtbar und wir hörten jetzt deutlich den lauten Motor. Das einmotorige Flugzeug wurde deutlich sichtbar.

„Ich sehe zwei Piloten in der Kabine, scheint eine alte Maschine zu sein. Vielleicht ein flott gemachtes Ausstellungsstück. Der Pilot schaute zur Werft." Maik setzte das Fernglas ab und fing an, heftig zu winken. Alle ruderten jetzt mit den Armen oder schwenkten Kleidungsstücke. Die Maschine war nicht besonders schnell und die Flughöhe betrug weniger als hundert Meter. Sprachlos schauten wir dem Flugzeug nach und so langsam löste sich unsere Anspannung. Wir fielen uns in die Arme und jubelten. War es zu glauben?

„Der Pilot folgt dem Fluss und benutzt Landmarken wie in der alten Seefahrt und die ersten Postflieger in Nordamerika der zwanziger Jahre. Es scheint einer der ersten Erkundungsflüge zu sein. Ich kann mir vorstellen, dass sie das überflogene Land kartografieren wollen. Sicherheitshalber nehmen sie den Fluss als sichere Orientierung, um sich nicht zu verfliegen. Falls sie irgendwo wegen Spritmangel runter müssten, wären sie verloren. Wie es scheint, ist es eine uralte Schulungsmaschine aus der Mitte des letzten Jahrhunderts. Alte Technik, für die Instrumentenbeleuchtung sind noch Glühlämpchen installiert." *Doc Peter* lächelte: „Mein Bruder", er machte eine kurze Pause und sein Gesicht wurde traurig, - „war Hobbypilot und ich flog einige Male mit ihm in einer ähnlichen Maschine. Diese hier könnte eine *Bücker* gewesen sein. Solche Flieger haben eine Reichweite von etwa 700 Kilometer und benötigen keine lange Start- und Landebahn, wohl weniger als 300 Meter."

„Nach Kompass kann er nicht mehr fliegen", meinte ich. „Aber das wird ihnen bekannt sein. Ihre Landkarten müssen sie neu 'einnorden', seit sich der magnetische Pol verschoben hat."

„Die Maschine kommt zurück", rief *Maik* und machte seine Signalpistole abschussbereit. Sie flog jetzt höher über unsere Köpfe hinweg. Der Signalstern leuchtete neben ihnen auf. Die Maschine kippte auf den Flügeln hin und her, ein deutliches Zeichen, dass sie uns wahrgenommen haben. Im Westen verdunkelte sich der Horizont, wohl ein Grund für den Flieger auf Heimatkurs zu gehen. Wieder waren die Zuschauer begeistert.

Irgendwo im Süden gibt es Überlebende, denen es gelungen ist, über weite Strecken Einblick in unsere neue Welt zu erhalten. „Wollen wir hoffen, dass sie wieder kommen", sagte *Doc Peter*.

„Wir müssen an der *Brücke* die Autobahn freiräumen und sie damit zum Landen einladen. Weiße Querstreifen werden das Landefeld deutlich sichtbar machen."

Weiter erzählt von *Maurice*:

Jetzt erwäge ich doch eine Schiffsreise flussaufwärts. Im Frühjahr werden die Strömungsverhältnisse besser sein. Mit dem *Katamaran* schien das möglich. Gedanken machte ich mir nur über die erforderliche Leistung der beiden Antriebe des Schiffes. *Maik* riss mich aus meinen Überlegungen:

„Führen wir unser geplantes Training durch?", fragte er mich. Sein Hiersein hatte auch den Grund, einige mit der Handhabung von Waffen vertraut zu machen und etwas militärisches Verhalten zu vermitteln. *Jan* beförderte er zum Anführer der kleinen Truppe, die für die Sicherheit der *Werft* sorgen sollten. Die Gefahr, dass es Menschen gelingen könnte, den Fluss zu überqueren, stieg in meinen Augen von Tag zu Tag. Warum sollten es andere nicht auch schaffen, ein Boot zu bauen? Die Aufregung über das Flugzeug hielt sich noch einige Zeit. *Doc Peter* und *Aaron* fuhren bald zur *Brücke*, um Vorbereitungen für eine Sitzung des *Rates* zu treffen. Eine Wiederkehr des Flugzeuges war nur bei gutem Wetter zu erwarten, bis dahin sollte eine Landebahn hergerichtet sein.

17. Januar im Jahr 1, Tag 225
Zugfahrt
Erzählung von *Oskar*

Die letzten Wochen an der Bahnbrücke verliefen ohne besondere Ereignisse. Die verbliebenen 19 Leute richteten sich in dem gestrandeten Wohnschiff ein. Irina und ich blieben in einem der Güterwagen wohnen. Die Chronistin Vera hatte uns als weiteres Paar eingetragen. Früher hätte man gesagt: der guten Ordnung halber. Nach einem Besuch von Maik sind wir mit Waffen gut ausgestattet und werden sie auch im Notfall bedienen können. Den Wachdienst an der Brücke bewältigen wir jetzt ohne Unterstützung. Im Tunnel habe ich eine kleine Schlosserei eingerichtet. Wir erhalten Arbeitsaufträge und Material aus dem Westland und machen uns so nützlich. Weiterhin versuche ich, die Diesellok im Tunnel ohne die verbrannte Elektronik zum Laufen zu bringen. Die Aufgabe habe ich unterschätzt, das wird eine langwierige Angelegenheit.

Heute Morgen trafen überraschend *Erik* und *Anouk* mit dem Motorrad bei uns ein. „Wir sind das 'Vorauskommando'", sagte *Eric* nach der Begrüßung.

„*Romek* kommt mit der nächsten Materiallieferung nach" Die junge Frau stand mit einem Notfallrucksack auf dem Rücken neben *Erik* und schaute sich neugierig um. Wir kannten sie nur aus Erzählungen. Sie bemerkte die neugierigen Blicke von *Irina* und mir.

„Hallo, ich heiße *Anouk*, ich bin bei *DocPeter* in der Ausbildung." Sie schaute zu *Erik* rüber. *Irina* nahm *Anouk* zur Seite und ich ahnte den Grund dafür. Eine junge Frau hat ihre Schwangerschaft bemerkt und eine erste Untersuchung auf dem Wohnschiff ist da willkommen. Weitere leichte Blessuren der Bewohner sollte sie sich bei dieser Gelegenheit ebenfalls ansehen.

„Gerne", sagte Anouk und strahlte erfreut. „Ich habe ausreichend Zeit, bis Romek hier ist. In den letzten Monaten konnte ich bei *DocPeter* viel lernen.

„Wir schauen uns derzeit die Sperren auf der Brücke an", sagte ich zu *Erik* und wir gingen an den Güterwagen vorbei auf die Stahlgitterbrücke.

„In den letzten Wochen habt ihr gut gearbeitet", bemerkte *Erik* erstaunt.

„Ja, wir haben quer über die Gleise ein 3 Meter hohes Gitter an den Eisenträgern der Brücke verschweißt. Eine unbemerkte Annäherung ist erschwert worden und hinter dem Gitter versperrt immer noch der letzte Güterwagen die Durchfahrt", erzählte ich stolz.

„Nur eine kleine Armee mit schweren Waffen kommt hier durch", sagte *Erik* und schaute mich grinsend an.

18. Januar, Tag 226
Erzählung von *Oskar*

Am nächsten Vormittag traf *Romek* im leichten Regen mit dem Nachschub für die Bahnbrücke ein. Er sah recht militärisch mit seiner Kleidung und Ausrüstung aus. Nach kurzer Begrüßung fragte er nach *Anouk*. Als er hörte, dass sie auf dem Wohnschiff kurzerhand eine Praxis eingerichtet hat, nickte er anerkennend.

„Schön, die junge Frau ist eine wichtige Stütze für *Doc-Peter* und wird zukünftig immer mehr zur fahrenden Landärztin. Die nächsten Tage werde ich sie euch aber entführen. Mit *Erik* und ihr will ich eine Erkundung über die Brücke in das Land entlang der Bahnstrecke nach Osten unternehmen. Und zwar nicht durch den Tunnel, sondern über die Hügel ins Hinterland gehen. Nur ein paar Tage und mit leichtem Gepäck, quasi ein Spähtrupp, der keine Feindberührung wünscht", sagte er grinsend und schaute in die Runde. Den Tunnel lassen wir aus diesem Grund außen vor, zuerst mal sehen, wie die Lage dahinter ist. Ich glaube, die Bande, die euch angegriffen hat, ist verschwunden und sucht nach anderen Gelegenheiten. Aber der lange Tunnel ist für eine kleine Truppe trotzdem zu unsicher."

„Kann ich mich euch anschließen?"

„Gerne, die Gleise könnten einige Überraschungen bieten, für die ein Eisenbahner der richtige Begleiter ist."

„Wir gehen mit leichtem Gepäck, einer Plane und einem kleinen Zelt für die Übernachtung los. Auf unbekanntem Gebiet wollen wir kein Feuer machen oder sonst wie auffallen", fuhr *Romek* fort.

Am Nachmittag stiegen wir den schmalen Pfad neben dem östlichen Tunnelportal hoch. Der Himmel ist wolkenverhangen und es rieselt. Die Temperatur liegt bei angenehmen 22 Grad. Für die Wintermonate ist es viel zu warm. Wo das alles hinführt, könnte uns nur ein Meteorologe erklären. Der Fluss steigt nicht übermäßig an, so geht von ihm keine große Gefahr aus. Wir umgingen bewusst in einer Schleife den Bereich der Bahnlinie. Über Felder, die wieder erste Grün zeigen, stoßen wir auf eine schmale, geteerte Straße. Laut Karte führt sie rechts in Richtung Bahnstrecke. Ein Feldweg zweigt ab und führt durch einen kleinen Waldstreifen zu einer geschützten Lichtung. *Romek* war mit unserer zurückgelegten Wegstrecke und unserer Leistung zufrieden. Ich spannte mit *Erik* die Plane zwischen vier dünnen Birkenstämmen. Das Zelt hatte noch Zeit. Die Landschaft scheint menschenleer. Außer den Windgeräuschen ist nichts zu hören. Der nächste Ort ist etwa 8 km entfernt. Morgen kommen wir auf dem Weg zu den Gleisen dort durch und werden sehen, was uns erwartet. Zu zweit halten wir abwechselnd die Nachtwache. Es ist seit Monaten für mich die erste Nacht außerhalb des Güterwagens.

9. Januar, Tag 227
Erzählung von *Oskar*

Der kleine Ort birgt keine Überraschungen. Allerdings sind erhaltene Gebäude und Kellerräume durchsucht worden, ein Hinweis auf Überlebende. Auf der Landstraße kamen wir gut voran. Bis zur Bahnstrecke konnte es nicht mehr weit sein. *Erik* sah als erster den leichten Rauch hinter einem flachen Hügel. Leichter Geruch von verbranntem Holz nahmen wir wahr. Der Entschluss war schnell gefasst: *Anouk* und ich bleiben an der Straße hinter Büschen in Deckung, während *Romek* und *Erik* erkunden wollen. Sie machten ihre Waffen klar und zogen vorsichtig auf den Hügel zu. Bald verschwanden sie aus unserem Blickfeld. Ich hatte mein Gewehr und eine Pistole bereitgelegt. Anouk saß gelassen auf einem Baumstumpf. Die jungen Leute haben sich erstaunlich schnell an die neuen Umstände unseres Lebens angepasst, obwohl die Gefahr allgegenwärtig schien.

Schon bald sahen wir *Erik* den Hügel herunterkommen.

„Alles O.K., zwei Frauen und ein Neugeborenes haben in dem kleinen Haus überlebt. Kommt mit, ihr werdet staunen".

Er drehte sich bereits wieder um und winkte uns, ihm zu folgen. *Anouk* rannte ihm hinterher und bombardierte ihn aufgeregt mit Fragen.

Das Haus ist eine gemütliche, kleine Festung. Die Türen und Fenster sind mit Holzbrettern provisorisch verschlagen. Vor dem Haus stand ein Autowrack, ein Anbau ist teilweise runtergebrannt. Alle sind gesund und sehen gut genährt aus.

Sofort begann *Anouk* das Baby zu untersuchen. Sie hielt es bald im Arm und beide strahlten um die Wette. Die beiden Frauen, Mutter und Schwiegertochter, *Doris* und *Alina,* saßen vor uns und erzählten ihr Schicksal.

Erzählung der beiden Frauen:

Der Vater und der Schwiegersohn verließen das Haus umgehend nach Beginn des Infernos. Sie dachten, es sei ein Gewitter mit starkem Sturm und wollten die Pferde von der Koppel in den Stall holen. *Doris* und ihre schwangere Tochter *Alina* verließen stundenlang nicht das Haus. Die Männer kehrten nicht in das Haus zurück. Erst am nächsten Tag suchten die Frauen nach ihnen, ohne Erfolg. Sie hatten gehofft, dass sie sich in den Stall retten könnten. Die Brände und die Zerstörung um das Haus nahmen jede Hoffnung.

Nachdem ihre Vorräte nach ein paar Wochen zu Ende gingen, durchsuchten sie Gebäude in der näheren Umgebung und konnten sich mit den Funden bis heute recht gut ernähren. Ein paar Hühner im Stall haben auch überlebt. Sie verbarrikadierten sich und nahmen das Jagdgewehr des Vaters und die Sportpistole des Schwiegersohns aus dem Waffenschrank. Der Junge kam am 16. Oktober ohne Komplikationen zur Welt. Mutter und Tochter hatten nur noch das Ziel, mit dem Kind auf Rettung aus ihrer Lage zu warten. Den Jungen nannten sie nach seinem Großvater *Paul.*

„Ich schlage vor, ihr bereitet eine warme Mahlzeit für uns alle und danach löschen wir das Feuer", sagte *Romek* in seinem ungewollt barschen Tonfall. Er wollte die Stimmung in eine andere Richtung lenken und die Gedanken der Frauen auf die Zukunft richten. *Erik* erzählte ihnen die Geschichte von *Ruths* Bauernhof und schlug ihnen den Umzug dorthin vor. Beide nickten erfreut.

Romek machte den Plan:

„Morgen Früh gehen wir weiter. *Anouk* bleibt bis zu unserer Rückkehr hier. Ich lasse euch eine Signalpistole hier, die benutzt ihr sofort, wenn euch was verdächtig vorkommt." Er schaute dabei eindringlich *Anouk* an und legte auch eine leichte Maschinenpistole auf den Tisch. Verhaltet euch ruhig, macht kein Feuer, wir wollen spätestens übermorgen wieder hier sein. *Doris* erklärte den Weg und beschrieb die Lage eines großen Sägewerks an der Bahnstrecke. Sie selber hatten sich nicht die Nähe getraut, vor Wochen hatten sie mehrmals Schüsse gehört.

20. Januar, Tag 228
Erzählung von *Oskar*

Nach fast zwei Stunden kamen das Sägewerk und die Gleise in Sicht. Das Areal war recht groß. Zwei Gebäude und die Holzlager sind total abgebrannt. Von den Gebäuden stehen nur noch die Fundamente, scheinbar waren sie weitgehend mit Holz gebaut worden. Von der Bahnlinie führt über eine Weiche ein Gleis in das Gelände des Werkes und verzweigt dort zu drei Abstellgleisen. Eines führte in das einzige erhaltene Gebäude

229

aus Mauerstein. Das Dach ist teilweise in die Halle gestürzt und die Wände sind rußgeschwärzt.

Wir nähern uns vorsichtig und gehen mit mehreren Meter Abstand zueinander und den Maschinenpistolen in der Hand über das Gelände. Vor der Halle steht ein entgleister *Rungenwagen* ohne Ladung. Die Räder einer Achse stehen neben den Schienen im Schotterbett. Romek hebt die Hand und bedeutet *Erik* und mir Stehenzubleiben. Er geht um den Wagen herum und schaut in die Halle. Ich hörte, wie er durch die Zähne pfiff. Er ging einen Schritt in die Halle hinein und winkte uns gleich heran. Jetzt sah ich den Grund seiner Verwunderung: In der Halle stand eine kleine Rangierlok des Werkes. Auf den ersten Blick ohne Schäden, sind nur ein paar Bretter von oben auf die Motorhaube gefallen.

„Das ist eine alte *Henschel-Diesellok*", erklärte ich. „Wurde oft über Jahrzehnte genutzt und das Beste ist: ohne jegliche Elektronik!" Mit schnellen Schritten war ich an der Trittleiter und bestieg das Führerhaus. *Romek* und *Erik* schauten erwartungsvoll zu mir hoch.

Als der Diesel nach dem zweiten Versuch mit lautem Getöse ansprang, waren sie nicht mehr zu halten und sprangen vorne auf die Rangiertritte. Ich gab Gas und die

zweiachsige Lok fuhr durch das Tor hinter den *Rungenwagen*.

Erst jetzt merkte *Romek*, mit welchem Krach der Diesel
die Ruhe hier störte. Erschrocken winkte er mir zu und
ich stellte den Motor ab. Hätte ihn gern noch ein Weile
laufen lassen, um die Batterie etwas aufzufrischen.

„So Jungs", rief *Romek* stolz. „Jetzt haben wir hier eine
Lok!. An der *Werft* bauen sie ein Motorschiff, Autos und
Lkw fahren und ein Flugzeug haben wir gesehen - es
geht vorwärts in die neue Zeit!"

Er war sichtlich beeindruckt und schaute vor sich hin. In
den letzten Monaten hatte er eine große Last getragen
und mit Mut und Verantwortung zunächst die Brückner
und dann die Bewohner des *Westlands* beschützt. Er ist
einer unserer Helden! Er hat diesen Erfolg verdient.

Um mit der Lok auf die Hauptstrecke zu kommen,
müssen wir den Wagen davor auf die Schienen bringen.
Es ist ein zweiachsiger *Rungenwagen* älterer Bauart zum
Transport von Rundhölzern. Einen Kran oder Stapler
sahen wir nicht. Ich schlug vor, mit Hilfe von Brettern und
Bohlen die Räder der vorderen Achse auf die Schienen
zu schieben. In der Halle fanden wir Werkzeug und Material und bauten eine Rampe mit Seitenführung. Nach einigen Versuchen gelang es. Während ich mit der *Lok*
schob, achteten die beiden auf die Räder in der provisorischen Führung. Die Kanthölzer drückten die Räder aus
dem Schotter auf Gleishöhe und in die Spur. Wir hatten
einen Zug!

Erik schaute *Romek* an:

„Wollen wir die Rückkehr über die Bahnstrecke und durch den Tunnel wagen oder zunächst weitere Verstärkung holen?"

„Ich bin für eine schnelle Rückkehr, die Gegend scheint verlassen und wenn wir in Fahrt sind, hält uns so schnell keiner auf", warf ich ein.

Romek nickte:

„Die Frauen haben im Führerhaus Platz. Zwar nicht bequem, aber für die zwanzig Kilometer wird es gehen. Auf dem Wagen bauen wir aus Brettern einen provisorischen Schutz."

Gegen Abend waren alle Vorbereitungen am Zug getroffen. Der Tank der Lok ist ausreichend gefüllt. Auf dem *Rungenwagen* vor der *Lok* ist eine kleine Festung aufgebaut. Wir machten uns auf den Rückweg und trafen noch vor Mitternacht am Hof ein. Auf das vereinbarte Zeichen hin, öffnete *Anouk* die Tür. Erleichtert umarmten uns die Frauen. Wie erhofft, war ein gutes Essen vorbereitet und ein paar Obstler konnten wir auch vertragen.

21. Januar, Tag 229
Erzählung von *Oskar*

Es kostete einiges an Überredungskunst, die beiden Frauen davon abzuhalten, sich zu viel Gepäck für den Fußmarsch aufzuladen. *Alina* wollte ihr Baby unbedingt selbst im Tragegurt vor ihrer Brust tragen. Ihren Rucksack übernahm aber Erik, der sowieso ständig um *Alina* und ihr Kind besorgt war. Wir versprachen, in den nächsten Tagen zum Haus zurückzukehren.

Am Mittag erreichten wir den Zug. *Doris* und *Alina* stiegen zu mir in das Führerhaus. *Anouk* lehnte sich an das

Seitenfenster. Lässig hatte sie die leichte Maschinenpistole umgehängt. Das Gepäck kam nach vorne auf den Wagen neben die kleine Kiste, in der vier Handgranaten lagen. Die beiden setzten sich hinter dem niedrigen Verschlag auf den Boden.

Romek gab mir ein Zeichen und wir fuhren los. Zunächst wechselten wir über eine weitere Weiche die Spur, um auf der Bahnbrücke über das freie Gleis fahren zu können. Die Werkslok ist für den Verschub gebaut und nicht für den Betrieb auf der Strecke. Die Übersetzung des Getriebes erlaubte nur eine Höchstgeschwindigkeit von 30 km/h. Das Tunnelportal kam nach einer halben Stunde Fahrt in Sicht. Unterwegs sahen wir nichts Verdächtiges. Die Gegend schien unbewohnt. Laut dröhnte die Diesellok durch den Tunnel. Ich hatte ein mulmiges Gefühl. Was, wenn in dem Dunkel eine Sperre auf dem Gleis aufgestellt ist? Ich werde mit Vollgas durchfahren, dachte ich, denn anhalten schien mir noch gefährlicher. Die Scheinwerfer der *Lok* erfassten neben dem Gleis eine menschliche Gestalt, könnte einer der Angreifer auf die Brücke sein. Er lag ohne Lebenszeichen verkrümmt an der Wand.

Der Tunnel verläuft in einem leichten Bogen, sodass das Tageslicht am Ende erst spät sichtbar wird.

Wir haben es geschafft. Auf der Brücke stand ein Empfangskomitee, die Waffen in den Händen. Das laute *Horn* und das Winken von den beiden auf dem Wagen erklärte alles. Einige begannen in die Luft zu schießen. Vor dem letzten querstehenden Güterwagen auf unserer Gleisseite kamen wir zum Stehen.

Es wurden Stahlseile festgemacht und mit der *Diesellok* zog ich den Wagen über eine Umlenkrolle von unserem

Gleis. Das ging recht gut, zwischen den Gleisen lagen Eisenplatten und die Räder konnten sich nicht eingraben.

Wir fuhren weiter über die Brücke in unseren Tunnel und *Westland* hatte seinen ersten *Zug*!

„Oskar", wandte sich R*omek* grinsend mir zu: „Du bist ab sofort unser Bahndirektor!"

Doris und *Alina* mit Baby *Paul* stiegen von der Lok.

„Und wir haben drei neue Einwohner!", rief ich den Umstehenden zu.

Wir waren in guter Stimmung, wie seit langem nicht mehr. Auf der Brücke wurde das Absperrgitter wieder geschlossen.

2. März im Jahr 1, Tag 238
Hängebrücke
Erzählung von *Alex*

Zwischen dem zweiten und dritten Brückenpfeiler klaffte eine mehr als 100 Meter lange Lücke. Die Fahrbahn ist in den Fluten unterhalb der *Hochbrücke* versunken. Jetzt, wo wir wissen, dass im Süden eine größere Gruppe überlebt hat, wollen wir den Südfluss gefahrlos und dauerhaft überwinden und die *'Flieger'*, wie wir sie jetzt nennen, über Land erreichen, wenn auch vorerst ohne größere Fahrzeuge.

Mit *Georg* und *Anton* traf *Aaron,* unser Bauleiter und Mitglied des *Rates*, an der Brücke ein. *Gust* und ich empfingen sie an der Bruchstelle. *Georg* schaute achtvoll in die Tiefe und blieb einige Meter vor der Kante stehen. Es war schon ein mulmiges Gefühl auf dem restlichen Brückenteil. Wie belastbar ist der auskragende Teil ohne die Verbindung zum nächsten tragenden Pfeiler? Das Wetter war gut. Ein heller Tag ohne Regen und nur schwacher Wind.

„Hier geht's aber ganz schön runter", meinte erstaunt *Georg* und schaute *Anton* an. Der gelernte Dachdecker grinste und legte *Georg* den Arm auf die Schulter.

„Deine Aufgabe ist keine Trapeznummer, du sollst nur mit dem *Granatwerfer* ein paar Seile hinüber schießen. An das Seil hänge ich mich als Erster". Vor Tagen bekamen wir Seile und dicke Taue geliefert. Stahlseile sollten später folgen. Einige Wurfanker hat die Schlosserei angefertigt. *Georg* steckte das erste Geschoss mit 130 Meter Seil auf das Rohr des Granatwerfers und brachte die Vorrichtung an die Abbruchkante der Brücke. Das Ende des Seiles wurde an der Leitplanke der Straße verknotet. Der erste Schuss lag zu kurz, weil die Flugbahn zu steil war. Das Seil konnte wieder eingeholt werden. Nach der Höhenverstellung landete der nächste Versuch zwar auf der Fahrbahn der anderen Seite, aber der Anker blieb an einem der Autowracks hängen. Der Plan war, dass sich der Anker beim Einholen an einem Stahlteil der Brücke verfängt. Nach vielen Versuchen gelang es uns, zwei Seile drüben zu verankern. Die Tragfähigkeit prüfte *Georg* mit einer eingehängten stabilen Seilrolle und zwei eingehängten Säcken mit zusammen 60 kg Gewicht. Der Versuch gelang, schwankend, blieb das Gewicht ein paar Minuten in der Mitte. Mit einem zweiten Seil holten wir die Seilrolle wieder ein.

Georg sah *Anton* skeptisch und *Aaron* bemerkte: „Keine Sorge, das Seil hält und außerdem sichern wir *Anton* mit einer weiteren Rolle über das zweite Seil ab. An die Höhe ist er als Dachdecker gewöhnt. *Anton* nickte und zog das Geschirr an, das ihn sicherte.

Der Plan ging auf. *Anton* hangelte sich rüber und winkte uns zu. Nach kurzer Zeit verbanden weitere Seile die Abbruchkanten. *Anton* kam zu uns zurück. Anhand einer Skizze erklärte *Aaron*, wie die Hängebrücke aussehen sollte. Mit Karabinerhaken gesichert, wagte sich *Gust* und ich über den Abgrund. Wir fingen an, Seile miteinander zu verbinden, um danach mit Brettern einen festen Laufsteg zu legen. Die Arbeit zog sich bis zum Abend. Am nächsten Morgen sollte es weitergehen. Wir standen auf dem Parkplatz.

Unser Werk sah von hier aus wie eine *Hängebrücke* über eine Schlucht in den Anden. Allerdings fanden wir unsere Seile vertrauenserweckender. An die Hängebrücke wurde eine kleine Glocke gebunden, sie würde laut genug beim Betreten warnen. *Aaron* und *Georg* fuhren wieder zurück. Wir hatten am nächsten Tag mit *Eugen* und *Bernhard* zwei Helfer, um die Arbeit fortzuführen. Beide Winzer haben heute im Weinberg nach ihren Rebstöcken geschaut und unsere Arbeit in luftiger Höhe mit Spannung verfolgt. Wir wurden mit einem guten Tropfen Wein belohnt.

3. März, Jahr 1, Tag 239
Hängebrücke
Erzählung von *Alex*

Die Brücke lag im diffusem Sonnenlicht, die Sicht reichte bis über die Höhenzüge auf der anderen Seite des Flusses. Ein für die neuen Wetterverhältnisse schöner Tag mit angenehmer Temperatur. Wir verfestigten die Hängebrücke mit weiteren Seilen. Später wollten wir sie mit zwei Drahtseilen weiter absichern, aber fürs Erste konnten zwei Personen gleichzeitig gefahrlos über die Brücke gehen. Zusammen mit *Eugen* untersuchte ich die Wracks auf der Brücke. Wie es schien, hatte eine Explosion die Lücke in der Brücke gerissen und die Stürme hatten den Rest erledigt. In den vorderen Fahrzeugen steckten Beton- und Fahrbahnteile. Einigen Menschen war die Flucht nicht gelungen, wie ihre Überreste in den Fahrzeugen zeigte.

Ein Motorgeräusch brachte uns auf andere Gedanken.

„Es kommt von Westen über den Fluss", rief *Eugen* aufgeregt. Kaum ausgesprochen, sahen wir eine einmotorige Propellermaschine auf die Brücke zu fliegen. In der Kabine sahen wir zwei Insassen. Mit einem Mordslärm flogen sie über uns. Die Maschine zog eine Schleife und kehrte zurück. Sie hatten uns gesehen und wackelten deutlich sichtbar mit den Flügeln. Wieder machten sie kehrt und flogen unter der Brücke durch.

Fast außer Sichtweite änderte die Maschine den Kurs und flog nach Norden. Falls sie diesen Kurs beibehalten, würden sie Richtung Autobahn und der Brücke fliegen. Ist das die gleiche Maschine, die vor Wochen das *Westland* überflog?

3. März Jahr 1, Tag 239
Besuch aus der Luft
Erzählung von *Dok Peter*

Die Alarmsirene brachte mich umgehend vor die Sanitätsstation. Der Grund wurde schnell klar: Das Motorgeräusch eines Flugzeuges war von Süden zu hören. Bald umkreiste die Maschine die Brücke und das Vorfeld. Sie ging immer tiefer und kippte von einem Flügel auf den anderen. Ein deutliches Zeichen. Ich sah *Erik* in den Jeep steigen. Ich winkte ihm und er holte mich ab. Eine Signalrakete stieg hoch. Die Autobahn hatten wir auf 400 Meter freigeräumt. Die Leitplanken hatten wir schon vor Monaten entfernt. Anfang und Ende ist mit einem breiten weißen Strich und Pfeil gekennzeichnet. Aus der Luft musste der Pilot unsere Vorbereitungen erkannt haben. Die Maschine setzte über unseren Köpfen zur Landung an. Eine denkwürdige Begegnung stand bevor. Ein weiterer Wagen folgte uns, das Empfangskomitee wurde größer, bestimmt folgten *Lucy* und *Romek*. Die Landung war kein Problem. Weit vor dem Ende der gekennzeichneten Bahn kam das Flugzeug zum Stehen, drehte sogleich auf der Stelle und kam langsam auf uns zu gerollt. Wir waren alle ausgestiegen. Die beiden Insassen winkten uns zu, während die Maschine in Startrichtung drehte und das laute Motorengeräusch erstarb. Aus einem der Flügel tropfte eine Flüssigkeit auf den Boden und hatte eine Spur nach sich gezogen. Das Kabinendach klappte nach oben und über eine kleine Trittleiter stiegen zwei Männer in blauen Overalls aus. Zu viert gingen wir auf sie zu.

„Hallo und herzlich willkommen", rief ich ihnen zu. Wir schüttelten Hände und stellten uns gegenseitig vor. *Lucy* wurde von den Besuchern fest umarmt. *Romek* stand daneben, seine Kalaschnikow hing vor der Brust.

Niklas, der Pilot zeigte darauf und sagte:

„Die könnt ihr gut gebrauchen, scheint ein paar böse Buben in der Gegend hier zu geben."

Der zweite Mann heißt *Thilo*, beide sind um die fünfzig Jahre alt und tragen einen Vollbart. Auf den Overalls stand: *Fliegerclub CONDOR.*

"Was läuft da aus der Maschine aus?", fragte *Erik.*

Niklas drehte sich um. „Das ist der zwingende Grund für unsere Landung bei euch. Die hatten wir zwar geplant, wären aber ohne die vorbereitete Landebahn wieder heimgeflogen. Der Tank hat ein Leck, wir verlieren Sprit. Die Autobahn haben wir bereits beim ersten Flug in unserer Karte gekennzeichnet und hier mussten wir jetzt runter. Zum Glück ist die Landebahn perfekt hergerichtet. Es könnten kleine Düsenjets landen - wenn es noch welche gäbe, habt ihr richtig gut gemacht."

Mittlerweile stand Thilo am Flügel und zeigte auf mehrere Löcher in der Blechverkleidung der Maschine.

"Unterwegs wurden wir vom Boden aus beschossen!"

Wir waren sprachlos und mussten ihn wohl recht verdattert angeschaut haben.

"Wir flogen wie immer zur besseren Orientierung dem Fluss im Süden entlang. Der führte zunächst nach Norden und nach einer Biegung, nach Osten. Hier änderten wir den Kurs und folgten einer Autobahn. Kurz darauf sahen wir Fahrzeuge, die sich nach Norden bewegten. Das sahen wir uns näher an und gingen bis auf etwa hundert Meter runter. Aus dem ersten Fahrzeug flog uns ohne Vorwarnung Leuchtspurmunition entgegen. Die Einschläge nahmen wir deutlich wahr, einige Löcher zeigten sich im Blech. *Niklas* zog die Maschine geistesgegenwärtig sofort wieder hoch. Nach diesem unfreundlichen Empfang machten wir uns aus dem Staub zurück zum Fluss. Die nächste Überraschung war dann die Hängebrücke zwischen der Lücke in einer zerstörten Hochbrücke. Uns winkten ein paar Männer zu. Wegen des Spritmangels blieb uns keine Zeit, mehr als eine Ehrenrunde war nicht drin.

„Das waren unsere Leute", sagte ich. "Über diese Brücke wollen wir demnächst nach Süden erkunden."

Romek besah sich die Einschüsse näher. „Könnt ihr die Fahrzeuge näher beschreiben?", fragte er.

„Alle Fahrzeuge haben große Räder, keine Zivilfahrzeuge und sind alle bewaffnet. Könnten Armeefahrzeuge sein, auf jeden Fall haben alle eine gefleckte Tarnfarbe", antwortete *Thilo*.

„Wir müssen sofort handeln. Nach der Beschreibung von euch, bewegt sich die Kolonne auf die *Burg* und das *Waldhaus* zu. Und wie wir wissen, führt die Autobahn dort vorbei, allerdings wird sie vorher durch die Überschwemmung in der Talsenke unpassierbar. Wenn sie versuchen, auf Landstraßen weiterzukommen, stoßen sie auf unsere Siedlungen weiter nördlich." *Romek* schaute mich vielsagend an.

Mit *Lucy* fuhr ich zurück. Als erstes informierte ich *Aaron* und die Werkstatt. Der Tank des *Fliegers* musste schnellstens repariert werden. Weitere Männer und Fahrzeuge fuhren zur Landebahn. *Romek* erwartete die Verstärkung und machte Pläne. Viel Zeit blieb nicht. Über die Drahtverbindung wurde die *Burg* gewarnt.

„Wir sollten schnell wieder in die Luft, um den Weg dieser Truppe zu erkunden", sagte *Niklas* zu *Romek*. Der nickte nachdenklich und trug dann seinen Plan vor:

„Ich fliege mit dir. Der Rest der Truppe fährt umgehend mit dem *Hummer* und dem *leichten Lkw* zur Burg. Weiteres ergibt unser Erkundungsflug."

Luftkrieg
Erzählung von *Romek*

Die Techniker der Werkstatt hatten das Einschussloch im Tank mit einer Blechplatte und ein Stück Schlauchgummi provisorisch verschlossen. Das sollte fürs Erste ausreichen, wir mussten sofort in Luft. Sprit wurde getankt und ich packte 10 *Handgranaten* und ein schweres Maschinengewehr vor den Sitz des Copiloten. *Niklas* blies die Backen auf.

„Wer hätte gedacht, dass ich mal Bomberpilot werde", meint er grinsend.

Erik war mit acht Mann unserer Alarmgruppe bereits seit zwanzig Minuten unterwegs. Zusammen mit dem an der *Burg* stationierten weiteren *Hummer* und dem dortigen Waffenarsenal können wir eine starke Verteidigung aufbauen. Aber am liebsten wäre mir, die Fremden kämen erst gar nicht zur *Burg* oder dem *Waldhaus*. Wir hoben ab und nahmen die Autobahn als Orientierung. Unter uns fuhr die Alarmgruppe. Von hier oben ist das enorme Ausmaß an Zerstörung der Natur und den Ansiedlungen zu sehen. Nach zwanzig Minuten überflogen wir die Häuser an der *Burg*. Eine Signalrakete begrüßte uns. Unten sind alle mit den Vorkehrungen beschäftigt. Von hier flogen wir ein paar Minuten nach Westen, bevor *Niklas* Kurs nach Süden nahm. Die Fahrzeugkolonne kam nach kurzer Flugzeit und geschätzte 25 Kilometer von der *Burg* entfernt in Sicht. Aus großer Höhe waren sechs Fahrzeuge auszumachen. Wegen der Tarnfarben sind sie nicht auf Anhieb zu erkennen. Zwei große Lkw folgten mit einigem Abstand. Hätten sich die Fahrzeuge nicht bewegt, könnte man sie aus dieser Entfernung nur schwer ausmachen.

„Geh etwas tiefer, *Niklas*, aber vorsichtig, damit wir uns bei Beschuss unbeschadet zurückziehen können." Er kurvte ein und drückte die Flugzeugschnauze nach unten. Jetzt bekam ich doch ein mulmiges Gefühl in der Magengegend. Ich hing in den Gurten und stützte mich am Türgriff ab. *Niklas* beruhigte mich:

„Mein Hobby ist die Kunstfliegerei, die Maschine hält das aus."

Die Fahrzeuge kamen zum Stehen. Scheinbar wurde das Flugzeug jetzt wahrgenommen. Und wieder begann vom ersten Fahrzeug aus eine schwere Waffe zu feuern. Diesmal war *Niklas* nicht überrascht. Er zog die Maschine in eine Kurve und gewann wieder Höhe. Leuchtspurgarben zogen hinter uns in den Himmel.

Ich schob das Schiebefenster auf meiner Seite auf und schaute zu *Niklas.* Der nickte und brachte die Maschine im Sinkflug hinter die beiden Lkw. Was jetzt kam, haben wir unterwegs abgesprochen. Ich nahm eine Handgranate, die Maschine kippte zur Seite, ich entsicherte die *Granate* und ließ sie los. *Niklas* zog die Maschine wieder hoch, denn wir flogen jetzt wieder über die vorderen bewaffneten Fahrzeuge.

„Volltreffer!", rief Niklas begeistert und klopfte mir auf die Schulter. Der zweite Lkw brannte im hinteren Bereich. „Eher ein Zufallstreffer, dicht daneben wäre auch schon ein Erfolg gewesen", antwortete ich.

„Flieg jetzt von vorne an, ich will versuchen, dem Führungsfahrzeug eine auf den *Pelz* zu brennen." Der zweite Versuch schien gefährlicher. Wir flogen jetzt von der Seite an und gingen nicht so tief runter wie eben. Wir nahmen es in Kauf, dadurch weniger gut zu treffen. Der zweite Abwurf ging wenige Meter daneben. Ihr Abwehrfeuer erreicht uns glücklicherweise wieder nicht.

Der beschädigte Lkw brannte nur kurz, sie hatten die Plane abgerissen und das Feuer erstaunlich schnell gelöscht. Die Kolonne fuhr mit hoher Geschwindigkeit weiter und erreichte nach ein paar Kilometer eine Kreuzung. Wir folgten ihnen und täuschten einen weiteren Angriff vor. Als letzten 'Gruß' warf ich noch eine Handgranate hinter ihnen auf die Straße.

„Sie biegen nach Westen ab und suchen das Weite", triumphierte *Niklas*.

„Und kommen so schnell nicht wieder, sie können unsere Stärke nicht einschätzen und ihre Radfahrzeuge sind nur leicht gepanzert", war meine Prognose.

Wir flogen zur *Burg* und gaben mit den Gesten aus dem Fenster Entwarnung. Vom Boden stieg eine grüne Signalrakete hoch. Sie werden unseren Erfolg zur Brücke telegrafieren.

3. März Jahr 1, Tag 239
Die Besucher vom *Flughafen*
Erzählung von *Dok Peter*

Nach dem Abflug von *Niklas* und *Romek* fuhren wir mit dem Co-Piloten zurück und setzten uns mit einer Tasse Kaffee zusammen. Der 51-jährige *Thilo* ist Fluglehrer und Flugzeugmechaniker. Mit am Tisch saßen *Lucy, Aaron* und *Maik*, der vom *Hof* hierher geeilt war. Voller Neugier wollten wir jetzt mehr über die Besucher erfahren.

Der Flughafen
Erzählung von *Thilo*

„Der Flughafen liegt 240 km Luftlinie von hier entfernt auf einem Hochplateau mitten in einem Waldgebiet mit einer Verbindung zur nächsten Autobahn. Er wird überwiegend für Frachtflüge genutzt, in der Saison auch für Urlaubsflüge. Ein ehemalige militärisch genutzte *Airbase* wurde umgebaut, daher die abgelegene Lage.

Am 3. Juni letzten Jahres veränderte sich unsere Umwelt schlagartig. Wir waren, wie wohl alle an diesem Tag, von dem Inferno überrascht. Ich befand mich zusammen mit vier Flugschülern in dem Gebäude der Flugschule, neben der Wartungshalle für die Sportflugzeuge. Der Bereich liegt am Ende der Landebahn. Eine gewaltige Explosion erschütterte das Gebäude. Instinktiv warf ich mich zu Boden und warnte die Personen in meiner Nähe durch Zurufe und Handzeichen. Dann überschlugen sich die Ereignisse. Ich weiß nicht mehr, wie lange wir auf dem Boden gelegen sind. Ich raffte mich auf, um aus dem Fenster zu sehen. Auf dem Parkplatz brannte ein Auto. Davor lag ein Mann über einer Person. Es sah aus, als wolle er sie schützen. Ich rannte nach draußen, die Wucht der Windböen riss mich fast zu Boden. Als ich die beiden Personen gebückt erreichte, hob der Mann den Arm. Ich erkannte *Luan Wang*, den Direktor des Flughafens. Die Person unter ihm ist seine Tochter *Chen Lu*, die er zum Unterricht in die Flugschule bringen wollte. Mit beiden kroch ich zurück. Die Flugschüler saßen auf dem Boden, den Rücken an die Wand gelehnt, das blanke Entsetzen in den Augen. Die Verbindungstür zur Flugzeughalle flog auf und drei Männer in Overalls stürzten herein. Mir stieg Brandgeruch in die Nase. Im Büro nebenan stand der Computer in Flammen. Geistesgegenwärtig lief Richard, einer unserer Mechaniker, zurück in die Halle und kam mit einem Feuerlöscher zurück.

Durch die Fenster sah ich über das Flugfeld und die Gebäude. Alles stand in Flammen. Auch der obere Teil des *Towers* brannte, die Radaranlagen neigten sich zur Seite und stürzten herunter. Eine Frachtmaschine steht mit dem Heck in der Abfertigungshalle für Passagiere. Eine weitere Maschine ist ein Flammenmeer, sie war der Grund für die Explosion, die wir zu Beginn des Chaos hörten. Die Bilder lähmten mich, mein Verstand weigerte sich, die Realität wahrzunehmen.

Ein Arm packte mich und zog mich nach draußen. Jetzt sah ich Menschen über das Vorfeld in unsere Richtung laufen. Zu dritt liefen wir ihnen entgegen. Im Hintergrund brannte ein Zubringerbus auf dem Vorfeld. Trotz des mittlerweile orkanartigen Wind kämpften wir uns auf sie zu. Die Leute konnten sich kaum auf den Beinen halten. Es sind auch Kinder dabei.

Der umliegende Wald fing Feuer und bald raste eine Feuerwalze auf den Flughafen zu. Das Gras fing Feuer und alles am Boden um uns brannte. Mit den Feuerlöschern im Gebäude und der Wartungshalle konnten wir ein Übergreifen der Flammen verhindern.

Erschöpft und mit schwarzen Gesichtern betrachteten wir die versammelten Überlebenden des Infernos. Ich zählte 28 Personen im Raum. Wir verbrachten die erste Nacht im Gebäude der Flugschule. Fortwährend erhellten grelle Blitze die Räume und der Donner ließ kaum jemand schlafen. Die drei geretteten Kinder drängten sich ängstlich an ihre Eltern.

Luan Wang äußerte als erster die Vermutung, es handele sich um eine Katastrophe größeren Ausmaßes, die nicht nur den Flughafen betraf. Der hellrot erleuchtete Horizont deutete auf riesige Feuer im weiten Umland hin. Aus den Wasserhähnen kam nichts mehr. Ein paar Kisten mit Wasserflaschen sicherten die erste Versorgung der Menschen, die wie in Trance auf dem Boden saßen oder lagen.

*Luan Wan*g stellte sich den Anwesenden vor.

„Wenn es euch recht ist, werde ich mit ein paar Männern draußen nach Überlebenden suchen und hoffe, dass bald Rettungskräfte hier eintreffen. Bis dahin rate ich allen, hier zu bleiben und abzuwarten."

Zu dritt machten wir uns auf den Weg. Die Zerstörungen auf dem Flughafen waren immens. Die Flughalle und das Restaurant für Passagiere lagen in Trümmern, die Fenster im Tower waren nur noch leere Höhlen, die Radaranlage lag auf dem Boden des Vorfeldes. Die Frachthallen sind abgebrannt und zwei Flugzeuge ebenso.

Am anderen Ende des Geländes kamen drei uniformierte Männer auf uns zugelaufen. Es waren Mitarbeiter des Grenzschutzes, die ihre Ruheräume etwas abseits hatten. Sie standen in kompletter Ausrüstung vor uns, also mit Pistolen, großen Stablampen und Handschellen am Gürtel. Einer hatte eine Maschinenpistole vor der Brust. Auch sie hatten keine Erklärung für die Katastrophe und das immer noch andauernde Unwetter. Stark einsetzender Regen trieb uns zu den Hallen.

Wir fanden in den Trümmern einen Zugang zum Keller unter dem Restaurant. Die Lampen leisteten jetzt gute Dienste.

„Falls keine schnelle Hilfe kommt, sollten wir als Erstes die Lebensmittel in den Kühlanlagen verbrauchen" ,schlug ich vor.

„Ja, für die Kinder nehmen wir gleich was mit", sagte *Luan Wang*.

Am Abend bat uns *Luan* zu einem Gespräch abseits in der Werkhalle. Hier stehen zwei relativ unbeschädigte Flugzeuge der Flugschule. Im Kreis standen *Luan,*

Niklas, ein Pilot der Schule, *Fabian,* der Einsatzleiter der Grenzschützer und ich.

„Ich habe die Befürchtung, dass wir hier etwas längere Zeit auf uns allein gestellt sein werden", begann *Luan.*

Fabian stimmte zu: „Längst hätten hier Kräfte eintreffen müssen, auch wenn der Flughafen relativ abseits liegt, so müssen doch die Explosionen und das Feuer von weitem wahrgenommen werden."

"Oder die Schäden betreffen ein großes Gebiet und der Waldbrand kann sich in alle Richtungen ausgebreitet haben", sagte ich.

„Eben hat mich eine Frau nach weiteren Überlebenden gefragt Ich habe ihr keine Hoffnung gemacht. Da draußen hat es um die hundert Tote gegeben, fast alle verbrannten", sagte *Luan.*

„Mir scheint, dass alle elektronischen Geräte einen Teil der Brände verursacht haben, und das erklärt auch die Zerstörung der Flugzeuge vorwiegend im Cockpit", bemerkte *Niklas.*

„Richtig, wie konnte sonst mein Schreibtisch so plötzlich abbrennen", sagte ich.

Luan schlug vor, am nächsten Tag Vorräte aus den Beständen des Restaurants hierher zu schaffen und einen Erkundungstrupp loszuschicken.

„Ein Glück, dass wir ein paar Fahrräder haben, alle anderen Fahrzeuge sind nicht mehr zu gebrauchen", sagte *Niklas* sarkastisch.

In den nächsten Wochen fanden sich sieben weitere Überlebende zu uns. Zwei Lkw-Fahrer konnten von der Laderampe fliehen und trafen bereits am nächsten Tag bei uns ein. In naheliegenden Ortschaften fanden wir lebenswichtige Dinge. Auf dem Flugfeld konnten zwei

Rehe geschossen werden. Im Bereich der Flugschule befanden sich jetzt 38 Personen. Die Nahrungsbeschaffung war zunächst die vorrangige Aufgabe. Nach einer Woche hatten wir die Hoffnung auf Hilfe aufgegeben. Wegen der stürmischen Wetterlage konnte kein Helikopter oder Flugzeuge fliegen, es war ein kleiner Strohhalm, an dem wir uns noch klammerten. Später glaubte keiner mehr daran. Das Gebäude der Flugschule, der Werkstatt und des Hangar bot unter diesen Umständen genügend Platz. Die hohe Temperatur ließ auch die Nutzung des Hangars als Schlafraum zu. Es gab zwei Waschbecken in den Toiletten und eine Dusche im Haus. Auch eine Küche ist vorhanden. Der Herd wird über Flaschengas betrieben. Eine Waschküche gibt es im Hangar. Drei Toiletten wurden außen gebaut.

Wir haben keine funktionierenden Fahrzeuge gefunden. Als einzige Möglichkeit blieb uns ein älteres einmotoriges Flugzeug zu reparieren. Der Sturm hat es gegen die Hinterwand des Hangars gedrückt. Eine zweite Maschine hatte Schäden durch ein Feuer im Cockpit. Der Schaden schien uns langwieriger zu beheben. Die einmotorige Sportmaschine setzen wir in den nächsten Monaten in Stand. Die Wetterverhältnisse ließen zunächst nur kurze Flüge zu. Im Dezember flogen wir Richtung Osten und sind bis zur Mündung des von euch benannten südlichen Flusses gekommen. Die Stadt an der Mündung ist überflutet, nur wenige Hochhäuser ragen aus dem Wasser. Mit dem folgenden Flug nach Norden haben wie euch entdeckt."

Lucy räusperte sich.

„Es ist immer wieder unfassbar diese leidvollen Erzählungen zu hören, das wird uns noch Jahre verfolgen. Geht es den Kindern gut und wie seid ihr ärztlich versorgt?"

„Eine Arzthelferin ist unter den Überlebenden und wir haben Materialien und Medizin in den Trümmern gefunden", beruhigte *Thilo.*

Wir vereinbarten, dass ein Treffen mit *Luan Wang* stattfinden soll. Zur nächsten Sitzung des *Rates* wird er mit dem Flugzeug anreisen. Über Land ist es nur schwer möglich. Einen Weg über die Hängebrücke werden wir bald erkunden. *Maik* hatte hierzu eine Idee vorgetragen.

Über den Telegrafen kam die Nachricht vom Erfolg der beiden *Flieger.* Bald darauf landeten sie und wurden begeistert empfangen.

Thilo und *Nicklas* flogen nach Hause, *Romeks* Kalaschnikow und *Handgranaten* blieben im Cockpit.

6. März, Jahr 1, Tag 243
Der Weg zum *Flughafen*
Erzählung von *Erik*

Wir trafen gegen Mittag an der *Hängebrücke* ein. Ich fuhr die *Maico*, *Georg*, eine *250er Honda* in der Straßenversion. Die Erbauer der Notbrücke, *Alex* und *Bernhard*, erwarteten uns bereits.

„Schiebt die Motorräder nacheinander hinüber. Mit mehr als 250 kg sollten wir die Seile nicht belasten", warnte *Alex* eindringlich.

„Das geht gerade so hin, unsere Rucksäcke und Waffen bringen wir gesondert auf die andere Seite", war meine Antwort.

Wir hatten Verpflegung für einen Tagesausflug eingepackt, am Abend wollten wir am Flughafen eintreffen und dort übernachten. Die Waffen machten das meiste Gewicht aus. Wir hatten 4 kurzläufige MP, 2 Pistolen, Munition und 6 Handgranaten in den Satteltaschen. Waffen sind am Flughafen Mangelware.

Es war schon ein kribbeliges Gefühl, die Maschine über die Planken der Brücke zu schieben. Ich hatte damit mehr Probleme, als ich angenommen hatte. *Georg* hingegen konnten wir nur mit Mühe von einer Fahrt mit der *Honda* über den schmalen Steg abhalten. *Alex* tobte und hielt das Motorrad fest und meinte zornig, dass dies eine *Zirkusnummer* über dem Abgrund wäre.

Die Fahrt führte zunächst über die *Hochbrücke* in ein hügeliges Land. Die Wälder sind stellenweise vom Feuer verschont geblieben. Nur im Umfeld kleiner Ortschaften gab es größere Brände, ein mittlerweile bekanntes Bild. Wir befuhren eine schmale Landstraße und gelangen zu einer Kreuzung mitten im Nirgendwo. Hier zeigte ein Hinweisschild mit der Aufschrift „*Airport*" die Richtung an. Die Straße wurde wieder breiter, anscheinend eine Hauptstraße auf dem Höhenzug, mit Parkstreifen und Autowracks auf den Rastplätzen am Rand. Nur einmal war die Straße mit quer liegenden Bäumen versperrt, die wir gut im Zickzack umfahren konnten. Es sah danach aus, als wären sie zur Seite geschoben worden. Wir legten eine Rast ein, um uns die Sache näher anzusehen.

„Hier war ein schweres Gerät im Einsatz", sagte *Georg*. Ich nickte und meinte:

„Nach der Schilderung von *Thilo*, haben sie kein motorisiertes Fahrzeug, schon gar nicht so eines, wie es hier erforderlich war."

„Na dann heißt es: Augen auf im Straßenverkehr", zitierte *Georg* einen alten Spruch. Er war gut gelaunt und schien die Fahrt zu genießen.

Laut Karte näherten wir uns am Nachmittag dem *Flughafen*. Eine Straße zweigte rechts ab, sie führte leicht bergan, war aber nicht besonders ausgeschildert. Wir fuhren ohne Aufenthalt weiter. Ein paar Kilometer später die Überraschung: Zwei Personen mit Fahrrädern standen am Straßenrand und winkten heftig. Wir hielten hinter ihnen an und stiegen ab. Ich gab *Georg* einen Wink und ging alleine auf die beiden zu. Ein junger Mann kam mir entgegen, die Frau blieb bei den Fahrrädern.

„Danke, dass ihr angehalten habt!", begrüßte mich der junge Mann, mit einem Akzent in der Aussprache, ich schätzte ihn auf um die zwanzig Jahre. Er war rasiert und unter den gegebenen Umständen ordentlich gekleidet, eine sympathische Erscheinung.

„Wieso, wer hat denn nicht angehalten?", fragte ich.

Er gab mir die Hand und stellte sich und die Frau als *Tim* und *Lena* vor. Die beiden sind offensichtlich ein Paar, denn *Lena* kam hinzu und lehnte sich an Tim an. *Georg* kam nun auch näher.

Ihr Erlebnis vor kurzer Zeit hier auf der Straße alarmierte uns. Eine Kolonne militärischer Fahrzeugen hat sie vor einer Stunde überholt und von ihren Gesten keine Notiz genommen. Im Gegenteil, sie wurden fast mit ihren Rädern in den Straßengraben gedrängt. Ihre Beschreibung der Fahrzeuge ließ Schlimmes ahnen und kam uns bekannt vor..

„Was ist euer Ziel?", fragte ich.

„Hier in der Nähe soll ein großer *Flughafen* liegen. Seit Monaten suchen wir nach einer größeren Gruppe, denen wir uns anschließen wollen. Aber der *Flughafen* scheint uns jetzt zu gefährlich."

„Wieso zu gefährlich?", fragte ich erstaunt.

„Die Kolonne könnte vor dort gekommen sein, obwohl sie an dem Abzweig nicht abgebogen ist."

Er sah wohl die Fragezeichen in unseren Gesichtern und zeigte in die Richtung, aus der wir kamen.

„Die Hinweisschilder liegen im Graben, wurden wahrscheinlich von den Stürmen weggefegt."

Jetzt wurde uns einiges klar: Zum Glück hat die Kolonne die Schilder ebenso wenig gesehen wie wir.

Ich hatte es jetzt sehr eilig, wir mussten schnell zum *Flughafen*, um zu warnen und um Vorbereitungen zu treffen. Kurz erklärten wir den beiden, woher wir kamen und die Gegebenheiten am *Flughafen*. Sie waren sofort mit unserem Plan einverstanden. Die Fahrräder wurden hinter einem Busch getarnt, mit ihren Rucksäcken stiegen die beiden auf unsere Motorräder und wir fuhren zurück zur Abzweigung.

Nach 15 Minuten überquerten wir das Flugfeld und hielten vor der versammelten Menge an. Der Lärm der Motoren hatten alle gehört und von weitem haben *Thilo* und *Nicklas* uns erkannt.

Es war keine Zeit zu verlieren. *Georg* und *Fabian* teilten die mitgebrachten Waffen aus. Ich beriet mit *Thilo* und *Luan Wang* die weitere Vorgehensweise. Zunächst brachten wir die Motorräder und einige andere Gerätschaften in den Hangar und verschlossen alle Gebäude. Wachen eingeteilt und Frauen und Kinder in sichere Räume gebracht. *Fabian* übernahm die Führung über ein Dreierteam, zu der auch *Georg* gehörte, die sich mit Fahrrädern auf den Weg zur Zufahrtsstraße machte. Das alles passierte innerhalb von 15 Minuten. Danach hieß es nur noch abzuwarten.

Fabian fuhr mit der Gruppe einige hundert Meter die Straße hinunter. *Robin*, ein Kollege aus Zeiten beim Sicherheitsdienst des *Flughafens*, hatte eine große Baumsäge umgehängt. *Georg* hatte drei *Handgranaten* am Gürtel eingehängt. *Fabian* und *Robin* begannen, mitteldicke Tannen zu fällen, deren Äste teilweise verbrannt sind. *Georg* hielt Wache, obwohl eine geräuschlose Annäherung nicht zu erwarten war. Nach einer halben Stunde lagen 15 Stämme über der Straße. Nur Lücken für Zweiräder wurden gelassen. Die beiden brauchten eine Pause. *Georg* legte in der Zeit ein paar dünnere Stämme um und verhakte sie in den Barrikaden. Auch für schwere Fahrzeuge war hier kein schnelles Durchkommen möglich. Der Lärm würde die Leute an der

Flugschule alarmieren. Mit der einbrechenden Dämmerung kehrten die Männer zurück.

Am nächsten Morgen sind alle erleichtert. Am Eingangstor wurde die Wache abgelöst. Mit den *'Flieger'*, wie *Romek* die Bewohner des *Flughafens* bereits genannt hat, hielten wir eine Versammlung ab.

„Die Gefahr ist noch nicht gebannt", begann *Luan Wang* und fuhr fort: „Heute beginnen wir, die Gebäude weiträumig zu umzäunen. Material findet sich genug. Wir haben jetzt mehr Waffen und werden weitere Unterstützung bekommen. Weiteres erläutert uns *Erik*."

„Hallo und zunächst mal Grüße aus dem *'Westland'*", begann ich etwas unsicher. Die Versammelten klatschten aufmunternd. Die neuen Bewohner *Lena* und *Tim* standen mitten unter ihnen. „Wir fahren gleich wieder zur Brücke. Eines der Motorräder lassen wir hier, ebenso zwei weitere *MP* von uns beiden. Morgen kehren wir mit *DokPeter* zurück, er wird ein paar Tage hierbleiben".

Ich schaute die hochschwangere Frau in der ersten Reihe an. Sie lächelte erleichtert.

Die Fahrt zur *Hochbrücke* verlief problemlos. Die Hinweisschilder zum *Flughafen* entfernten wir an den Straßen. Vor der *Hängebrücke* kamen mir so einige Ideen, die ich mit *Romek* und *Aaron* besprechen wollte. Motorräder sind auf Dauer nicht das Mittel, um zum *Flughafen* Kontakt zu halten.

28. März, Jahr 1, Tag 275
Fahrt zur Küste des *Nordmeer*
Erzählung von *Maurice*

Der Katamaran lag vertäut am Kai der Werft. Es ist ein großer Tag für die Werft. Von der Brücke sind *DokPeter* und *Aaron* zur Verabschiedung der Crew angereist und alle Bewohner der Werft hatten sich versammelt. „Wir wünschen euch eine gute Fahrt und glückliche Heimkehr. Geht bitte bei der ersten Fahrt kein Risiko ein. Für die weitere Erkundung der neuen Küstenlinie seid ihr für das Westland sehr wichtig", sagte *DokPeter* in seiner kurzen Ansprache und umarmte jeden von uns. *Aaron* ging mit an Bord und verabschiedete sich bald ebenfalls. Wir legten ab und fuhren aus der Bucht in den Fluss und erreichten mit wenig Motorkraft die sichere Mitte der Strömung. Die Besatzung bestand aus mir, die Schiffbauer *Manfred* und *Ethan*, *Jan* und *Georg* sind bewaffnet. Sanitäter *Leo* mit Ausrüstung. Vier Wasser- und zwei Landratten, wie *Georg* bemerkte. Scheinbar machte er sich Gedanken über seine Seetüchtigkeit. Auf dem breiten Verbindungssteg, der die beiden Bootskörper verband, steht das Steuerhaus, das zugleich Tageskajüte und Schlafplatz für vier von uns ist. In den Auslegern befinden sich zwei weitere Schlafplätze und die beiden Antriebsmotoren. Die Stauräume bieten Platz für Werkzeuge, Verpflegung und Waffen. Ein Mast mit Segel und ein Schlauchboot mit kleinem Außenborder lagen neben der Kajüte. Der Katamaran ist 7 Meter lang und ebenso breit. Das Deck liegt mehr als ein Meter über dem Wasser. Mit den beiden Bootskörpern eine wuchtige

Erscheinung. Wie seetüchtig die Konstruktion ist, werden wir spätestens in zwei Tagen erfahren.

In der Flussmitte verlief die Fahrt ohne Probleme, bis das erste Hindernis gegen Mittag in Sicht kam. *Ethan*, der die erste Wache hatte, alarmierte alle mit der Schiffsglocke. Eine riesige Bogenbrücke aus Stahlträgern ragte nur noch mit den oberen Bögen aus den Fluten. Wir hatten wenig Zeit zum Überlegen. Mit hoch laufenden Motoren steuerte ich auf eine Lücke zwischen den zwei mittleren Bögen der Brücke zu. Alle starrten nur noch auf den Stahl, der da aus dem Wasser ragte und hakten sich mit dem Sicherungsseil am Boot fest. Nur knapp schrammten wir durch die Lücke. Außer ein paar Beulen gab es auf den ersten Blick keinen Schaden.

Jetzt sahen wir zu beiden Seiten, wie die Wassermassen eine große Stadt überschwemmt haben. Nur einige Hochhäuser ragen heraus. Ein schauriges Bild boten die hohen Kirchtürme eines jahrhundertealten Gebäudes. Allein hier sind hunderttausende Menschen verbrannt oder ertrunken. Schweigend trieben wir mit dem Boot auf dem immer breiter werdenden Fluss. Die Fahrbahnen zweier weiterer Brücken liegen so tief im Wasser, dass wir ohne Gefahr darüber hinweg fahren. Das Land hinter den Deichen ist bis zum Horizont überschwemmt. Gegen Abend nehmen wir salzigen Meeresgeruch wahr. Das Lot zeigte eine Wassertiefe von 15 Meter an. *Manfred* warf einen der Anker aus. Das Boot drehte sich um das Tau und kam zum Stehen. Die Strömung ist in den letzten Stunden immer schwächer geworden, dafür nahm der Wellengang vom Meer aus zu. Daraufhin sagte ich grinsend zu *Georg*: „Die Seefahrt beginnt schon!". Die Beklemmung, die wir seit der Passage der Stadt spürten, begann sich zu lösen. Wir bereiteten uns auf die Nacht vor. Zum Koch wurde *Leo* auserkoren, der sich freiwillig angeboten hatte. Eine batteriebetriebene Lampe wurde aufgestellt, obwohl wir nicht ernsthaft mit Begegnungen auf dem Wasser rechneten. Die Nachtwache übernehmen Zweiergruppen. Die erste Nacht der Expedition begann.

Tag 276
Fahrt zur Küste des *Nordmeer*
Erzählung von *Maurice*

Heute Morgen ist das Meer in Küstennähe mit leichtem Westwind gut zu befahren. Wegen den guten Verhältnisse stellten wir den Mast auf und setzten das Dreiecksegel. Der *Katamaran* ließ sich gut steuern. Die neue Küstenlinie sollte rechts von uns liegen, sehen können wir sie nicht. *Georg* stand auf dem linken Ausleger und breitete die Arme wie in einem bekannten Kinofilm aus. Mit Bauchgurt und Karabinerhaken ist er an einem Abspanndraht gesichert. Diesen Gurt hatten alle an und ohne Not durfte keiner diese Sicherung lösen.

„Land backbord voraus", rief *Georg* gegen Mittag in seemännischer Sprache, er hatte seinen Ausguck seit Stunden nicht verlassen. Das konnte nur eine, dem Festland

vorgelagerte, Insel sein. Laut der Straßenkarte, eine Seekarte hatten wir nicht, ist das Land das Erste einer Insel-
kette. Eigentlich planten wir, an einer flachen Stelle am
Festland anzulanden. Ich änderte den Kurs und hielt auf
die Insel zu. Die Ferngläser waren auf sie gerichtet. Nach
zehn Minuten rief *Jan*:
„Ein großes Schiff liegt an Land!"
„Die Insel hat keinen großen Hafen. Freiwillig wurde die
Insel nicht angesteuert", meinte *Ethan*. Wir refften das
Segel, um besser manövrieren zu können. Der Frachter
lag auf steinigem Grund. Von der Insel ragt nur noch
dieser Höhenzug aus dem Wasser. Die Sandstrände und
Hotels sind verschwunden. Eines der höheren Gebäude
ragt weiter draußen aus dem Wasser. Der Frachter trägt
an der Seite in großen Lettern die Nummer *107*. Vor der
Brücke ragt ein großer Kran über die Seite. An der ver-
rosteten Ankertrosse machen wir fest und werfen zusätzlich einen Anker aus. Solange der Wellengang so bleibt,
liegt unser Boot hier sicher.

„Ein Versorgungsschiff der Marine", behauptet *Georg*.
„Ja", bestätigte *Manfred*, „die haben solche schattierten
Nummern zur Kennzeichnung. Die Besatzung hatte die
Anker vorne und hinten ausgebracht und so das Schiff
hier halten können. Das muss in den ersten Tagen der
Katastrophe passiert sein."

Wir brachten das Schlauchboot zu Wasser und paddelten an das steinige Ufer. Zur Sicherheit blieben *Leo* und *Ethan* zurück. Der Schiffsrumpf lag zur Hälfte an Land. Von der hohen Außenwand hing eine Strickleiter in Höhe der Brücke herunter.

„Maurice, ich gehe zuerst rauf", sagte *Jan* und begann mit dem Aufstieg. Seine *Glock* steckt im Schulterhalfter. Das Schiff schien verlassen, man konnte es aber nie wissen. Bald darauf winkte er und zeigte den Daumen nach oben. An Deck sah es erstaunlich aufgeräumt aus. Der Kran ist nicht arretiert, daneben sind Kisten gestapelt. Während Jan an Deck blieb, stiegen wir zur Kommandobrücke hoch. Wie erwartet, sind alle Räume verlassen, wirken aber nicht, als seien sie in Panik verlassen worden. Eine beige Schirmmütze mit goldenen Borden lag neben dem Steuerpult. Die benutzten Feuerlöscher und geschwärzte Armaturen zeugten von Bränden. Manfred steckte mehrere Seekarten, Lupe, Filzschreiber und ein Fernglas in seinen Rucksack. Nach Ausfall der Elektronik hat die Besatzung anscheinend versucht, den Standort mit den Karten zu ermitteln.

„Hier liegt ein Briefumschlag!", rief *Georg* und hielt ein hellbraunes Kuvert in die Höhe, ein Wappentier prangte in einer Ecke. Der Brief ist mit er Aufschrift: *3. Juni 2025* versehen.

Ich las vor: „Wir haben mit 44 Leuten am 14. September 2025 das Schiff in den Beibooten Richtung Festland verlassen. Nachfolgende Schiffbrüchige finden in der Kombüse eine Notration mit Wasser und ein Schlauchboot ist auf dem Vorderdeck. Wegen Energieausfall konnten nur schwache Notrufe mit geringer Reichweite abgesetzt werden. An dieser Position wird niemand nach uns suchen.

Wir wünschen allen Überlebenden viel Glück!

Captain William D. Leahy

Wir schwiegen eine Weile. Jeder hing seinen Gedanken nach. Dem Brief fügte ich ein paar Zeilen hinzu und legte ihn auf den Kartentisch.

„Dann schauen wir mal unter Deck nach", unterbrach ich die Stille. Im Innern des Schiffs wurde es für uns unübersichtlich. *Jan* kam von oben hinzu, wir rechneten mit keiner Überraschung mehr. Im Maschinenraum sind die Spuren von Bränden eindeutig. Die Motoren und die Rudersteuerung sind sofort ausgefallen und dadurch trieb das Schiff auf die Insel zu. Die Ladung besteht nur aus Ersatzteilen für Maschinen und Paletten mit Geschützmunition. Keine Lebensmittel, was wohl der Grund für das Verlassen des Schiffes nach ein paar Monaten war. An Bord mussten 44 Menschen verpflegt werden.

Wir beschlossen, die Nacht hier vor Anker liegend zu verbringen. Das Wetter zeigte sich von seiner besten Seite. Kein Regen, wenig Wind und angenehme Temperatur.

Tag 277
Fahrt zur Küste des *Nordmeer*
Erzähung von *Maurice*

Mit gutem auflandigem Wind im Rücken pflügte der *Katamaran* am frühen Morgen durch die See. Jetzt glich die Fahrt schon mehr dem Tempo einer Segelregatta. Wer jetzt nicht seekrank wird, wird es nicht mehr, dachte ich und schaute zu *Georg,* der aber sichtlich die Fahrt genoss, dafür hing jetzt *Leo* über Bord. Unser Ziel ist eine aus dem Wasser ragende Leuchtturmspitze, eine gute Landmarke zur Orientierung. Unsere Standortbestimmung an Hand von Kompass, Uhrzeit und dem diffusen Sonnenstand trug *Ethan* in die gefundene Seekarte ein.

Der alte Leuchtturm wurde nur noch als Museum genutzt. Der Besucherparkplatz liegt unter Wasser, nur das Dach eines Reisebusses ragt heraus. Wir machen in Höhe der Eingangstür fest. Der Zugang und der Treppenaufstieg steht ein Fußbreit unter Wasser.

„Wer steigt mit hoch?", fragte ich. *Manfred*, der älteste, winkte ab, bei *Leo* sagte die blasse Gesichtsfarbe alles. Oben steht das alte Leuchtfeuer noch, aber die Scheiben sind teilweise eingedrückt. Am östlichen Horizont sind gerade noch aus dem Wasser ragende Hochhäuser einer Stadt zu sehen. Die Entfernung schätze ich auf 35 Seemeilen. Im Süden, dort wo unser nächstes Ziel liegt, ist kein Land zu erkennen, was nicht weiter wundert, hier ist ein weit und breit flaches Land überschwemmt worden. Bis zum Abend kam die neue Küste nicht in Sicht. Wir loteten Wassertiefen von um die 8 Meter. Ein Gittermast wurde als Festmacher genutzt. Im Licht unserer Kopflampen beraten wir über die Weiterfahrt am nächsten Tag.

Manfred wirkte müde und meinte: „Je weiter wir nach Süden kommen, umso mehr wird die Rückfahrt schwieriger."

"Ich glaube, dass Überlebende sicherheitshalber der Küste fern bleiben, keiner weiß wie hoch das Wasser noch steigt", sagte *Georg.*
Wir stimmten ab, nur *Ethan* war für eine weitere Suche im Süden.

Tag 280
Fahrt zur Küste des *Nordmeer*

Die Rückfahrt dauerte drei Tage und brachte keine besonderen Erkenntnisse. Den Kurs zeichneten wir in die Straßenkarte ein und schraffierten die von Wasser bedeckten ehemaligen Landgebiete. Die Expedition ermutigte uns, weitere Fahrten zu planen. Ich berichtete in der *Ratsversammlung.*

4. Mai, Jahr 1, Tag 312
Protokoll der *Ratsversammlung* für die *Chronik*
Niedergeschrieben von *Vera*

Im großen Saal der *Brückner* versammelten sich die Ratsmitglieder und die *Spezialisten* der Fachbereiche. Mit weiteren Zuhörern waren 35 *Westländer* anwesend.

DocPeter, Sprecher des *Rates*, begrüßte alle und erläuterte den Tagesablauf. Zu Anfang bedankt er sich bei den *Spezialisten* und deren Helfern, die für unser aller Wohl gearbeitet und gekämpft haben! Er bat die erste Sprecherin um ihren Bericht.

Lucy, Rat für Verwaltung und Landwirtschaft:
„Ich beginne mit dem, was in der Stunde Null am wichtigsten war: Die Ernährung der Überlebenden. Nach fast einem Jahr versorgen der *Hof,* die *Burg* und das *Waldhaus* das gesamte *Westland* mit ausreichend Lebensmittel. Die Wetterverhältnisse erlauben zwei Ernten und der Viehbestand vergrößert sich zusehends. Die mittlerweile ausreichende Stromversorgung sorgt für die Kühlung vieler Produkte.

Unsere Lager sind gefüllt mit Materialien für alle Arbeitsbereiche. Das Team um die *Chronistin Vera* führt die Bücher hierüber. Auch sammelt man alles Wissen und archiviert es. Selbst auf den ersten Blick banale Dinge sind wichtig für die Zukunft! Die Schule von *Estelle* besuchen 32 Kinder. Die über Zwölfjährigen beginnen eine spezialisierte Ausbildung in unseren verschiedenen Bereichen. Mit dem Mitteilungsblatt *„Westland News"* informieren wir die Bewohner in allen Ansiedlungen.

Auch über die Vorträge dieser Sitzung wird in der nächsten Ausgabe berichtet.

Und jetzt zu unserem 'Familienbuch'. Hier haben die Eintragungen erfreulich zugenommen. 57 Paare haben sich eingeschrieben. Die Zahl der Einwohner stieg auf 512. Und das erfreulichste: Sieben Kinder wurden auf unsere neue Welt geboren und im Sommer freuen wir uns auf weitere Geburten."

Aaron, Rat für Bauwesen und Werkstätten:

„Im Bauwesen sind wir im Plan. Die Wohnungen für Übersiedler vom *Flughafen* und der *Bahnbrücke* sind in diesem Monat fertig. Neueste Bauvorhaben sind eine Flughalle mit Werkstatt an der Landebahn der *Brücke*. Jede Woche wird in der Kfz-Werkstatt ein Fahrzeug fertiggestellt. Ein schwerer Kran steht bald bereit.

In den Werkstätten der *Werft,* der *Burg* und hier entstehen unter anderem kleine Wasserkraftwerke und Stromgeneratoren. Die Werft legt einen weiteren *Katamaran* auf Kiel".

Romek, für Sicherheit und Expeditionen:

„Ich beginne mit den glücklichen und erfolgreichen Fahrten unserer Seefahrer von der *Werft*. Nach der ersten Erkundung war die westliche Küstenlinie das Ziel. Die Erkenntnisse sind die gleichen wie bei der ersten Fahrt: Alles Land mit weniger als 10 Meter Meereshöhe ist überflutet. Unsere Landkarten sind entsprechend schraffiert und angepasst worden. Das ist die neue Realität im Norden.

Mit dem zweiten Katamaran planen wir, den Fluss hinaufzufahren, und das Landesinnere im Osten und Süden zu erkunden. Das neue Boot wird stärkere Motoren haben, um gegen starke Strömungen voranzukommen. Die Fahrten auf den Flüssen werden uns neue Erkenntnisse über die Auswirkung der Katastrophe bringen.

Innerhalb *Westlands* sind wir gut auf Gefahren von außen vorbereitet. Die Alarmeinheiten der Siedlungen stehen über den Telegraf in Verbindung und können so schnell gemeinsam vorgehen."

DocPeter, Sprecher des *Rates*:

„Die Bewohner am *Flughafen* haben gebeten, in unsere Standorte umsiedeln zu dürfen. Der *Rat* hat zugestimmt. Der Umzug wird in den nächsten Wochen zum größten Teil zur *Brücke* erfolgen. Das zweite größere Flugzeug ist einsatzbereit, sodass nicht alles über die *Hängebrücke* transportiert werden muss.

Unsere Gemeinschaft hat sich im ersten Jahr der neuen Zeit gut geschlagen. Leider haben wir immer noch keinen Kontakt zu größeren Gruppen Überlebender herstellen können. Die Bedingungen scheinen weltweit katastrophal zu sein. Die Wetterlage ist seit Monaten gleichbleibend.

Es ist weiterhin weitaus wärmer und die Niederschläge stärker als früher. Das Wasser im Fluss und an der Küste steigt wieder an. Das Schmelzen der Polkappen ist die wahrscheinliche Ursache. Der Golfstrom kommt zum Erliegen. Als Folge dessen kann es zu einer neuen Eiszeit für die nördliche Hemisphäre kommen. Wir müssen uns auf einen ständigen Wandel der Umwelt einrichten.

Trotzdem sollten wir weiter lebensfroh in die Zukunft schauen und mutig unser Leben gestalten"

Alle standen auf und applaudierten.

16. Mai, Jahr 1, Tag 324
Letzter Eintrag in die *Chronik*
Niedergeschrieben von *Vera*

Heute Morgen erleben wir heftige Unwetter, ähnlich wie zu Anfang der Katastrophe. Wir suchen Schutz und hoffen auf ein gutes Ende für die Welt.

Hier enden die Einträge im ersten Buch der *Chronik*.

Die *Brücke*

Romek
Berufssoldat, Sicherheit u. Expeditionen, Ratsmitglied
DokPeter
Arzt, Sanitätswesen, Sprecher des Rates
Lucy
Leiterin der Verwaltung und Ratsmitglied
Aaron
Architekt, Leiter Bauwesen/Werkstatt, Ratsmitglied
Erik
Sicherheit u. Teilnehmer vieler Expeditionen
Lola
Expeditionsteilnehmer "Team West"
Jade
Expeditionsteilnehmer "Team Ost"
Anouk
Medizinstudentin, Assistentin von DokPeter
Anton
Handwerker, Teilnehmer einiger Expeditionen
Christian
Lkw-Fahrer, Teilnehmer einiger Expeditionen
Vera
Lehrerin, Chronistin u. Schriftführerin
Betty
Nahrung u. Konservierung
Boris
Chemie u. Expeditionen
Georg
Waffen u. Expeditionen
Rolf
Ingenieur, Wasserkraft und Elektrotechnik
Joo-won
Ingenieur, Automobilbau

Herbert
Fahrzeuge
Estelle
Leiterin Schule
Leo
Sanitäter, Teilnehmer Expeditionen
Matt
Erster Organisator der *Brücke* (+)

Der *Hof*

Ruth
Landwirtin, Leiterin der Landwirtschaft
Maik
EX-Soldat, Sicherheit u. Ratsmitglied
Lynn
Helferin von Ruth
Finn
Nordländer, Notfallsanitäter
Ben und **Malka**
Schäferhunde

Die *Burg*

Frieda
Sprecherin der Siedlung und Ratsmitglied
Viktor
Sicherheit

Das Waldhaus

Hagen
Sprecher der Siedlung und Ratsmitglied
Luca
Ex-Polizist, Sicherheit
Nicolay
Stallmeister der Burg u. Waldhaus

Die Werft

Gust
Sprecher der Siedlung
Maurice
Schiffsingenieur
Ethan
Schiffbauer
Jan
Sicherheit
Fleur
Schneiderin, Kleiderlager

Die Hochbrücke

Alex
Lokführer, Sprecher der kleinen Siedlung
Bernd
Helfer Brückenbau u. Berater Heizungsbau
Eugen
Winzer mit Weinbergen

Die *Bahnbrücke*

Oskar
Lokführer, Spezialist Eisenbahnen
Irina
Zugbegleiterin

Der *Flughafen*

Luan Wang
Flughafendirektor, Ratsmitglied
Thilo
Fluglehrer u. Flugzeugmechaniker
Niklas
Pilot und Kunstflieger
Fabian
Sicherheit

Der *Rat* von *WESTLAND*

DocPeter für die Brücke
Maik für den Hof
Frieda für die Burg
Hagen für das Waldhaus
Gust für die Werft
Luan Wang für den Flughafen
Romek Sicherheit u. Expeditionen
Lucy Verwaltung u. Landwirtschaft
Aaron Bauwesen u. Werkstätten